꾸야
삼촌

꾸야
삼촌

윤 정 모 장편소설

디림미디어

꾸야
삼촌

초판 1쇄 찍은날 · 2002년 8월 10일
초판 1쇄 펴낸날 · 2002년 8월 15일

지은이 | 윤정모
펴낸이 | 이회숙
편집장 | 임영록
편 집 | 이향선 이해인
마케팅 | 강희제
영 업 | 박정상
관 리 | 김정숙

펴낸곳 　다리미디어
　　　　서울시 마포구 망원동 386-16 삼미빌딩 401호
　　　　전화 336-2566(대표) 팩스 336-2567
　　　　http : //www.darimedia.com
　　　　E-mail : darimedia@hitel.net
등 록 　1998년 10월 1일(제10-1646호)

ⓒ 윤정모, 2002

ISBN 89-88556-64-X 03810
　　　값 8,000원

꾸야 삼촌

차례

불청객

외사촌 동생한테서 전화가 온 것은 사흘 전이었다.

"누님, 애들 때문에라도 휴가는 가야겠는데……."

그러니까 치매기가 있는 부친을 데리고는 휴가를 갈 수 없으니 나더러 며칠간만 맡아 달라는 것이었다. 나는 대뜸 거절 의사부터 밝혔다.

"난 곤란해. 은수 때문에도 그렇고……."

"은수야 진종일 학원에서 지내는데 뭘 그래요?"

은수는 지금 4년차 재수생이다. 물론 밖에서 보내는 시간이 많다고 해도 도시락 등 내가 챙겨줘야 할 일은 한두 가지가 아니다. 게다가 내 마음에도 손님을 받아들일 여백이 전혀 없었다.

"너도 알다시피 수능이 몇 달 남지 않았잖니. 이번이 마지막이거든. 미안하다만 다른 데 알아보렴."

그렇게 딱 잘라버렸음에도 오늘 아침 동생이 외삼촌을 데려온 것이었다. 아니 데리고 와서 떠넘기는 절차라도 있었다면, 그러니까 '누님, 어쩔 수 없으니 며칠간만 모시고 있어요' 라는 등의 말이라도 하고 갔다면 내가 이토록 낭패해하지는 않았을 것이다.

그때 나는 거실 청소를 하고 있었다. 소파 구석의 먼지를 빨아들이기 위해 청소기 꼭지를 바꾸던 찰나에 벨소리가 났다. 우유값 수금원이 오겠다던 시간이기도 해서 나는 누구냐고 묻지도 않고 문을 열어주었다.

한데 문 앞에 서 있는 사람은 외삼촌이었다. 혼자였고 또 가방까지 들고 있었다. 동생 녀석은 제 아버지에게 벨을 누르라고 지시를 한 뒤 쏜살같이 사라진 모양이었다. 내가 말문을 잃고 아득한 얼굴로 서 있자 삼촌이 편지부터 내밀었다.

"찬우가 이것 주라고……."

그 편지에는 '아버지의 치매는 약간의 기억 상실일 뿐이며, 거실에서 비디오를 틀어두면 혼자서도 잘 노신다, 다만 밖에 나가길 좋아하시니 현관문만 항상 주의해 달라'고 쓰여 있었다.

그 편지 내용조차도 잘 부탁한다는 것이 아니라 숫제 제 아버지 잘 모시라는 지침서였다. 별수없이 나는 외삼촌을 맞아들였고 녀석이 시킨 대로 소파에 앉게 한 후 텔레비전을 틀어주었다. 외삼촌은 멍청한 얼굴로 텔레비전을 보았다. 나는 그 어색한 자리를 피하고 싶어 청소기를 집어 들고 얼른 아이 방으로 옮겨갔다.

한데 아이 방도 피난처가 아니었다. 들어서자마자 내 눈으로 달려오는 것은 책상 위에 널려 있는 모의고사 시험지와 답안지들이었다. 여러 해 똑같은 공부를 했음에도 그 답안지들은 만점이 아니었다. 내 심사가 더 심하게 일그러졌다. 나는 의자에 털썩 주저앉아 마치 터질 곳을 찾아 불끈거리는 풍선처럼 시월거려댔다.

이게 무슨 업보인가. 실패만 거듭하는 아들놈, 전 인생이 실패뿐인 외삼촌……. 어찌하여 나는 실패한 인생들이나 보살펴야 하는가. 보통 내 나이 정도면 성공한 남편이나 보필하면서 그 우산 속에서 사는 것이 정상이다. 여성 오십대면 그럴 나이다. 내 친구들도 거의 그렇지 않은가. 남편은 대학 총장이 되고 아이들은 첫판에 일류 대학에 척척 붙었는가 하면 이제 좋은 직장까지 잡아 그야말로 인생 귀결을 아름답게 정리하고 있는데 나만 왜 이 모양 이 꼴인가. 어찌하여 나에겐 그 무엇 하나 정리된 것이 없는가. 아직도 이렇듯 미완 속에서 허덕여야 하는가.

내가 엉클어진 내 인생을 맘껏 탄핵하고 있을 때 현관 쪽에서 딸그락거리는 소리가 들려왔다. 문단속 잘하라던 동생 녀석의 편지가 떠올랐다. 나는 급히 달려나갔다.

역시 외삼촌이 문고리를 벗기는 중이었다. 나는 꽥 소리부터 질렀다.

"삼촌!"

외삼촌이 깜짝 놀라며 돌아섰다. 너무 크게 놀라는 바람에 나는 그만 머쓱해졌고 그래서 얼른 목소리를 낮추고 조용히 물어보았다.

"어딜 가려고 그래요?"

"보게, 나 좀 나갔다 오면 안 되겠나? 당최 집안은 갑갑해서……."

말은 갑갑하다고 하면서 그 표정은 너무도 간절해 보여 흡사 화장실이 다급한 사람 같았다. 밖에 나가길 좋아한다면 아무 길에서나 배변을 하기 위해서인가?

"삼촌, 화장실에 가고 싶으신 거죠? 그럼 안에 있어요."

"아니다, 잠깐 나갔다 오꾸마."

삼촌은 이미 현관 밖으로 몸을 내밀고 있었다. 그의 등을 바라보자 문득 그대로 해방되고 싶다는 열망이 찾아들었다. 만약 붙잡지 않고 내버려둔다면 그는 스스로 나의 마당에서 사라져갈 것이다.

그러면 나는 정말 해방될 수 있는가? 이 난감한 상황으로부터 도피할 수 있는가? 아니다. 삼촌이 실종되면 찬우는 물론 일본에 있는 동우 녀석까지 가만있지 않을 것이다. 보다도 내 자신이 또 삼촌을 찾아 이 거리 저 거리로 헤매고 다녀야 할 것이다. 그건 더 귀찮은 일이다.

"삼촌……."

외삼촌은 이미 계단을 내려가고 있었다. 내가 불러도 돌아보지도 않았다. 나는 열쇠를 챙겨들고 그의 뒤를 따르며 자신을 타일렀다.

'그래, 며칠간만 참자. 지금 내가 할 수 있는 일은 그것뿐이지 않은가.'

나는 외삼촌을 끌다시피 해서 가까운 놀이터로 간다. 치매환자를 데리고 놀기엔 그곳이 적당할 것이다. 다행히 놀이터도 비어 있다. 나는 외삼촌의 팔을 잡고 그네 쪽으로 이끌어간다. 어차피 데리고 놀 처지라면 아이 대접을 해주는 거다!

"그네에 앉으세요, 내가 밀어줄 테니."

그러나 외삼촌은 내 손을 뿌리친다. 그리고 모래더미 저쪽 끝으로 휘적휘적 걸어간다. 멈춰 서는가 했더니 주위도 둘러보지 않고 그 자리에 털버덕 주저앉아 두 다리까지 주욱 뻗는다. 바지가 더럽혀지겠군, 나는 눈살을 찌푸린다. 그러나 곧 체념하고 외삼촌 대신 그네에 앉아 그가 하는 양을 지켜본다.

삼촌은 한참이나 꼼짝도 하지 않는다. 불현듯 그와 내 처지가 참 싱겁다 싶어진다.

나는 천천히 빈 놀이터를 휘둘러본다. 철봉대도 미끄럼틀도 햇살이 눈부시다고 깜박깜박 윙크를 한다. 사물이 한 번씩 윙크를 할 때마다 절망이라는 내 마음의 용암이 꿈틀꿈틀 성장을 재촉한다. 자라거라, 그래, 그래, 맘껏 어디 한번 자라 보거라. 그래서 너의 실체가 무엇인지, 과연 어디까지 뻗을 것인지 어디 한번 보자꾸나.

나는 요즘 절망의 실체 찾기라는 놀이에 빠져 있다. 그것은 자신을 속일 수 있는 유일한 방법이었다. 남편은 지금 감옥에 있고 스물네 살이나 먹은 아들은 유아원과도 같은 재수 학원에 있지만 그것은 절대 내 것일 수 없고 그래서 나는 진짜 실체를 찾아야 한다는 생각으로 날 몰아넣고 있는 것이다.

내가 나의 실체를 찾고 있을 때 외삼촌이 쿵 소리를 내며 모래 바닥으로 넘어지고 있었다. 나는 그네에서 천천히 몸을 일으킨다. 외삼촌은 내가 다가가기도 전에 일어나 다시 물구나무를 서려고 용을 쓴다. 그러나 그 가느다란 팔뚝으론 힘을 지탱할 수 없었던지 머리만 바닥에 묻고 나를 올려다본다.

　노인이 되어 이상한 짓도 다 하는군. 나는 그의 눈을 내려다본다. 이게 무슨 징후인가. 그의 눈꺼풀이 까뒤집혀 있다. 나는 재빨리 그의 입 주위부터 살펴본다. 만약 거품까지 물고 있다면 간질을 하는 게 분명할 것이다. 치매환자에게 간질도 덮친다는 얘기 들어본 적이 없음에도 나는 혹시 누가 보지 않나 주위부터 살펴댄다.

　"와 무섭다 카지 않노?"

　외삼촌이 불쑥 그렇게 묻는다. 한쪽 눈꺼풀은 이미 바로 잡혀 있었고 입에도 침 같은 것은 보이지 않는다.

　"안 무섭나? 참 이상네. 예전엔 니가 무섭다 캤는데……."

　말투도 좀 이상하다. 전에는 나에게 백서방네야, 라거나 은수 엄마야, 라고 불렀다. 내가 결혼한 뒤부터는 완전히 반말을 한 적도 없었다. 한데 지금은 날 마치 어린애 취급을 하고 있다. 치매가 오면 어린애가 된다더니 상대방까지도 그렇게 보이나? 나는 그만 비위가 뒤틀려 어서 일어나라고 재촉한다.

　"이제 그만 집에 갑시다."

　외삼촌도 체념을 했는지 몸을 일으킨다. 그러다가 다시 주저앉아 하늘을 올려다본다. 내 인내도 한계에 이른다. 그 빈 눈으로 하늘에서 무엇을 찾겠다는 말인가.

　"어서 일어나라니까요. 나도 할 일이 태산인 사람이에요."

　나는 그의 팔을 끌어올렸고 삼촌도 휘청거리며 일어난다.

　자명종이 울린다. 새벽 5시다. 나는 벌떡 일어나 거실로 나가본다. 외삼촌은 소파에서 얌전히 자고 있다. 나는 안심하고 부엌으로 가서 가스 불에 곰국을 덜어 올린 뒤 주스 잔을 들고 아이 방으로 간다. 아이는 오늘도 침대에 가지 않고 책상에 앉은 채 잠을 자고 있다. 나는 아이를 깨워 주스 잔을 내밀며 물어본다.

"학원에서 식당까지는 머냐?"

"아니요."

"그럼 오늘은 사먹도록 해라."

그간 하루도 빠지지 않고 도시락을 챙겨왔음에도 나는 어제 그것을 준비하지 못했다. 베란다에서 세탁물을 너는 사이 외삼촌이 또 집을 나간 때문이었다. 다행히 계단에서 붙잡아오긴 했으나 그 이후로는 잠시도 눈을 뗄 수가 없었다. 그렇다고 혼자 두고 슈퍼에 갈 수도 없었다. 나는 먹던 반찬으로 저녁을 때운 후 삼촌에게 텔레비전을 틀어주었다. 그리고 설거지를 하면서도 몇 차례나 소파 쪽을 돌아보았다. 삼촌은 앉은 채 꾸벅꾸벅 졸기 시작했다. 내가 엄마 방으로 가서 자리 깔고 주무시라고 말해 봐도 소용이 없었다. 나는 서둘러 설거지를 끝내고 식탁에 진을 치고 앉았다. 소파가 나와 마주 보여 감시하기가 좋았던 때문이었다.

삼촌이 좀더 깊이 졸 때 그 앞에 놓인 텔레비전에서는 연속극이 흐르고 있었다. 그 내용이라도 볼 수 있으면 덜 무료할 텐데 들려오는 것은 대화뿐이었다. 그러다가 나도 졸았다. 집안에서는 텔레비전 혼자서만 이야기를 했고, 삼촌과 나는 각자의 자리에서 끄떡끄떡 머리방아를 찧다가 아이가 돌아왔을 때야 똑같이 잠이 깼다.

곰국이 끓어 넘치고 있다. 내가 식탁을 차리는 사이 은수가 세수를 하고 나온다. 아이가 아침밥을 먹는 동안에도 삼촌은 그대로 소파에 누운 채 움직이지도 않는다.

나는 안심하고 다용도실로 들어간다. 오늘은 물러터진 오이지를 버리고 항아리를 씻어야 한다. 항아리를 쏟아내고 막 수세미를 들 때 은수가 부르는 소리가 들린다.

"엄마, 좀 나와 보세요."

점심 값을 달라는 모양이다.

"엄마 지갑 냉장고 위에 있다. 거기서 꺼내 가렴."

"그게 아니구요, 어서 좀 나와 보세요."

손을 훔치고 나가보니 외삼촌이 신발까지 신고 서 있다. 아이와 함께 나갈 참인가 보았다. 나는 외삼촌 팔을 잡고 아이를 내보낸 뒤 조용조용 말한다.

"아침 식사 하시구요, 저랑 나갑시다."

아침 식사 후 설거지를 할 때도, 대충 아이 방을 치울 때도 나는 외삼촌을 그 앞에 세워두고 일했다. 화가 치밀 때면, 그래도 뒤탈을 만드는 것보다 낫다고 자신을 달랬다. 그럼에도 책상 위의 시험지를 주섬주섬 모을 때 외삼촌이 "녀석, 공부 너무 심하게 하는 것 아니가?"라고 참견을 했을 때 나의 화는 급속히 온도를 높였고, 그것이 터질 길을 찾는 용암처럼 피 속에서 끓어댔다.

나는 눈을 감고 심호흡을 한다. 길어야 닷새다. 그 동안만 참자, 온 정신이 아닌 사람한테 화를 낼 수도 없는 일, 설령 화를 터뜨린들 시원하지도 않을 일, 그래, 참자. 좋은 일을 하는 셈치고,

수양하는 셈치고 참아내는 거다.

서둘러 일을 끝내고 집을 나서면서 내가 외삼촌에게 물어본다.

"어딜 가고 싶어요?"

"모래밭에 가자."

어제 놀이터가 마음에 들었던 모양이다. 그러나 거긴 동네 놀이터, 왠지 다시 가고 싶지가 않다. 무슨 일이 벌어질지도 알 수 없는 데다 이웃들에게 그런 모습을 보이는 것도 싫다. 그러면 어디로? 다른 동네 놀이터? 차라리 고수부지가 나을 것이다.

나는 엄마가 쓰던 양산을 챙겨들고 삼촌과 함께 길을 나선다. 거북선 나루터 방향으로 가면 모래터를 찾을 수 있을 것이다. 외국인 아파트가 가까워지자 건축 자재용 큰 트럭이 앞길을 막는다. 이 아파트도 재건축이 한창이다. 반장 말이 생각난다.

"우리는 내년 봄부터 재건축을 시작합니다. 그 전에 모두 집을 비워야 한다는 것은 다 알고 계시죠?"

남편이 부도를 냈을 때 우리는 그 모든 것을 잃었다. 출판사 사옥도, 내 아파트도. 그때 우리는 이 부흥아파트로 들어왔다. 그나마 엄마의 집이었다. 그런데 그 집마저 비워야 한다. 아파트가 완공될 때까지 밖에서 살아야 한다. 이사 갈 곳도 없는데 어디로? 나는 얼른 고개를 젓는다.

'아, 그만, 그만, 나는 정말 이런 걱정들이 싫다. 걱정거리도 나이에 걸맞아야 하거늘 내가 왜…….'

거북선 나루터 길로 빠져나갔으나 얼른 모래밭을 찾을 수가 없다. 매점과 주차장을 지나 더 아래쪽으로 내려가자 거기 농구장이 보인다. 바닥에 모래도 깔려 있다. 삼촌을 그쪽으로 이끌어가며 나는 주위를 휘둘러본다. 휴가철이라 운동하러 나온 사람도 없어 사방이 한산하다.

"놀이터보다 한결 넓지요?"

외삼촌은 대답도 않고 모래 속으로 걸어 들어간다. 나는 농구장 밖에서 흘낏 하늘을 올려다본다. 벌써 햇살이 이글거리고 있다. 다시 삼촌 쪽으로 고개를 돌린다. 그는 모래밭 중간 지점에 자리를 잡고 쭈그리고 앉는다. 나는 삼촌에게 속말을 보낸다.

'거기서 잘 놀아요, 어제처럼 물구나무를 서든 넘어지든 아무도 보는 사람이 없으니 내키는 대로 놀아 봐요.'

나는 양산을 펴들고 강을 바라본다. 유람선이 지나가고 있다. 모두가 피서를 즐기는구나. 우리만 빼놓고 모두가······. 다시 삼촌 쪽을 돌아본다. 삼촌은 모래 바닥을 파고 있다.

젠장, 정말로 큰 어린애구나. 다시금 외사촌 동생이 미워진다. 흥, 늙은 어린애는 나한테 떠넘기고 제 어린것들만 챙겨서 피서를 갔다? 우리는 이렇게 땡볕에서 노는데 저희들은 물가에서 첨벙거린다? 못된 녀석, 나도 한때 저희들을 거두어주었건만 보답은커녕 짐덩이만 맡기다니. 인간관계라는 고리, 그 주고받는 일조차 왜 이렇게 불공평하단 말인가.

"보래, 니 여기 와봐라."

외삼촌이 나를 부른다. 나는 신발에 모래가 들어가지 않게 천천히 걸어간다. 삼촌은 벌써 세 구덩이째 모래를 파놓았고, 내가 다가가자 돌멩이 하나를 쳐들어 보인다. 길쭉한, 그러나 엄지손가락보다 조금 작은 것이다.

"이건 잘 여물었을 것이다. 어서 묵어라."

나는 흠칫 등뼈를 세운다. 돌멩이를 먹으라니, 이제 본격적으로 노망이 시작되는가? 내가 아니 먹으면 당신이 먹을 것인가?

"어서 받아라."

삼촌이 재우친다. 나는 얼결에 그것을 받아든다. 삼촌은 흡족한지 실쭉 웃는다. 깨어진 앞니까지 드러나는 것이 웃는 얼굴임에도 흉물스럽다.

삼촌은 다시 모래를 파헤치기 시작한다. 손갈퀴를 바짝 세우고 열심히 모래를 파내다가 또 작은 돌멩이 하나를 집어 든다.

"이건 아직 덜 여물었겠제?"

삼촌은 그 돌멩이를 옆으로 밀쳐둔다. 그 자리엔 벌써 자잘한 돌멩이들이 여러 개 놓여 있다. 한데 이 삼촌 정말 지금 뭘 하고 있는 거지? 작은 돌멩이는 덜 익고 큰 것은 익었다? 그때 삼촌이 날 쳐다보며 다시 재촉한다.

"선아, 그거 어서 묵어라. 아지아 또 파줄꾸마."

선아? 아지아? 그것은 어릴 때 우리들의 언어였다. 삼촌은 날더러 선아, 라고 불렀고 나는 또 삼촌을 아지아라고 불렀다. 그렇다면 삼촌의 넋은 정말 소년시절로 돌아가 있다? 어느 여름 날 삼촌은 날 데리고 강 건너 땅콩밭에 갔고 거기서도 손갈퀴로 땅콩을 캐내 주었다. 그러니까 당신은 지금 돌멩이가 아닌 땅콩을 캐고 있었던 것이다?

불현듯 어제의 일이 겹쳐온다. 모래밭에 머리를 묻고 눈을 까뒤집었던 삼촌, 그 순간 삼촌은 나를 어린 소녀로 보고 있었다? 그래, 말투도 그랬다.

'안 무섭나? 와 무섭다 안 카노?'

외삼촌은 경주 시내에 있는 중학교에 다녔다. 자전거가 없어 기차통학을 했고 나는 때때로 마루에 앉아 외삼촌이 타고 올 기차를 바라보곤 했다. 외갓집은 마을에서도 가장 앞집이라 증기를 풍풍 내뿜으며 사라져 가는 기차를 온전히 다 지켜볼 수가 있었다. 경주에서 포항으로 이어진 그 선로엔 하루에 세 차례씩 기차가 오르내렸고, 외삼촌은 늘 오후 기차로 돌아오곤 했다.

기차는 나에게 그리움이거나 서러움이었다. 외갓집에 맡겨진 아이에겐 외로움은 떼놓을 수 없는 그림자였고, 나는 늘 그 외로움에서 도망치려고 애를 썼다. 그래서 기차가 기적을 울리거나 증기를 내뿜기 시작하면 나는 얼른 그 꼬리를 잡고 알 수 없는 그리움의 세계로 이끌려가곤 했다. 그리움은 확실히 외로움보다 나았다.

어느 여름날이었다. 기차가 돌산 모퉁이로 사라진 한참 후까지도 나는 그리움의 끝자락을 붙잡고 있었다. 그날의 그리움은 미지 세계가 아니었다. 내게 가장 근거리에 있는 갈증, 사탕과 과자였다. 살았는지 죽었는지 알 수도 없는 아버지가 과자를 한가득 사들고 엄마와 함께 나를 찾아오는 것이었다.

나는 좀더 예쁜 모습으로 양친들을 맞이하기 위해 마루에 올라서서 매무새를 살펴보았다. 삼베 치맛단이 말려 올라가 있었다.

나는 손바닥에 침을 묻혀가며 그것을 펴 내렸다. 이제 양친들이 나를 보아도 크게 실망하지 않으리라는 자신감이 생겼을 때 천천히 고개를 들었다.

그때였다. 정말로 뭔가가 마당으로 들어섰다. 기다리던 외삼촌이나 양친 부모가 아닌 두 다리가 하늘로 치솟은 괴물이었다. 얼굴은 항문 쪽에 큰 주머니처럼 붙어 있었고 나를 바라보는 눈은 빨갛게 까뒤집혀 있었다. 할머니가 말하던 괴물, 뒷산 못에 살면서 아이들을 업어간다는 그 괴물이 틀림없었다.

그 경황에도 나는 울되, 큰소리로 울어야 한다고 생각했다. 그래야만 뒷집에서 듣고 얼른 달려와 나를 구해줄 것이었다. 나는 총을 쏘듯 타앙, 하고 울음을 터뜨렸다. 그러자 그 괴물이 마당을 가로질러 나가 급히 사라졌고 뒤이어 책가방을 든 외삼촌이 태연하게 들어서는 것이었다. 나는 눈물을 훔쳐내며 물어보았다.

"아지아, 니 못에 사는 괴물 봤나?"

"못 봤다."

외삼촌은 툇마루에 가방을 던지고 앉았다.

"내 까딱하면 업혀갈 뻔했다. 그러니 내일부터 빨리 온나."

"알았다."

그리고 외삼촌은 웃통을 벗고 개울에 세수를 하러 나갔다.

다음 날 그 도깨비가 다시 날 찾아왔다. 기차가 지나간 지 얼마 되지도 않았고 외삼촌이 달려온다 해도 아직은 좀더 있어야 할 때였다. 그 괴물은 어제와 똑같이 항문에 주머니 같은 얼굴을 매달았고 이번엔 빨간 눈에다 빨간 혀까지 쑥 내밀고 있었다. 나는 공포에 질려 소리도 칠 수가 없었다.

한데 그 순간, 무서워서 숨이 끊어지기 바로 직전에 나는 괴물의 가슴팍에 거꾸로 붙어 있는 외삼촌의 명찰을 보았다. 외삼촌이 날 놀리려고 물구나무를 선 채 두 팔로 걸으며 그렇게 마당을 가로질러 들어왔던 것이었다. 그럼에도 나는 얼른 믿을 수가 없었다. 그간 별의별 방법으로 날 놀려왔다 해도 그처럼 물구나무 선 도깨비 모습은 처음이라 나는 반신반의하며 물어보았다.

"니, 아지아다. 맞제? 니 우리 아지아제?"

"내, 니 아지아 아니다, 히히히……."

괴물 웃음소리까지 냈음에도 외삼촌이 틀림없었다. 나는 징징 울면서 말했다.

"니 내 아지아 맞다. 내 안다. 그러니 얼른 바로 서 봐라."

그제야 외삼촌이 몸을 바로 세우고 마루로 와 걸터앉았다. 까뒤집혔던 눈꺼풀도 벌건 헛바닥도 다 제자리로 돌아가 있었다. 삼촌이 물었다.

"니 낸 줄 우찌 알았더노?"

"이름표 보고 알았다."

"글도 읽을 줄 모르면서 이름표 보고 우찌 안단 말이고?"

"아지아 이름표는 볼 줄 안다."

삼촌은 고개를 설레설레 저으며 말했다.

"인자 내 니하고 상대 안 할 끼다."

"와?"

"꾀박이는 재미가 없거등."

외삼촌은 그처럼 장난꾸러기였다. 오직 날 놀라게 하기 위해 날마다 새로운 방법을 연구하는 것 같았고, 나는 어지간히 이력이 났음에도 번번이 속아넘어갔다.

삼촌이 날 일깨운다.

"이건 제법 굵다, 그제?"

그 손에는 조금 더 큰 돌맹이가 들려져 있다. 그는 정말로 과거의 어느 길목, 먼먼 그곳으로 가 있는 것이 분명했다. 하지만 사람이 그럴 수도 있는가. 약간의 기억상실이라면 그 상실의 부분에 과거가 덮칠 수도 있는가.

"자, 묵어봐라."

돌맹이를 내 손에 들려주며 재촉한다. 나는 돌맹이를 받아들고 슬쩍 놓아버릴 곳을 찾는데 삼촌의 눈길이 내게서 떠나지 않는다.

까짓 것 먹는 척하자. 어릴 땐 소꿉장난도 이렇게 하지 않았던가. 상대가 없으면 삼촌한테 보채서 함께 소꿉을 살았고, 삼촌은 날 개울가로 데려가 빨갛고 하얀 돌맹이까지 주워다 주었다. 신발에 물을 담고 하얀 돌맹이를 갈면 막걸리가 되었고, 빨간 돌맹이를 빻아 풀잎에 넣으면 김치가 되었다. 삼촌은 나뭇가지까지 꺾어와 젓가락을 만들었고 그것으로 먹는 척하면서 '얼라가 김치도 잘 담네' 하고 냠냠, 소리까지 내주었다.

"꼬소하제?"

외삼촌이 빤히 올려다보면서 묻는다. 그 얼굴에 햇살이 휘덮이고 눈가 주름이 더 깊어지는데도 눈 속의 바랜 동공엔 흐뭇함이 엿물처럼 녹아든다. 하지만 햇살이 삽시에 그 눈길로 침투한다. 나는 양산으로 그 햇살을 가려주며 어린애처럼 대답한다.

"응, 아지아."

쉰 살이 넘은 나는 어릴 때의 버릇대로 '아지아'라고 대답하고 삼촌은 다시 바닥으로 눈길을 돌려간다.

"어디 또 찾아보자."

삼촌이 자리를 옮겨간다. 더 좋은 곳을 찾는 모양이다. 흰머리가 다시 햇살에 노출된다. 그래도 덥지 않은지 신나게 모래를 파기 시작한다. 그의 하얀 머리가 햇살에 삭아버리는 것 같다. 크게 늙지도 않아서 백발에다 기억상실. 백발이야 그렇다 치지만 치매성 기억상실은 또 뭔가. 예순 중간에 이르러 왜 벌써 이런 증세가 왔는가. 살아낼 나날들이 너무 지루하고 아득해서 그만 돌아서고 싶었던가.

삼촌이 별안간 손길을 멈추고 하늘을 올려다본다. 빈 하늘이다. 그런데도 무언가를 보는 듯 눈꼬리가 흔들린다. 무엇을 보고 있을까. 치매가 온 뒤 자주 가서 머무는 곳, 거기서 만나는 사람은 누구일까. 이미 자기 인생을 돌아볼 능력조차 잃은 사람에게도 과거는 자락자락 찾아와 그에게 환영처럼 되비춰 주는 것일까. 거기에 어린 내가 있었던 것일까. 누님이 던지고 간 아이, 울며 엄마를 찾던 아이, 그 아이를 달래고 어루어야 할 열다섯 살 소년의 의무감……

그래, 이 사람은 내 삶의 한 부분을 이어준 사람이다. 혼자서는 자랄 수 없는 어린 나무에 물과 사랑의 퇴비를 준 사람이다. 따라서 이 사람은 나에게 불청객이 될 수 없다. 어느 순간 어떤 식으로 찾아오든 나로부터 거부될 수 있는 존재가 아니다. 세월이 변화시킬 수 없는 관계, 그래, 내 부모와 같은 사람이다.

"해가 너무 뜨거워요. 이제 집에 가세요. 내 삼촌 좋아하는 국수 삶아 드릴게."

나는 삼촌의 팔을 끌어올리며 말한다. 외삼촌도 순순히 몸을 일으켜준다.

함께 양산을 쓰고 한강변을 벗어나며 나는 냉장고 속에 있는 신김치를 떠올린다. 삼촌은 국수에 신김치를 곁들이는 것을 가장 즐겨 했다. 계란이나 쇠고기 고명도 올려주고, 멸치국물을 진하게 내야지.

나는 가만히 삼촌의 잔등을 감싸안는다.

전쟁과 아이

내가 외가에서 자라게 된 내력은 전쟁 때문이었다.

전쟁이 나면 보통 20세 이상의 남자는 군대에 가고 그 가족은 피난을 떠난다. 젊은 부부도 예외는 아니다. 그들이 객지에서 따로 살림을 해왔다면 남편은 전쟁터로, 아내는 친정으로 가야 했을 것이다. 만약 젊은 아내에게 어린 아이가 딸려 있다면, 그리고 친정에도 다 성장하지 않은 동생들이 있다면 자기 아이와 동생들은 함께 자라면서 좀 독특한 가족관계를 맺어갈 것이다.

나의 경우가 바로 그러했다. 내가 맡겨진 곳이 외가였고, 거기에 두 삼촌들이 있었으며, 그들과 내가 맺어온 관계는 '외삼촌' 과 '생질' 사이 그 이상이었다. 아마 유년시절에 전쟁을 겪은 사람들이라면 이 특별 의미를 얼른 이해할 것이다.

전쟁이 났을 때 엄마 나이는 스물셋이었다. 신접살림에 한창 재미가 들어갈 때 남편과 이별을 해야 했다. 피난 도중 남편이 군인으로 차출당해 간 때문이었다. 그리고 머나먼 길을 걸어 도착한 친정에 그 아이마저 맡겨두고 본인은 또 어디론가 떠나가야 했다.

그런데 엄마는 왜 홀로 떠나가야 했을까. 외가 식구들은 엄마가 아버지의 소식이라도 알아보려고 그렇게 떠난 것으로 여겼다. 정말 그랬을까? 그렇다면 왜 그렇게 오래도록 돌아오지 않았을까. 내 엄마의 소식이 궁금할 때면 외할머니는 혼자서 구시렁거렸다.

"그 나팔쟁이, 여태도 못 찾았나……."

그랬다. 아버지는 트럼펫을 잘 불어 나팔쟁이로 불렸고, 엄마는 그런 사람만 좋아하는 사람이었다. 언젠가 외할머니는 말했다.

"니 엄마는 어릴 때부터 풍각쟁이를 좋아했단다."

그 말은 아버지가 나팔을 잘 불어 엄마를 후려 갔다는 뜻이었다. 그도 그럴 것이 엄마는 코흘리개 때부터 마을 농악을 따라다녔고 열 서넛이 되어서는 창극, 악극할 것 없이 공연단만 들어오면 경주 읍내까지 나가서 그것을 보고야 말았다고 했다.

엄마가 내 아버지를 만난 것은 해방이 되던 그해 겨울이었다. 해방과 더불어 공연 수도 급격히 늘어나 갖가지의 공연단이 경주에 오고 갔다. 그들이 들어올 때면 보통 장날 전에 온 읍내에 벽보를 붙였다. 그래야 장을 보러 나온 변방의 주민들이 말린 갈치나 간고등어 꿰미와 함께 그 소식도 가져가서 안방과 온 마을에 퍼트렸던 때문이었다.

신라 천 년의 찬란한 유적에서도 조금 떨어져 있는 현곡, 금장, 나우리, 보두막과 같은 그 외곽의 마을에선 청장년이나 새댁, 처녀들이 이날부터 공연 날짜를 손꼽아 기다렸고 그날 드릴 댕기나 입고 나갈 옷들을 남몰래 챙겨두었다고 했다. 가까이 장터가 없어 풍각쟁이나 걸립도 자주 접할 수 없던 이 변방의 사람들에겐 읍내에 들어오는 순회공연이 그나마 유일한 낙이기도 했을 것이다.

엄마가 아버지를 만난 것도 그러한 공연 때였다. 해방과 더불어 악단공연이 유행을 했고, 그때 아버지는 악단 소속으로 단막 버라이어티쇼의 주인공이자 나팔을 불었다고 했다. 바로 아버지의 그 악단이 경주에 들어온 것이었다. 장안의 화제, 최신 악단 등등의 벽보가 붙은 날부터 엄마의 엉덩이는 절로 들썩였다. 할머니는 물론 처녀의 밤길 출행을 막으려고 별별 수단을 다 써보았지만 집을 빠져나가는 데 비상한 재주가 있는 엄마는 눈 깜짝하는 사이 보야 삼촌(엄마 아랫동생, 큰삼촌의 별명이었다)을 앞세워 동구 밖으로 내달렸다고 했다.

그날도 어떻게 할머니의 감시를 따돌렸는지 엄마는 보야 삼촌과 함께 정시에 공연장에 있었고, 공연이 시작되자마자 누이도 동생도 단박에 황홀경으로 빠져들었다. 여태까지 큰북이나 트럼본은 봐왔지만 큰 나팔, 작은 나팔, 바이올린, 쟁기보다 큰 기타(첼로를 보야 삼촌은 그렇게 표현했다)는 처음이었고 그 갖가지의 악기가 몇 개의 단막극 버라이어티에 골고루 등장하면서 관객들을 사로잡았다.

이때 아버지는 쇼와 연주로 자주 무대에 등장했고 갖은 재주로 엄마의 마음을 온통 휘저어 놓았다. 전에 느끼지 못하던 감정이 엄마에게 찾아든 것이었다. 물론 그간 가수나 창, 악극단 배우 등 여러 명의 우상을 가슴에 품은 적은 있으나 열여덟 살 처녀의 순정이 이토록 겉잡을 수 없이 터져버린 적은 없었다. 그날 엄마의 마음은 확실히 갑자기 붙어버린 불길이었다. 마디마디 묶어 두었던 이성에 대한 그리움이 한꺼번에 펑펑 터졌고, 거기에는 체면도 그 무엇도 가릴 여유가 없었다.

공연이 끝난 뒤에도 엄마는 돌아갈 수 없었다. 보야 삼촌이 어서 가자고 졸라도 그저 듣지 못한 채 공연장 천막 앞만 서성거렸다. 그때 아버지가 밖으로 나왔고 엄마는 주저 없이 그 앞으로 다가가서 시비를 걸 듯 자기는 나우리에 사는 누구다, 라고만 말한 뒤 보야 삼촌을 앞세워 종종걸음으로 달아났다고 했다.

그때의 일을 보야 삼촌은 이렇게 회상했다.

"니 아부지는 우리 누부가 자기한테 반했다는 걸 첫박에 알아챘던 기라. 나팔쟁이가 그런 당돌한 처자를 어디 한둘 봤겠나. 하지만도 자기가 누구라카고는 동생하고 팽하니 달아난 그런 처자는 아매 처음일거로? 그날은 마, 달님도 니 엄마 편을 들어준 기라. 허연 달덩이 같은 처자가 환한 달빛 아래서 그렇게 말하고는 핑 달아났으니 니 아부지 간장도 찌릿찌릿 했을 거 아이가?"

내가 다그쳐 물었다.

"그래, 그 뒤에 우찌 됐노?"

"우찌 되기는, 두 사람이 찰떡궁합으로 철썩 만나고 말았으니 니가 여기에 있는 거 아이가?"

이튿날부터 아버지는 정말로 엄마를 찾아오기 시작했고, 공연을 끝내고 서울로 돌아갈 때는 정식으로 청혼을 했다. 외할머니께서는 떠돌이는 절대 안 된다, 한 곳에서 살림할 자신이 있으면 그때 부모를 내려보내라고 배짱을 부렸다. 할머니로서는 그럴 수도 있는 것이 초등학교지만 착실히 끝냈고 서당 훈장에게 몇 년을 더 배우게 했으니 값을 튕길 만도 했을 것이다.

이때 아버지는 할머니께 저간의 사정을 정직하게 고백을 했다. 초례청에 양가집 부모가 참석하는 것은 당연한 이치오나, 하지만 자기 부모는 개성에 있어 내려올 수가 없다, 삼팔선이 가로막혀 있어 초청할 수도 없다, 그러나 결혼만 시켜준다면 떠돌이 생활을 청산하겠다고 다짐했다.

할머니는 마음이 약해져서가 아니라 아버지가 생판 날건달은 아니라는 것, 하는 일에 비해 진실성은 간직하고 있다고 판단했고 그래서 자기 집 마당에서 두 사람의 결혼식을 올려준 뒤 서울로 떠나보냈다.

아버지도 서울로 돌아온 뒤 한 자리에 머물러 살겠다는 그 약속은 착실히 지켜준 셈이었다. 순회공연 같은 일은 청산하고 요정 악사로 주저앉아 처자식을 먹여 살린 것이었다.

하지만 그래봐야 고작 5년, 그리고 아버지는 영영 돌아오지 않았다. 그렇게 짧은 부부 연분에도 성 하나를 물려받은 나는, 그렇다면 그들이 따로 던져둔 긴 인연줄의 한 가닥이었던 것일까. 그래서 지금도 가끔 내 아버지에 대해 궁금한 것은 그 확인, 불변의 인연이란 부모 자식간뿐이라는 그 절차인 것일까.

가끔 보야 삼촌이 내 아버지가 생각날 때면 이렇게 말했다.

"니 아부지 정말로 멋졌다. 내 눈에도 그렇게 잘나 보였는데 니 엄마 눈엔 어땠겠노……."

나는 내 아버지가 얼마나 멋졌는지, 또 나팔을 잘 불었는지는 알지 못한다. 그럼에도 아버지에 대한 기억이 남아 있는 것은 외할머니의 당부처럼 한 자리에 머물며 우리와 그만큼이라도 살아준 덕분이었을 것이다.

1950년 6월 25일. 그때 우리는 청량리역 근처에서 살았다. 그무렵 아버지는 큰 요정에서 전속 악사로 일했고, 낮에는 잠을 자거나 가끔 나를 데리고 기찻길로 바람을 쏘이러 나가곤 했다. 그런데 그날 아버지는 트럼펫의 누름쇠 하나가 고장이 나 그걸 고치려고 시내에 나갔고, 엄마는 나에게 간식을 주려고 아궁이에 갈탄 가루를 뿌려가며 감자를 삶고 있었다.

감자가 다 익어갈 때 아버지가 돌아왔다. 엄마가 아버지께 물었다.

"벌써 고쳤어요?"

"아니."

"왜요?"

"모두들 문을 닫았어."

"문을 닫아요?"

"응, 전쟁이 나서 말이야."

대수롭지 않게 말해서 엄마는 그게 무슨 뜻인지 얼른 알아차리지 못했다.

"감자 냄새가 좋은데? 다 익었으면 먹지 그래."

아버지는 코를 큼큼거리며 말했다. 엄마가 감자 그릇을 들고 방에 들어갔고, 나는 아버지 옆에 바짝 붙어 앉았다. 아버지는 뜨거운 감자 껍질을 쓱쓱 벗겨 젓가락으로 꿴 다음 나를 먼저 쥐어주었다.

엄마도 그렇게 감자 껍질을 벗기다가 무슨 생각에선지 벌떡 일어나 밖으로 나갔다. 아버지와 내가 그 감자를 반 이상 먹어치운 이후에야 엄마는 돌아왔다.

"온 이웃이 다 비었어요. 우리도 피난 가야 하지 않을까?"

"그래야 소용없어. 이럴 땐 집에 가만히 있는 게 더 안전해."

아버지는 외출에서 돌아올 때부터 이미 그렇게 마음을 정했던 모양이었다. 난리가 나면 먼저 피난을 가는 게 당연했을 텐데 아버지가 머뭇거린 이유는 혹시 개성의 부모 형제들을 만날 수 있지 않을까 하는 기대감 때문이었는지도 몰랐다. 그러나 엄마는 달랐다. 자기 친정이 남쪽에 있는 데다 모든 사람들이 남쪽을 향해 피난들을 가고 있으니 한시바삐 떠나야 한다는 쪽이었다.

그렇게 이틀을 조른 결과 마침내 피난짐을 쌀 수가 있었다. 그때쯤엔 아버지 역시도 포탄 소리 등쌀에 견딜 수 없었던지 이른 새벽부터 집을 나섰다. 아버지는 등짐을 졌고 그 위에 나를 태웠으며 당신의 악기는 케이스에 넣어 내 가슴 앞에 걸쳐두었다. 나는 그 악기 때문에 아버지의 목을 단단히 끌어안을 수가 없었고 더욱이 잠에 취해 연신 고개를 늘어뜨려 가족들의 발길까지 더디게 했다.

내가 잠에서 완전히 깨어났을 땐 해가 중천에 떠 있었다. 햇살이 나를 깨운 것 같았으나 나는 그해가 이 세상에서 한 번도 만나본 적이 없는 그 무엇처럼 낯설었다. 해가 놀라고 있었던 때문인지도 몰랐다. 그랬다. 어떤 소리가 자꾸만 하늘뿌리를 흔들었고 해님도 무서워서 떨고 있었다.

쿵! 쾅! 대포 소리는 계속해서 들려왔다. 이번에는 땅의 뿌리가 또 그렇게 흔들려댔다. 나는 아버지 목을 왈칵 끌어안았다.

"이제 잠 깼니? 그럼 좀 걸어가자꾸나."

아버지는 마치 기다렸다는 듯이 나를 땅바닥에 내려놓았고 그때부터 나는 아버지의 손에 이끌려 걷기 시작했다.

그날 피난길에 나선 사람은 우리말고도 많았다. 소달구지나 자전거에 짐을 싣고 가는 사람들, 아이만 업고 가는 젊은 댁도 있었다. 사람들이 점점 많아졌고 앞서 가던 피난민들이 차례로 멈추어 서는가 했더니 그 앞이 강이었다.

거기에는 임시로 설치된 긴 다리가 있었다. 그러나 다리는 너무 좁아 한참이나 기다려야만 건널 수 있는 차례가 돌아왔다. 우리 뒷줄은 점점 더 길어졌고 앞줄은 더디게도 줄어들었다. 마침내 우리들 차례가 왔다. 아버지가 다리에 올라서려고 등짐 멜빵을 치키고 있을 때 그 초입에 서 있던 군인들이 내 아버지를 끌어냈다.

"당신은 이쪽으로 나오시오."

전투장으로 투입할 청년들을 색출해내는 중이었고 거기에 내 아버지가 걸려들었다. 잘 자란 콩나물처럼 그렇게 뽑혀버린 것이었다. 사태를 파악한 엄마가 아버지를 돌려달라고 군인들에게 통사정을 했으나 그들은 오히려 으름장만 놓았다.

"피난하기 싫으면 당신도 이쪽으로 나와 있어요!"

아버지가 엄마를 달랬다.

"처가에 가 있어. 곧 뒤따라갈게."

그리고 아버지는 등짐을 엄마와 나에게 안겨주었고 곧 저쪽으로 이끌려갔다. 강가 저쪽에는 벌써 몇 명의 남자들이 서 있었다. 모두 아버지처럼 색출당한 사람들이었다. 아버지는 거기서도 우리를 향해 어서 가, 어서 가, 라고만 소리쳤다.

우리는 떠밀리다시피 해서 다리로 올라섰다. 다리를 다 건너자 엄마는 모래밭에 짐을 내려놓고 재빨리 강 건너 쪽을 살펴보았다. 그러나 아버지의 모습은 이미 사라지고 없었다.

엄마는 풀썩 주저앉아 땅을 두드리며 울었다.

"여보, 내 탓이오, 내 탓……. 당신 말 듣고 집에 있었으면 이런 일은 없었을 텐데……. 아이고, 난 인제 어쩌노, 난……."

엄마는 목이 터져라 울어대는데 지나가던 사람들은 그저 '그래 봐야 소용없다'는 말만 던져주었다. 한 노인이 말했다.

"난리통에 뭐 그리 청승을 떨고 있을까, 어서 아일 데리고 피난이나 가요. 영등포역에 가면 기차를 탈 수 있다오."

그제야 엄마는 울음을 그쳤고, 두 주먹으로 눈물을 쓱쓱 훔쳐내더니 곧 짐을 정리했다. 옷가지들은 다 버리고 냄비와 쌀, 수저, 작은 홑이불만 다시 챙겼고, 아버지의 나팔은 나에게 안겨주었다.

"이건 네가 들어라."

엄마는 머리와 양손에 짐을 들고 앞서 걸으며 다시 내게 일렀다.

"엄마 치마꼬리를 꼭 잡아라."

그러나 나는 엄마의 치마꼬리를 잡을 수가 없었다. 다섯 살짜리에게 그 트럼펫은 너무나 무거워 양손으로 들어도 잘 걸을 수가 없었다. 그럼에도 엄마는 몇 번이나 뒤돌아보며 주의를 주었다.

"그렇게 질질 끌면 안 된다니까. 잘 들어라."

나는 그 무거운 것을 들고 가느라 정말이지 오줌까지 찔끔찔끔 지려야 했다. 나보다 큰 남자애도 아빠의 지게에 올라타고 피난을 가는데 엄마는 왜 어린 나에게 그런 고생을 시키는지 야속하기도 했다.

그러나 엄마에게 그 나팔은 내 아버지, 혹은 나와도 똑같은 존재였을 것이다. 그러니까 그 나팔 때문에 아버지를 만났고 아버지를 만나서 나를 만들었으므로 내가 그 나팔을 잘 지켜야 한다는 생각이었는지도 몰랐다.

하지만 그런 '귀한 의미' 따위를 담아내기엔 내 몸이 너무도 작았다. 그랬다. 다섯 살짜리에게 그 무게는 차라리 고문이었다. 나는 그 고문에서 벗어나고 싶었고 어서 벗어나는 것이 내가 살길이었다. 게다가 그때 마침 또 엄마의 치마꼬리조차 멀어지고 있었다. 내가 잡아야 할 것은 짐덩이 나팔이 아닌 엄마의 치마꼬리였다. 나는 악기를 던져버리고 냅다 달려가 얼른 엄마의 치마꼬리를 붙잡았다. 하지만 엄마는 내 빈손을 살펴본 뒤 다시 되돌아가 그 나팔을 집어 들라고 했다.

"어서 들어라. 이것을 버리면 네 아버지도 잃는다."

그날 오후 무렵 영등포역에 도착했다. 다행히 피난민 수송용 임시 기차가 있었다. 역전 주변에는 그 기차를 타겠다는 피난민들이 벌떼처럼 몰려 있었지만 아이와 아기 엄마들에게 우선권이 주어졌고 그 덕에 엄마와 나는 화물칸에 오를 수가 있었다. 화물칸에도 이미 사람이 많았고 우리 이후에도 계속해서 밀어닥쳤다. 게다가 기차는 얼른 떠나지도 않았다. 그럼에도 엄마와 나는 구석으로 밀려 앉은 채 길고 긴 잠을 잤다. 진종일 걸어온 고단함은, 아버지를 빼앗긴 슬픔보다는 훨씬 질겼던지 새벽에 기차가 떠나는 것도 우리는 알지 못했다.

이튿날 아침 눈을 떴을 땐 기차가 달리고 있었다. 그러나 어디쯤 가고 있는지 우리는 전혀 바깥을 내다볼 수가 없었다. 사람들이 첩첩이 가려 출구까지 꽉 막은 때문이었다. 아이들이 숨이 막혀 컥컥거리면 어른들은 조금씩 몸을 틀어 바깥바람을 들여보내주곤 했다. 사람 머리통 하나만큼의 공간에서 휙 들어오는 바람은 아주 짧은 순간 나에게 닿기도 했지만 곧 다시 사람의 열기가 내 숨통을 막았다.

그러다가 오산쯤에서 기차가 멈추어 섰다. 고장이 났다고 했다. 언제 수리가 끝날지 알 수가 없다는데도 사람들은 내릴 생각을 하지 않았다. 자리를 빼앗길지 몰랐던 때문이었다. 그러나 아이들은 달랐다. 여기저기서 울음소리가 터져 나왔고 나도 칭얼거렸다. 사람들이 내리기 시작했다. 엄마도 몸을 일으키며 말했다.

"그래, 한참 걸린다니까 우리도 좀 내려갔다 오자."

엄마는 짐을 두고 기차에서 내렸다. 나는 용변이 급해 내리자마자 오줌부터 누었다. 오줌을 누면서 보니 기차 지붕에도 사람들이 하얗게 앉아 있었다. 그들 역시 내리거나 다시 오르면서 분주하게 움직였다.

사람들이 철둑 아래로 몰려갔다. 거기에 제법 큰 개울이 있었다. 벌써 많은 사람들이 그 개울에서 등물을 치거나 세수를 하고 있었다. 엄마도 그쪽으로 내 손을 이끌었다. 자리가 없어 한참이나 내려간 후 엄마는 내 옷을 벗겨 먼저 목욕을 시켜준 후 당신도 목덜미까지 물을 적셨다.

"아이구, 시원하다. 이제 가자."

그때 몇몇 사람들이 개울 아래쪽으로 내려가는 것이 보였다. 거기엔 복숭아밭이 있었다. 우리도 복숭아밭으로 갔고 엄마는 큰 것을 따서 내 손에 들려주었다. 그리고 내 치마를 펼치게 한 뒤 복숭아를 따 모았다. 기차로 돌아가 생쌀로 배를 채우는 것보단 복숭아로 요기를 하는 게 낫다고 생각한 모양이었다. 나도 신이 나서 나무 밑에 주저앉은 채 숫자놀이를 했다. 그 즈음 셈을 배우기 시작했던 것이다.

"하나, 둘……. 다섯 개야, 엄마."

그때였다. 아래쪽에서 비행기 한 대가 하늘을 쌩 가르고 날아왔다. 그렇게 크고 빠른 비행기는 처음이라 내가 복숭아도 잊고 벌떡 일어서는데 저만치 있던 남자가 큰소리로 외쳤다.

"엎드려!"

사람들은 나무 밑으로 엎드렸으나 엄마와 나는 그럴 여유도 없었다. 이미 비행기는 기차 위에다 폭탄을 터트리는 중이었고, 뒤이어 무서운 굉음과 함께 기차 위에 앉아 있던 피난민들이 허수아비처럼 사방으로 날아갔다. 그리고 다시 눈을 떠보니 기차의 중간부분이 뚝 잘린 채 어디론가 사라지고 없었다. 폭격에 날아간 것이었다.

별안간 정적이 휩싸였다. 폭격당한 부분에서 연기가 피어오를 때쯤 사람들이 움직이거나 울음소리가 들려왔다. 엄마가 내 손을 잡아끌었다. 그리고는 기차 쪽으로 내달리기 시작했다. 그렇게 달려간 이유는 두고 온 짐, 아니 나팔 때문이었다.

그 폭탄 투하는 우방국의 오인 폭격이었다. 아직 인민군들이 거기까지 내려오지 못했는데도 피난민 수송열차를 인민군 군용열차로 착각한 것이었다. 그 오인 폭격으로 차량 두 칸이 날아갔고 양 옆 두 칸이 또 반쯤 잘렸으며 나머지 차량은 서로 반대쪽으로 길게 밀려나 있었다. 요행히 폭격을 피한 차량일지라도 지붕 위의 사람들은 물론 안에서도 충격에 튕겨 나가거나 벽에 부딪혀서도 수없이 죽어 있었다.

엄마는 차량으로 다가가 우리가 탔던 화물칸을 찾기 시작했다. 그것은 아래쪽으로 한참 밀려났고 그럼에도 차량 겉벽에는 여기저기 피와 살점이 엉켜 붙어 있었다. 어떤 것은 큰 덩어리로 들어붙어 푸줏간에서 사온 고기점과 하나도 달라 보이지 않았다.

우리가 탔던 차량은 앞에서 세 번째에 있었다. 다행히 폭파된 차량과 바로 붙은 것은 아니라 해도 그 속에도 역시 시체가 있었다. 엄마는 개의치 않고 안으로 들어가 우리의 짐을 찾았다. 나팔 위에는 한 노인이 쓰러진 채 죽어 있었다. 엄마는 그 시체를 밀치고 나팔을 꺼냈다. 나팔 케이스 한 귀퉁이에 피가 묻어 있자 엄마는 옷가지 하나를 꺼내 깨끗이 닦은 뒤 다시 나에게 들려주었다.

한참 후 사람들이 울력을 시작했다. 그늘도 역사도 없는 벌판에서 사람들은 흰 개미떼처럼 움직였다. 뜨거운 햇살과 사방에서 피어오르는 증기 같은 열기로 인해 사람들의 움직임도 흐느적거리거나 굴절되어 보였다. 그럼에도 사람들은 쉬지 않고 움직였다. 잔해를 치우고 차량을 잇는 사람, 시체를 한 군데로 옮기는 사람들, 몸이 온전한 사망자는 철길 둑에 나란히 뉘어졌고 다리나 팔 혹은 신체의 일부분만 남은 시신은 따로 모아졌다. 그렇게 움직이면서도 사람들은 그 누구도 입을 열지 않았다. 땡볕과 사람들의 옷차림과 그들의 침묵, 그 모든 것이 백색으로 녹아내리는 녹청 같았다.

철둑의 시체들도 점점 많아졌다. 엄마와 오줌을 누려고 보리밭에 내려갔을 때, 거기서 바라본 시체는 마치 움직이지 않고 그냥 서 있는 사람들 같았다. 철둑의 경사 때문에 그렇게 보인 모양이었다. 엄마는 얼른 시신들을 외면하고 여자들이 모여 있는 쪽으로 내 손을 이끌었다.

시체 정리보다 먼저 차량이 붙여졌다. 그러나 주변 정리가 끝나야 기차는 움직일 수 있다고 했다. 사방에서 파리가 날아들었다. 한 남자애는 죽은 부모들 곁에 쭈그리고 앉아 파리를 날려주고 있었다. 또 저만치에는 상한 아이들이 생선들처럼 즐비하게 누워 있었고 양친을 잃은 아이들이 여기저기서 울어대기도 했다. 나는 엄마의 치마꼬리를 더 단단히 틀어잡았다. 어떤 일이 있어도 엄마마저 놓치고 싶진 않았다.

주변 정리가 끝났을 때는 해가 서쪽으로 기울어가고 있었다. 그때, 기관사가 큰소리로 외쳤다.

"오늘은 기차가 떠날 수 없소. 지금으로선 언제 떠날지도 알 수 없는 일이오. 또, 다시 폭격을 받지 말라는 보장도 없어요. 그러니 여러분들은 걸어서라도 먼저 떠나는 게 좋을 것 같소이다."

피난민들은 무척 실망을 했다. 땡볕 아래서 그렇게 울력을 한 것은 죽은 사람들이 아닌, 살아 있는 자신들을 위해서였다. 어쨌든 산 사람은 떠나야 하고 그러자면 그 기차를 얻어 타야 했다. 하지만 별 도리들이 없었다. 기관사 말처럼 그 기차는 당장 떠나지도 않을 뿐더러 다시 폭격당할지도 모른다면 걸어서라도 떠나는 게 상책이었을 것이다.

피난민들이 움직이기 시작했다. 더러는 철길을 따라 또 더러는 철도 가까이 있는 국도 쪽으로 방향을 잡았다. 엄마는 서둘러 짐 정리를 했다. 다른 것은 다 버리고 쌀자루와 나팔 케이스만 챙겨 들었다. 엄마는 쌀자루를 머리에 이고 한 손으로 악기 케이스를 든 뒤 국도 쪽 피난민들 행렬을 따랐다.

비로소 나는 짐으로부터 해방이 되었고 따라서 엄마의 치마꼬리를 단단히 부여잡을 수 있었다. 하지만 다른 아이들은 달랐다. 부모가 없는 아이는 그대로 버려지거나 기차와 함께 남았고 몇몇 아이들은 울면서 피난민들을 따라오기도 했다. 그러나 그 어떤 피난민들도 고아들을 데려가 주는 사람은 없었다. 자기 식구 챙기기에도 힘이 부족했던 것이다.

그날부터 다시 걷는 고행이 시작되었다. 사람들은 밤에도 쉬지 않고 걷기만 했다. 나는 걸으면서도 졸았고 그러다가 엄마의 치마꼬리를 놓치면 얼른 잠이 깨곤 했다. 그때마다 엄마는 말했다.

"그러니까 졸지 말고 잘 걸어라."

자정이 넘어 마을에 도착했다. 사람들은 잠이라도 얻어 자자고 각자 민가로 찾아들었다. 이미 거의 피난을 갔는지 비어 있는 집들이 많았다. 우리는 아기 딸린 대가족들과 함께 어느 초가로 들어갔고 엄마와 나는 헛간 차지가 되었다. 엄마가 멍석을 깔았고 그 위에서, 더욱이 엄마 품에 꼭 안겨 자는 잠은 그 어느 때보다 달콤했다.

그러나 내 달콤한 잠에는 항상 대가가 따랐다. 그날도 그랬다. 우리가 너무 늦잠을 잤는지 피난민들은 이미 다 떠나고 없었고 더욱이 헛간 앞에 둔 쌀자루마저 사라져버리고 말았다. 아마 안방을 차지했던 그 대가족이 가져간 모양이었다. 엄마는 그래도 나팔은 남아 있다는 것 때문에 크게 실망하지 않았다.

"배고파 엄마."

내가 칭얼댔다.

"그래, 어차피 피난민을 놓친 거라면 우리는 배라도 채우고 가자꾸나."

엄마는 호미를 찾아들고 마을 텃밭으로 나갔다. 거기에는 캐다만 올감자밭이 있었고 엄마는 감자를 캐서 개울에서 벅벅 씻었다.

우리는 그렇게 남의 집 빈 마을에서 마치 주인인 양 감자까지 삶아 먹은 후 길을 떠났다. 배가 부른데다 지난 밤 달게 잔 덕에 우리는 힘차게 걸을 수 있었다. 무엇보다도 큰길은 따라가기만 하면 되었고 길을 찾아 헤매는 일이 없어서 좋았다.

들도 비어 있었다. 보리와 밀이 누렇게 익어 있고 모심기도 끝나 있었으나 사람은 보이지 않았다. 그러나 피난민들은 더러 있었다. 그들은 우리 뒤를 따라오다가 어느 순간 우리를 앞질러가곤 했다. 달구지마다 짐이 가득가득 실려 있었다. 엄마는 가끔 피난민들에게 묻곤 했다.

"경주까지 가려면 얼마나 더 가야 하지요?"

사람들은 모르오, 라고 답하거나 아마 며칠은 더 걸어야 할걸, 하고 대답해주었다.

그날 밤 우리는 들판에서 잠을 잤다. 마침 타작한 보리밭을 발견했고 빈터엔 보릿짚이 가득 쌓여 있었다. 엄마는 그 보리짚단으로 집을 만들었고 지붕까지 씌웠다. 우리는 그 속에 들어앉아 들과 하늘을 바라보았다.

하늘은 너무나 넓어 세상 전부가 하늘 보자기에 폭 쌓여 있는 듯했다. 게다가 수많은 별들이 물결처럼 흔들리거나 뚝뚝 떨어져 내렸다. 들은 호수 같았고 아기별들이 호수에 퐁당퐁당 뛰어내리며 노는 것도 같았다. 내가 그렇게 별에 홀려 있을 때 엄마가 말했다.

"그만 자자. 내일 또 일찍 걸어야 할 테니까."

엄마의 목소리는 슬펐다. 한 손으로 악기를 쓰다듬는 것이 아빠를 생각하는 모양이었다. 나도 아빠가 보고 싶었다. 아빠가 있다면 나의 피난길은 훨씬 편할 수도 있었을 것이다. 무엇보다도 아빠의 냄새가 그리웠다. 담배 냄새에 섞여 나오는 아릿한 쉿내음, 나팔쟁이 아빠에겐 늘 그런 냄새가 났다.

이튿날은 해가 떠오르자마자 길을 나섰다. 한길은 비어 있었고 우리는 배가 고팠다. 엄마는 밀밭에 들어가 그 밀을 손바닥으로 비벼 내 입에 넣어주었다. 그것은 이미 타작할 때가 지나서인지 너무 여물고 딱딱했지만 그래도 배는 채워졌다. 우리는 도랑물로 입가심까지 한 후 다시 걸었다.

얼마쯤 걸었을까, 내 온몸이 가렵기 시작했다. 나는 긁느라 자주 멈춰 섰고 엄마도 그렇게 여기저기 긁어대다가 길가 돌바닥에 나를 앉히고 옷을 벗겼다. 가슴 여기저기가 빨간 돌기가 생겨 있었다. 엄마는 찬찬히 옷 속을 살폈다.

"에그, 곰박사니가 잔뜩 올라붙었네."

정말로 옷 속에는 서캐보다 더 작은 빨간 것이 여기저기서 움직이고 있었다.

"이건 어제 우리가 잔 보릿대에서 옮은 것이다."

그리고 엄마는 덧붙였다.

"시골 사람들은 여름엔 곰박사니에 겨울엔 가랑니에 시달린다더니……, 그나마 서울엔 그런 것이 없었는데……."

그 말에도 도시 생활을 선사한 아버지에 대한 그리움이 배어 있었다. 그럼에도 자식은 현실이었던지 얼른 내 옷을 툭툭 털어

입히며 말했다.

"가다가 개울이 있으면 옷을 빨아서 입자. 해가 쨍쨍하니까 젖은 옷을 입고 걸어도 금방 마를 것이다."

곰박사니에서 벗어나는 길은 옷을 빨아 입는 도리밖에 없었다. 게다가 엄마도 옷을 빨아 입어야 했다. 그러자면 후미진 곳에 개울이 있어야 할 텐데 그런 곳은 그 주위에 없었다. 엄마와 나는 온몸을 긁어대면서 한나절은 더 걸었다. 더 참을 수 없었을 때 엄마는 큰길을 벗어나 논두렁으로 내려섰다. 논두렁을 따라가다 보면 개울을 만난다는 것이었다.

엄마의 생각이 옳았다. 논이 한껏 낮아진 위치에 도착했을 때 물 흐르는 소리가 들렸고 거기가 바로 개울이었다. 개울 폭도 제법 넓었다. 산자락을 낀 개울답게 물 속 여기저기에 바위가 놓여 있었고 그 건너편은 곧장 산이었다.

"자, 어서 옷을 벗어보자."

엄마가 내 옷을 벗겨냈다. 벌거숭이 내 몸은 긁고 물린 자국으로 온통 불긋불긋 했다.

"에그, 그 작은 곰박사니가 어린 몸이라고 맘껏 파먹었구나."

엄마는 얼른 내 몸에 물을 끼얹어 가려움을 달래준 후 얕은 물에 앉혀주었다.

"자, 여기서 물놀이해라. 그럼 곧 가라앉을 것이다."

엄마는 내 옷가지들을 들고 물살이 센 데로 들어가 한참 흔들어 빤 뒤 바위에 널었다. 그러자 그 옷에서 금방 김이 피어올랐다. 햇볕에 바위도 한껏 달아 있었던 것이다.

"그래, 금세 마르겠구나."

그리고 엄마는 자신의 옷도 다 벗어 그렇게 빨아 넌 뒤 물 속으로 들어왔다.

"아이구, 시원하다. 시원하다."

엄마는 물 속에 들어앉아 기분 좋은 엄살소리를 냈다. 엄마의 젖가슴 쪽에도 긁어서 벌건 자리가 많았다. 엄마는 그 가슴에 연신 물을 끼얹으며 시원하다는 소리만 연발했다. 그러자 손톱자국에 성났던 자리는 금방 가라앉았고 대신 그 가슴으로 햇살이 흘러내리면서 물기에 얹혀 반짝반짝 빛을 발했다.

내가 그 젖을 먹던 때의 일이 아릿한 그리움으로 떠올랐다. 젖을 먹겠다고 보채면 엄마는 말했다. 어서 동생을 봐야지. 니가 자꾸 젖을 차지하고 있으면 동생이 안 생겨…….

그때였다. 굽어진 개울 둑 아래서 군인들이 올라오고 있었다. 아무 기척도 듣지 못했는데 여러 명이었다. 엄마는 허둥대며 바위로 다가가 옷을 걸어 입었다. 속옷과 치마를 걸쳤지만 이미 너무 늦어버렸다. 군인들이 아주 가까이 다가와 있었고 한 군인이 엄마의 팔을 끌어당겼다. 엄마는 한쪽 팔에 적삼을 끼다 말고 그들에게 붙잡혔고 군인들은 엄마를 이끌고 자기들이 왔던 길로 도로 내려갔다.

나는 울면서 엄마를 쫓아갔다. 엄마는 끌려가면서도 다급하게 소리쳤다.

"오지 마, 거기 가만히 있어, 어디 가지 말고 꼭 거기에 있어……."

나는 제자리로 돌아와 얼른 옷을 챙겨 입었다. 엄마가 돌아오면 곧 따라나서기 위해서였다. 하지만 엄마는 쉬 돌아오지 않았다. 해가 기울어 가는데도 소식이 없었다. 개울 둑 아래로 내려가 보았으나 사람의 흔적은 보이지 않았다. 나는 다시 제자리로 돌아왔다. 엄마는 위에서 올지도 몰랐고 그러면 나를 찾지 못할 것이기 때문이었다.

해가 기울어가면서 개울과 산에 그림자가 생겨났다. 무서워졌다. 엄마는 반드시 올 것이지만 그 전에 군인 같은 사람이 나타나 나를 잡아갈지도 몰랐다. 나는 울기 시작했다. 엄마, 엄마, 하고 외치면서 울다가 불현듯 나팔 케이스를 보았다. 그것은 개울가 논둑에 얌전히 놓여 있었다. 나는 그것을 꺼내 아버지가 하듯 힘껏 바람을 불어 소리를 내보았다. 하지만 아무 소리도 새나오지 않았다.

나는 울면서 자꾸만 나팔을 불었다. 마침내 삑, 하는 소리가 터져 나왔다. 이제 엄마는 곧 돌아올 것이었다. 왜냐하면 그 나팔은 엄마에게 아주 소중한 것이고 따라서 설령 나를 잊어버린다 해도 그 나팔은 버리지 못할 것이었다.

해가 서산에서 간당간당 넘어갈 때 엄마가 흐느적거리며 걸어왔다. 내가 달려가자 엄마는 그 자리에 풀썩 주저앉아버렸다.

"엄마……."

엄마의 차림은 단정해 보였다. 치마도 저고리도 말짱하게 입혀져 있었다. 그러나 주저앉은 뒤로는 좀처럼 일어나지 못했다. 나는 엄마에게 무슨 일이 있었는지 알지 못했다. 그런 것은 내 나이로 알 수 있는 처지도 아니었다. 중요한 것은 엄마가 다시 돌아온 것이었고 나는 개울가에 혼자 버려지지 않아도 된다는 안도감뿐이었다.

나는 그 안도감을 확인하려고 슬그머니 엄마의 무릎에 앉아보았다. 엄마는 나를 내치지도 끌어안지도 않았다. 그저 꼼짝없이 앉아 있었고 나도 가만히 숨을 죽였다.

해가 완전히 넘어가고 땅거미가 내리기 시작할 때 엄마가 벌떡 일어났다. 그리고 다시 옷을 활활 벗고는 개울로 들어가 온몸을 씻기 시작했다. 엄마는 그렇게 오래오래 몸을 씻은 후 옷을 입었다.

"가자……."

엄마가 내 손만을 잡아 줄 때 나는 얼른 나팔 케이스를 들어올렸다.

"엄마, 이거……."

엄마는 고개를 저었다.

"그걸 들 힘이 없구나……."

나팔은 거기에서 버려졌다. 나는 몇 차례나 뒤를 돌아보았다. 그 나팔이 내 시야에서 완전히 사라졌을 때 우리는 다랑이 논길로 올라서고 있었다.

엄마는 아주 천천히 걸을 수 있었고 큰길까지 나왔을 땐 벌써 깜깜해지기 시작했다.

우리는 오던 길에 봐두었던 참외밭 원두막으로 돌아갔다. 잘 곳이 필요했고 또 어두워 더 걸을 수도 없었다. 엄마는 그 위로 올라가자마자 앓기 시작했다. 나는 배가 고파도 참고 엄마 곁에 가만히 누워 있었다.

이튿날 아침 이른 시간 잠이 깼다. 차 소리 때문이었다. 지프차들이 달려가는가 했더니 잠시 후 수많은 군인들이 그 뒤를 따랐다. 철모에 풀대를 꽂은 군인도 있었다. 그때 누워 있던 엄마가 손을 뻗어 내 발목을 끌어당겼다.

"어서 누워!"

엄마의 목소리는 절박했다. 군인들에게 들키면 이제 살아남을 수 없다는 뜻으로 들렸다. 나는 엄마 곁에 누워 군인들의 군화소리를 들었다. 한나절이 가도록 그 소리는 끊어지지 않았다. 오줌이 마려워 죽을 지경일 때 나는 헐떡거리며 말했다.

"엄마, 오줌 마려……."

"그냥 싸거라."

사방이 갑자기 조용해졌다. 가만히 고개를 들고 바라보니 한길은 텅 비어 있었다. 군인들 행렬이 끝난 모양이었다. 엄마의 입에서도 앓는 소리가 살아나기 시작했다. 그것은 이제 안심해도 된다는 신호로 들렸고 나는 슬그머니 일어나 원두막을 내려갔다. 배가 고파서 참을 수가 없었던 때문이었다.

우리는 그렇게 이틀을 원두막에서 지체했다. 나는 뱀딸기며 덜익은 참외까지 따먹으며 배를 채웠고 엄마가 목마라할 땐 버려진 쪽박을 찾아 논물을 떠다주기도 했다. 엄마는 물만 마시고도 조금씩 기운을 차리는 듯했고 저녁 무렵 내가 따다준 참외 하나를 씨도 남기지 않고 다 먹었다.

사흘만에 우리는 다시 길을 나섰다. 엄마는 기운을 찾은 듯했으나 나는 설사를 시작했다. 참외 때문인지도 몰랐다. 걷다가도 여기저기 똥질을 했고 마침내는 기운까지 빠져 흐느적거리자 엄마가 나를 들쳐업었다.

이제 엄마 몸에 붙어 있는 것은 나뿐이었다. 그랬다. 소중한 트럼펫, 나와 내 아버지가 연결되어 있는 그 의미심장한 트럼펫도 버려졌다. 내가 졸면 악기를 등에 업고 나를 안고 걸어왔던 엄마였다. 그런데 그것조차도 그렇게 한순간에 버려졌다.

돌아보면 그 피난길이 엄마에겐 5년 간의 결혼생활, 청춘의 열정과 그 결과물을 하나하나 청산하는 과정이었다. 그리고 마지막으로 남겨진 것이 나였다.

엄마는 나조차도 버려야 한다고 생각했을까. 그래서 외가에 던져놓고 허둥지둥 또 그렇게 사라졌던 것이었을까. 그러했다. 엄마가 친정으로 간 것은 거기서 아버지를 기다리기 위해서가 아니었다. 남편은 이미 기다릴 수 없거나 떠나야 할 사람이었고 그 부산물인 나 역시도 버리거나 어디엔가 맡겨야 할 존재였는지도 몰랐다.

외삼촌들

　내가 외갓집 사립문으로 들어섰을 땐 하얀 햇살이 밀가루 반죽처럼 마당에 깔려 있었다. 그러나 이미 잠의 고드름이 걸린 내 눈은 집안에 사람이 있는 것도 보지 못했고 마루에 내려지자마자 그대로 깊은 잠이 들어버렸다. 정말이지 그 잠은 꿀맛보다 더 달았고 그 마루는 엄마의 등보다 더 편안했다. 피난길을 나선 이후 처음으로 그렇게 오래오래 자본 잠이기도 했다.

　잠이 깨었을 땐 해가 서산에 걸려 있었다. 할머니는 긴 담뱃대를 물고 먼 산을 바라보며 뻐끔뻐끔 연기를 뿜어냈고 막내 외삼촌은 마루에 걸터앉아 또 그렇게 어딘가를 바라보고 있었다.

　둘러보니 엄마가 보이지 않았다. 나는 금방 알아차렸다. 엄마가 날 두고 떠났다는 것을. 마침내 나 역시도 대구역의 그 고아들처럼 버려지고 말았다는 것을.

　엄마가 대구역에 들린 것은 경주까지라도 기차를 얻어 탈까 해서였다. 그러나 그 대합실에는 경주로 가는 승객 대신 고아들만 가득했다. 모두 기차로 실려 온 아이들이라 했다. 건강한 아이들은 따로 줄을 세워 한 남자가 인솔해갔고 아프거나 탈진한 아이들은 손수레로 옮겨져 어디론가 실려갔다. 그들이 가는 곳이 병원일 수도 있었으나 나는 왠지 버려지러 가는 것으로 여겨졌고 그래서 얼른 엄마의 치마꼬리를 틀어잡았다.

그런데 결국 그 치마꼬리마저 놓치고 말았다. 그토록 단단히 틀어잡고 왔건만 엄마는 내가 잠든 사이에 자신의 치마꼬리를 매정하게도 거두어 가버린 것이었다.

나는 까맣게 밀려오는 절망을 보았다. 그러나 그대로 포기할 수는 없었다. 나는 벌떡 일어나 곧장 마을 앞길로 달려나갔다. 달리면서 엄마, 엄마, 하고 불렀고 또 애원했다.

"엄마, 가지 마. 나 다 나았잖아. 이제 설사도 하지 않잖아. 언제까지라도 엄마랑 걸을 수 있어. 잘 걸을 수 있어, 그러니 제발 날 데리고 가, 엄마……."

뒤에서 외삼촌이 따라오며 소리쳤다.

"선아, 엄마 곧 온다, 엄마는……."

나는 더 힘껏 내달리며 속으로 외쳤다.

'남자들은 소용이 없어. 아무리 날 데리고 있고 싶어도 다른 사람이 잡아가는걸. 아빠처럼 그렇게 잡혀가면 아이들은 버려지는 걸……'

그때 외삼촌이 나를 덥석 안아 올렸다. 나는 다급해졌다. 어서 가서 엄마를 잡아야 했다. 그러므로 잠시도 잡혀 있을 시간이 없었다. 나는 그 손아귀에서 벗어나려고 발버둥을 쳐보았지만 내 힘으로는 어림도 없었다. 나는 주먹을 쥐고 그의 눈을 때렸다. 그는 아야, 하고 비명을 지르며 나를 놓아주었다. 나는 다시 곤두박질치듯 달렸다.

내 맞은편에서 누군가가 걸어오고 있었다. 엄마가 아닌 보야 삼촌이었다. 떠나는 엄마를 바래다주고 되돌아오는 길이었다. 이번엔 그 삼촌이 날 덥석 안아서는 등 뒤로 돌려 업었다. 그의 등은 대문짝만했고 내가 발버둥을 치며 때려도 꿈쩍하지 않았다. 삼촌은 성큼성큼 걸어 집으로 되돌아온 뒤 나를 마루에 내려놓으며 물었다.

"그런데 물어보자, 니 와 우노?"

"엄마한테 갈 거야, 엄마……."

"엄마는 니 꼬까 사러 가셨다, 그런데도 울래?"

피난살이를 해보지 않은 아이라면 고운 옷이란 말에 넘어갈 수도 있었을 것이다. 하지만 난 이미 그런 순진한 아이가 아니었다. 게다가 내게 가장 필요한 것은 고운 옷이 아니라 엄마라는 것, 몇 끼니 굶거나 고생스럽게 걸어도 엄마만 있으면 대구의 그 고아들처럼 아주 버림받지는 않는다는 것을 알고 있었다. 때문에 나는 자꾸 도리질만 치며 계속해서 울어댄 것이었다. 삼촌이 말했다.

"니 엄마가 말하시더라. 울지 않고 얌전하게 기다려야 꼬까 사서 오신다고."

삼촌의 그 말이 정말일 수도 있겠다 싶어진 것은 외가가 가까워졌을 때 엄마가 내 더러워진 옷을 한참이나 쳐다봤기 때문이었다. 또 군인들한테 잡혀갔을 때도 엄마는 기다리라고 했고 결국 돌아왔다. 나는 비로소 울음을 그쳤다. 그리고 얌전히 기다렸다.

하지만 엄마는 밤이 깊도록 돌아오지 않았다. 자다가 일어났을 때도 엄마가 보이지 않자 나는 다시 울기 시작했다. 할머니가 보야 삼촌을 깨웠다.

"인보야, 니가 알라 좀 업어서 달래라."

보야 삼촌은 날 업고 밖으로 나가 잠이 묻은 목소리로 무슨 소린가를 중얼거렸다.

"멍멍 개야 짖지 마라, 우리 애기 잠을 잔다. 앞집 개도 짖지 말고 뒷집 개도 짖지 마라. 꼬꼬 닭아 너도 너도……."

아마 자기 기억 속에 남아 있거나 혹은 이웃 마을에서 귀동냥으로 들어왔을 그 마을의 자장가였을 것이다. 졸릴 때는 멍멍 개와 꼬꼬 닭만 연속으로 중얼거리던 것은 삼촌 둘 다 마찬가지였다. 내가 오래오래 잠들지 못하고 칭얼대면 두 삼촌이 번갈아 가며 업고 둥개질을 쳐주었다. 칠흑같이 어두운 마당에서, 대숲 울타리가 우우 하고 바람에 흔들리던 그 가을까지도 삼촌들은 나를 그렇게 업어 재웠다.

그때 장남 보야 삼촌 나이가 열여덟 살, 꾸야 삼촌이 열다섯이었다. 큰삼촌을 보야라고 부른 것은 그의 이름이 한인백이었으나 할머니가 늘 인보야, 하고 불렀으므로 내겐 보야 삼촌이 되었고 막내 삼촌은 한인구였으나 역시 할머니가 인꾸야, 하고 불러 내겐 또 꾸야 삼촌이 된 것이었다.

그러니까 강가 모래밭에서 땅콩을 캐주고, 날 놀라게 해주려고 도깨비처럼 물구나무를 서서 집으로 들어선 꾸야 삼촌은 나보다 열 살이 많은 셈이었다. 이렇듯 아직도 소년인 그들이 졸지에 한 아이의 대리부모가 되어 역할분담을 했던 것이다. 꾸야 삼촌은 날 좀더 잘 데리고 놀려고 날마다 그 방법을 연구하고 보야 삼촌은 엄마처럼 날 업은 채 불을 때거나 속옷을 챙겨 입히면서 부모 노릇을 했다.

돌아보면 얼마나 이상한 촌수관계인가. 언젠가 내가 '아지아들은 나에게 삼촌도 아니고 아빠도, 오빠도 아닌데 그럼 대체 무슨 사람들이냐?' 라고 농담 삼아 물어봤을 때 그들 역시 '그럼 니는 우리한테 뭐꼬? 동생이가? 생질녀가? 응이?' 하고 받았다.

엄마는 다음 날도 돌아오지 않았다. 그날부터 보야와 꾸야 삼촌의 대리부모 역할, 그 실전이 시작된 셈이었다. 꾸야 삼촌의 당면과제는 나를 엄마 생각으로부터 멀리 떼어 가는 것이라며 보야 삼촌은 칭얼거릴 때마다 업어서 재우는 것이었다.

꾸야 삼촌은 먼저 내 주전부리를 공략했다. 처음엔 담 밑에 열린 까마종이를 따주었고 그것을 먹어본 적이 없어서 나는 고개를 저었다. 다음 그는 다래를 따주었고 그것은 달아서 널름널름 받아먹었다. 그는 나에게 더 달콤한 것을 먹여주기 위해 남의 집 참외밭으로 갔고 나는 이미 참외에 질린 터라 고개를 저었다.

그러자 그는 또 남의 집 뒷담을 넘었다. 그 집 뒤뜰에는 포도나무가 있었고 그것은 아직 익지도 않아 먹을 수도 없는 것이었다. 그럼에도 한 송이를 뚝 따서 돌아서는데 그 집 안주인이 기다리고 있다가 부지깽이로 냅다 삼촌의 어깨를 때렸다. 꾸야 삼촌은 달아나면서도 악다구니를 했다.

"씨, 내가 청년 되면 어디 보자! 아짐매 니 꼬부랑 할매 될 때 다시 보자!"

자기가 힘센 청년이 되면 복수를 하겠다는 뜻이었다. 그럼에도 뒷집 안주인은 더 따라오지 않았다. 꾸야 삼촌이 개구쟁이인 것은 온 동네가 아는 사실이었다. 그렇다고 심술이 많거나 생각이 꼭꼭 막힌 그런 얼뜨기 개구쟁이는 아니었다. 그 삼촌 친구 중에는 남의 집의 잘 익은 호박에 괜히 꼬챙이를 찌르거나 눈에 띄는 개마다 이유 없이 꽁무니를 찼던 사람도 있었지만 삼촌들에게는 그런 류의 심통도 없었다.

일주일쯤 그렇게 분주하게 열매를 따먹였는데도 삼촌은 내 머리 속에 박힌 엄마 생각을 완전히 지워주지는 못했다. 나는 엄마가 보고 싶어 다시 칭얼거리기 시작했다. 보야 삼촌이 날 업고 달래주어도 난 끅끅 늘키면서 울었다. 삼촌은 그런 내가 가여워서 들쳐업고 마을을 돌며 둥개질을 했고 그때 우물가의 아낙들은 혀를 찼다.

"원 아가 늘키다니, 청승맞구로."

아이가 청승맞게 운다는 것은 어떤 나쁜 의미가 있는 모양이었다. 보야 삼촌이 대뜸 말대꾸를 했다.

"어린아 우는 것 가지고 벨 트집 다 잡으시네."

그리고 핑하니 그 자리를 떠나버렸다. 두 삼촌은 내게 수문장이기도 했다. 나쁜 일들은 미리 가로막아 척척 내쳐버렸고 좋은 것이면 슬며시 문을 열어 내게 들어가도록 허락해주었다. 그것은 외할머니도 마찬가지였다.

그러니까 나는 외가에 맡겨진 천덕꾸러기라기보다 어떤 면에
선 그들에게 주어진 재미난 노리개였던 셈이다. 그렇지 않은가.
어린애가 없던 집안에, 커 가는 남자애들 틈에 잔재미라곤 영 없
던 집안에 다섯 살짜리, 한참 말재간이 느는 여식애가 왔으니 그
들 나름으로 희한한 축복이었을 것이고 그 재미덩이를 잘 보호해
서 키워야 한다는 것이 그들이 도출해낸 합의였을 것이다.

이 무슨 아전인수격인가. 밤마다 악머구리처럼 울어대는 아이
도 재미난 노리개라고 그렇게 살뜰히 업어주었던가. 짜증 한 번
내지 않고 그토록 귀히 보살펴주었던가. 그랬다. 엄마가 없는 7년
동안 나를 키워낸 것은 그들이었다. 고아에 대한 내 공포증까지
도 깡그리 몰아내준 것도 그들이었다. 만약 그들이 그런 식으로
나를 키워주지 않았다면 내 인생은 더 복잡한 실타래에 걸려 끝
없이 허우적거렸을지도 모를 일이다.

어느 날이었다. 꾸야 삼촌은 목화밭으로 데리고 가 어린 다래
를 잔뜩 따주면서 이런 이야기를 했다.

"이거이 늙으면 솜이 되고 이 솜으로 어른들은 이불과 아이들
의 동저고리를 만들어준다 아이가. 이번 겨실엔 할매가 니한테
명주 솜저고리를 만들어 주실 끼다."

그 말을 듣자 별안간 아빠가 생각났다. 지난 겨울 아빠는 곶감
을 사와서 나를 놀렸다.

"선아, 이것 먹으면 아주 쓰단다. 그러니까 아빠가 먹을까?"

"아니, 쓰니까 아빠 먹지 마."

"그럼 버릴까?"

"아니."

"그럼 너 먹을래?"

나는 얼른 고개를 끄덕였다. 그 곶감이 달다는 걸 나는 이미 알고 있었고 그런 딸의 앙증함이 귀여워 죽겠다는 듯 아빠는 날 껴안고 볼을 비벼댔다. 나는 갑자기 아빠가 그리워져 다시 앙, 하고 울기 시작했다. 당황한 꾸야 삼촌은 더 많은 다래를 따다주었고 나는 그것을 먹으면서도 끅끅 울어댔다.

그러자 다음날부터 꾸야 삼촌은 장소를 바꾸었다. 확실하게 울음을 막자면 방법을 바꿀 필요가 있다고 생각한 모양이었다. 점심을 먹고 들이 아닌 산으로 오르면서 삼촌이 다짐을 주었다.

"니 울지 않는다고 약속하믄 내가 다람쥐 잡아줄꾸마."

"다람쥐가 뭐야?"

꾸야 삼촌은 곧 다람쥐 흉내를 냈다. 도토리를 주어 양 볼따구니에 넣고 또 하나는 손에 든 뒤 그것을 촐싹거리며 까먹는 시늉에 나는 그만 까르르 웃고 말았다.

그랬다. 삼촌은 늘 그렇게 볼따구니 놀이로 나를 사로잡았다. 내가 좀더 자랐을 때는 자주 불룩한 볼을 내밀며 거기에 사탕이 있다고 빼 먹으라고 했고, 내가 손가락으로 휘저어보면 그것은 사탕이 아닌 혓바닥이었다. 그럼에도 그의 볼따구니를 부풀리는 기술은 나를 번번이 속일 만큼 탁월했다.

삼촌은 내 손을 잡고 다시 산으로 오르며 말했다.

"니, 아나? 다람쥐들은 말이다, 꼭 니 할매를 닮았다 아이가."

55

"왜 다람쥐가 할머니를 닮아?"

"다람쥐 굴을 파보면 말이다. 꿀밤이 첩첩 산중으로 쌓여 있는 기라. 그렇게 먹을 게 많으면서도 자꾸자꾸 주어들이기만 하는 기라."

"할머니도 꿀밤 주어?"

"아니, 니 할매는 뒤안에 나락 독을 묻어두지. 그득한 나락 독이 몇 개나 있는데도 날마다 보리밥만 해주지 않노."

나는 그 말을 이해하지 못했고 꾸야 삼촌은 이해를 돕겠다는 듯 설명을 덧붙였다.

"그러니까 보리밥은 뱃속에 들어가면 방구만 만들지 않노. 그런데도 말이다, 방구도 못 뀌게 하잖노……."

밥을 먹다가도 외삼촌들은 방귀가 마려우면 얼른 수저를 놓고 마당에 나가 그 방귀를 털어내고 돌아와야 했다. 할머니가 밥상 머리에서는 절대로 방귀질을 용서하지 않았던 때문이었다.

'보리밥은 배도 빨리 꺼지고 방귀도 자주 마렵고' 운운하다가 꾸야 삼촌은 별안간 몸을 멈추었다. 다람쥐 대신 토끼를 발견한 것이었다. 암토끼가 뭔가를 물고 굴로 들어갔다. 삼촌은 내 손을 끌고 가만가만 다가가서 그 앞에 주저앉아 굴 속으로 손을 집어넣었다. 굴은 그리 깊지 않았고 그 속에서 큰 토끼가 아닌 새끼 토끼 한 마리를 끌어냈다. 잿빛 토끼는 너무나 귀여웠다.

"새끼다. 그래도 제법 큰데?"

다시 손을 넣어서 세 마리의 토끼를 끌어냈다. 그러나 삼촌은 무슨 생각에선지 두 마리를 그냥 집어넣고 가장 큰놈 한 마리를 들고 내게 물었다.

"이 토깽이 니 줄까, 말까?"

"날 줘."

"토깽이가 울믄 우짤래?"

"응, 업어서 달랠 거야."

"그럼 니가 토깽이 엄마가 되겠단 말이가?"

"응."

"우짜지? 토깽이는 잘 우는 엄마를 싫어하는데?"

"나 이제 안 울 거야."

"참말이제? 니 참말로 약속하는 기제?"

나는 얼른 고개를 끄덕였다. 삼촌은 다시 한 번 '울면 도로 빼앗아간다'는 조건을 내세운 뒤 그 토끼를 내 품에 안겨주었다.

확실히 그 토끼는 내 울음을 그치게 하는 데 특효가 있었다. 나는 토끼한테 온 정신이 팔려 우는 것도 잊어버렸다. 진종일 토끼만 안고 다녔다. 보드라운 털, 길다란 두 귀는 만지고 또 만져도 싫증이 나지 않았다.

하지만 꾸야 삼촌에겐 일거리 하나만 더 늘어난 셈이었다. 그 토끼를 키우기 위해 매일 아침 풀을 뜯어와야 했다. 삼촌은 그 토끼를 키우는 데 정말 정성을 다 쏟았다. 만약 토끼가 죽으면 아이의 성가신 울음이 되살아날 테니 그런 일은 두 번 다시 자초하고 싶지 않았을 것이다.

토끼는 삼촌의 정성과 나의 사랑으로 날마다 그렇게 무럭무럭 자라났다.

나를 미행해 온 전쟁

전쟁이 또 내 뒤를 따라와서 외가 마을까지 급습했다. 내가 외 갓집에 온 지 달포쯤 지난 뒤였다. 막 아침상을 준비하는데 동사 지기가 급보를 외쳤다. 어서 모두 피난을 가라는 것이었다.

"꾸야는 여태 뭘 하노? 토끼밥을 바지게로 지고 올라꼬 이라 나, 응?"

보야 삼촌이 부엌에서 밥상을 들고 나올 때 할머니가 상추 소 쿠리를 들고 그 뒤를 따르며 구시렁거렸다. 보야 삼촌은 마루에 밥상을 내려놓으며 대답했다.

"곧 올 낍니더."

꾸야 삼촌은 아침에 눈을 뜨자마자 토끼풀을 뜯으러 나갔고 언 제나 식사 전에 돌아왔다. 그러나 그날은 식구들이 식사를 끝낸 뒤에도 돌아오지 않았다.

"인보야, 안 되겠다, 니 나가서 좀 찾아보거라."

얼마 지나지 않아 보야 삼촌은 혼자 돌아왔다. 얼굴 표정이 좋 지 않았다.

"어무이요, 꾸야가 군인들을 따라갔다 캅디더."

"아니 지가 군인들은 와 따라가노?"

그러니까 이른 아침 국군 선발대 30여 명이 마을을 통과해 뒷산으로 넘어갔다. 마을 뒤는 바로 넓은 번답인데 꾸야 삼촌은 삼밭 옆에서 토끼풀을 뜯고 있었고 군인들이 그를 발견한 후 길 안내자로 데려갔다는 것이었다.

"군인들이 말했답디더. 꾸야가 재까지만 안내해주면 곧 돌려보낸다꼬요."

"누구한테 그런 말 했다카더노?"

"수영이 아부지가 삼을 베다가 봤다 캅니더."

그때 다시 동사지기의 칼칼한 목소리가 들려왔다. 마을 한 가운데에 있는 묘지 위에서였다. 내용은 더 다급했다. 소개령이 내려졌다. 잠시도 지체할 시간이 없다, 어서 빨리 마을을 떠나라는 것이었다.

"짐을 싸고 있으면 오겠지."

할머니와 보야 삼촌은 피난 짐을 꾸리기 시작했다. 두 개의 지게를 준비하고 바지게 위에 이불과 쌀, 수저, 작은 솥, 밥그릇 등을 차례로 실었다. 그러나 짐을 다 꾸린 후에도 삼촌은 돌아오지 않았다. 그 사이 동구 앞길에는 피난민들로 그득해졌다. 달구지가 나가고 송아지가 매매거리며 뒤를 따르는가 하면 지게 대열도 줄을 이었다. 할머니는 삽짝 앞과 마당을 초조하게 오갔다. 그때 달구지를 타고 나가던 구장이 할머니에게 소리쳤다.

"아니, 여태 안 떠나고 뭐 하는 기요?"

"우리 막내가 와야 떠나지요."

"허허 답답하기는요……. 이 마을이 곧 불바다가 된다는데 그런 걱정하게 생겼는교? 어서 떠나이소. 이 집 아들은 군인들과 뒷재를 넘었으니 걱정 없심니더. 그러니 남은 식구들이라도 어서 뒤따라 나오이소."

별수없이 할머니도 피난을 가야 했다. 마루 위에 올려둔 보통이를 머리에 이면서 보야 삼촌에게도 지게를 지라고 일렀다. 식구들이 집을 나섰다. 마당에는 꾸야 삼촌 지게만 덩그러니 남았다. 할머니는 삽짝을 나서다 말고 휙 돌아서서 한참이나 꾸야 삼촌의 지게를 바라보았다. 그리고 삽짝 문을 더 활짝 열어둔 뒤 동구 길로 나섰다.

다시 그 무서운 피난길이 시작되었다. 높은 둑을 지나면서부터 벌써 다리가 아팠다. 이번엔 아버지의 나팔도, 토끼도 들고 오지 않았는데 팔까지 무거웠다. 그래도 나는 울거나 칭얼거리지 않았다. 버림받고 싶지 않았던 때문이었다. 꾸야 삼촌도 두고 가는 걸 보면 나도 떼버리고 갈지 알 수 없는 일이었다. 부슬비가 내리기 시작했다. 나는 할머니 치마꼬리를 더 단단히 쥐어 잡았다.

높은 둑을 지나고 역과 강진 숲을 지나 금장으로 걸어 나갔다. 금장에 이르자 현곡 방향에서 나오는 피난민들과 합쳐져서 길이 꽉 찼고 다리를 건너자 또 보두막 쪽 피난민들까지 합류되어 고송숲 앞의 그 넓은 길은 사람으로 메워져버렸다.

우리는 고송숲 앞길로 접어들었다. 그 숲 앞에는 탱크와 대포대가 길게 늘어섰고 이미 대포 소리가 뻥뻥 터지고 있었다. 그것

을 쏘는 사람은 미군들이었다. 우리 옆에서 걸어가던 피난민들이
이런 이야기를 주고받았다.

"저 미군들 지금 어디를 향해 대포를 쏘고 있노?"

"인민군들이지 누군기요?"

"인민군들이 어디 있노?"

"안강에서 까맣게 넘어온다 캅디더."

"안강이라면 여기서 먼데 우찌 그 주둥이가 가차이로 향해 있
노? 혹시 시방 우리 마을에 쏘는 것 아이가?"

"아닐 낍니더."

그때 할머니가 그 일행들에게 물었다.

"글믄 군인들 길 안내해주러 간 아이들은 우찌 되능기요?"

"군인들 길 안내해주러요? 어느 마을인데 그쪽으로 군인들이
들어갔능기요?"

"나우립니더."

"인민군들이 그 뒷재로 오능가?"

그때 보야 삼촌이 나섰다.

"군인들은 수색대라캅디더. 서른 명이 아침 일찍이 들어와서
뒷재로 넘어가면서 내 동생을 델고 갔다 카는데……."

"설마 미군들이 국군들 있는 데야 대포를 쏘겠능교. 다 요량이
있을 끼니 모친께서는 걱정 안 해도 될 낍니더."

그 대답이 시원찮았는지 할머니는 폭, 하고 한숨을 내쉬었다.
비는 계속해서 부슬부슬 내렸다. 할머니 치맛자락도 벌써 젖어
그것을 잡은 내 손이 미끈거렸다. 나는 이리저리 떠밀렸고 그럴

때마다 할머니는 나를 앞세우고 걸었다.

그 고송숲이 끝나는 지점엔 큰길이 가로놓여 있었다. 포항이나 안강 쪽에서 오는 국도였고 그 길을 따라 경주 읍내 쪽으로 가면 불국사 방향, 그러니까 남쪽으로 갈 수가 있었다. 우리는 불국사로 갈 예정이었고 따라서 그 길로 들어서야 했다. 한데 국도 가까이 다가갔을 때 별안간 사람들이 발길을 멈추고 연도변으로 늘어섰다. 군인들 행렬이 그 길을 메우기 시작한 때문이었다.

그 국도에는 두 갈래의 군인 행렬이 줄을 잇고 있었다. 올라가는 군인과 내려오는 군인들이었다. 올라가는 군인, 그러니까 안강 쪽으로 가는 군인들은 새로 전투에 투입되는 부대였고 내려오는 쪽은 이미 전투를 치른 뒤 후퇴하는 군인들이었다. 그들은 서로 말없이 묵묵히 비껴갈 뿐이었다.

"안강전투에서 많이 죽었답니더."

보야 삼촌이 귀 넘어 들은 말을 할머니에게 전했다. 그러니까 그 후퇴병들은 죽지 않고 살아남은 사람이라는 뜻이었다. 그래서인지 몰골이 다 형편없거나 부상병이 많았다. 간간이 부상자를 실은 트럭도 장교가 탄 지프차도 끼어 있었다. 또 미군들도 있었다. 대포를 지키던 미군들과는 달리 그들은 아주 초라했고 군복이 찢어지거나 팔을 다쳐 묶은 사람도 있었다.

안강전투, 그 치열했다는 안강전투였다. 경북에서는 가장 치열했고 쌍방 모두가 가장 많은 인명 피해를 낸 전투였다. 동해 북부를 타고 내려오던 인민군들은 별 저지 없이 영덕을 지났으나 안강 위의 기계에서부터 큰 저항에 부딪쳤다. 그것은 미군의 작전

하달, '경주는 절대로 내놓을 수 없다'는 명령 때문이었다.

진격부대 대열은 곧 끊어지고 이제 국도엔 후퇴병들만 가득했다. 부슬비는 계속해서 내렸고 그 비 속에 걷는 대열도 끝없이 이어졌다.

땅도 사람도 하늘도 모두 회색으로 젖어 있었다. 찢어진 군복에 총이 없거나 맨발인 군인, 팔이나 머리를 싸맨 사람들의 어깨 위에도 비가 내렸다.

군데군데 끼어 있는 미군들, 키가 껑충 큰 한 미군이 어깨를 꾸부정하게 늘어뜨린 채 땅만 내려다보고 걸었고 바로 그 뒤에는 들것에 실린 미군이 따르고 있었다.

부상병들은 경주 시내나 야전병원으로 갈 것이고 패잔병들은 다시 전열을 가다듬을 것이다.

그때였다. 연도변에서 한 농부가 뛰어나갔다. 중년이었고, 그의 손엔 검은 고무신이 들려 있었다. 그는 후퇴병 대열 속으로 뛰어들어 신발이 없는 한 군인에게 자기의 신발을 신겨주었다. 연도변의 사람들이 박수를 쳤다. 그러자 여기저기서 피난민들이 뛰쳐나왔다. 자기들도 군인들에게 신발을 주겠다는 것이었다. 그때 대장이 호루라기를 불며 그 사람들을 저지했다.

"그만! 그만! 중단하십시오. 시내에는 군수품이 다 준비되어 있습니다."

신발 소동이 중단된 얼마 후였다. 바로 가까이서 '만세!' 하고 외치는 소리가 들렸다. 그리고 곧 한 청년이 후퇴병들 대열 쪽으로 달려나갔다. 한 피난민 가족이 군에 나간 아들을, 그것도 후퇴하는 대열에서 발견한 것이었다.

후퇴병들이 잠깐 멈칫하는 사이 한 군인이 달려나와 두 사람은 서로 얼싸안았다. 높은 사람인 듯한 군인이 그들의 어깨를 툭툭 치자 둘은 포옹을 풀었다.

그렇게 뛰어나갔던 청년이 되돌아왔다. 청년은 상기된 얼굴로 지게에 올라앉은 할머니 앞으로 다가갔다. 그러더니 할머니의 두 손을 꼭 모두어 잡으며 말했다.

"형님은 괜찮다고 어무이께서 아무 걱정 말랍디더."

"그래, 인자 어디로 간다 쿠더노?"

"우리보고 당숙 과수원으로 가 있어라 쿱디더. 군인들은 읍네 외곽에서 야영을 한다는데 저녁에 짬 봐서 어무이 보러 온다 캅디더."

마침내 후퇴병 대열이 끝났다. 피난민들이 하나 둘 한길로 들어서자 다시 인파로 매워졌다. 할머니가 보야 삼촌에게 일렀다.

"우리도 저 사람들 뒤를 따라가자."

"불국사 친척 집으로는 안 가고요?"

보야 삼촌이 반문했다.

"그래, 일단 저 사람들 먼저 따라가 보고……."

할머니는 꾸야 삼촌 때문에도 더 멀리 가고 싶지 않았던 것이다. 보야 삼촌도 그 마음을 알았는지 지게를 지고 묵묵히 그들 뒤를 따랐다.

그들이 가는 과수원은 고송숲에서도 그리 멀지 않은 곳이었다. 청년이 자기 어머니를 지고 과수원 안으로 들어갔고 우리는 그 초입 헛간에 짐을 풀었다. 어느새 비는 그쳐 서쪽 하늘이 붉게 물들어갔다. 해가 지고 있었다. 보야 삼촌이 가마니 한 장을 집어 그것을 툭 타서 바닥에 깔 때 할머니가 말했다.

"밥부터 해묵자. 솥단지 걸게 아궁이를 만들어라."

삼촌이 돌멩이를 주워다 그 위에 작은 솥을 걸고 나무까지 구해와 밥을 지었다. 땔감이 젖어 연기가 엄청나게 피어올랐으나 밥은 지어졌다. 밥이 다 지어졌을 때 할머니는 주발을 꺼내 뚜껑을 열었다. 거기에는 된장이 가득 담겨 있었다. 우리는 그 된장 하나만으로도 달게 밥을 먹었다.

식사가 끝났을 때 할머니는 짐 속에서 홑이불을 꺼내놓았다. 그 홑이불은 비에 젖지 않아 덮을 만했고 그것 한 장으로 세 식구가 옹송그리고 자야 했다. 나는 이불도 펴기 전에 할머니 무릎으로 쓰러진 채 잠이 들고 말았다. 종일 걸어온 피곤에다 식곤증까지 겹쳐 어린 육신으로는 어떤 긴장도 더 감당할 수 없었던 때문이었다.

얼마나 잤을까, 이상한 소리에 나는 얼른 눈을 뜨고 주위를 살폈다. 다행히 할머니와 삼촌은 그 자리에 있었다. 나에게 공포감을 준 그 이상한 기척은 그들이 엄마처럼 날 두고 달아나는 소리가 아니라 소이탄 터지는 소음이었다.

다시 조명탄 하나가 날아와 우리의 머리 위에서 펑 하고 터졌다. 파랗고 빨간 불꽃들이 하늘에서 명멸했다. 놀라운 일이었다. 하늘에는 별과 달과 해님만 있는 줄 알았는데 그렇게 색색깔의 불꽃까지 터뜨리는 것이었다. 전에는 한 번도 보지 못했던 일이었다. 오랜 피난길에도 만나보지 못한 불꽃이었다. 그랬다. 소이탄을 볼 수 있다는 것은 그곳이 전쟁터와 가깝다는 뜻이었고 막야간 전투가 시작되었다는 신호였다.

전쟁터를 피하기 위해 엄마와 내가 그 고생을 하며 앞질러 왔건만 피난길 끝머리에서 결국 나는 가장 무서운 전쟁과 정면으로 맞닥뜨린 것이었다. 그럼에도 그 첫 순간의 불꽃은 내게 얼마나 황홀했던가.

그랬다. 그 순간의 하늘은 분명히 아름다웠다. 엄마와 들에서 본 하늘에는 별들이 춤을 추었지만 지금 하늘에선 그보다 천 배나 더 강렬한 불꽃이 춤을 추고 있었다. 게다가 그 조명탄이 사방에서 연속으로 터져 올랐다. 캄캄한 여름 하늘엔 춤추는 불꽃들 뿐이었다. 나는 나도 모르게 하늘로 향해 손을 뻗쳤다. 예쁜 불꽃이 내 앞으로 떨어질 것 같았고 나는 그걸 잡고 싶었다.

바로 그 순간이었다. 지척에서 대포 소리가 들려왔다. 나는 바닥에 털썩 주저앉았다. 폭음의 반동에 절로 그렇게 된 것이었다. 곧 거대한 공포가 내 작은 두뇌를 휩싸버렸다. 그 대포 위력을 나는 너무도 잘 기억하고 있었다. 간단히 기차를 날려버리고 수백 명의 사람을 죽게 하는 대포 소리였다. 나는 별안간 울음을 터뜨렸다.

"야가 와 우노? 입 다물어라, 쉿!"

할머니가 나무랐다. 보야 삼촌도 안절부절못하고 중얼거렸다.

"니가 울면 인민군이 그 소리를 듣고 여기에 온다. 우린 들킨다. 그러면 우린 다 죽는다. 뚝, 뚝, 어서 울음을 그치거라……."

그럼에도 나는 계속 울었다. 대포 소리조차 연달아 들려와 내 공포도 배가되었다. 이제 곧 사람들이 수없이 죽을 것이고, 할머니나 삼촌도 죽을 수 있고, 죽지 않는다 해도 날 버리고 저희들끼리 달아날 것이고, 아무리 따라가고 싶어도 다리가 짧은 나는 그들을 따라잡을 수 없다. 그 오산의 기찻길에서 울면서 아무 어른이나 따라오던 고아들, 대구역에서 버려지러 가던 아이들……. 그 순간 나는 버림을 받고 싶지 않은 것이 아니라 현실적으로 버림받고 있다는 공포 때문에, 미리 그 공포에 질려 그렇게 울어댄 것이었다.

내가 울음을 그칠 기색이 아니자 보야 삼촌이 날 들쳐업었다. 그리고 과수원 저쪽으로 걸어갔다. 그때쯤 대포는 잠잠해지고 대신 총소리가 뒤를 이었다. 이쪽과 저쪽 산에서 서로 교전이 벌어진 것이었다. 그러나 그 소리는 크게 위협적이지 않았다. 가끔 피웅, 슛슛, 하는 소리가 대기를 가로질렀지만 총소리는 일률적으로 다글다글 볶거나 좌르륵, 좌르륵 소낙비 소리를 만들어낼 뿐이었다. 나는 그제야 울음을 그쳤다.

"아이고, 착하다. 그래, 그렇게 울음을 그쳐야지."

삼촌은 나직이 속삭인 후 사과나무 사이로 조심조심 걸어 나갔다. 가끔 가지에 올라붙은 사과들이 삼촌과 내 이마를 툭툭 쳤다. 보야 삼촌은 어깨를 숙였고 나는 사과에 얻어맞지 않으려고 그의 등에 얼굴을 깊이 묻었다.

별안간 삼촌이 발길을 멈추었다. 고개를 들어보니 사과밭은 끝나 있었고 그 앞은 마당이었다. 마당 안쪽 집 앞에서 사람들 말소리가 들려왔다. 자세히 보니 아까 길에서 가족들을 만났던 그 군인이 가마니에 뭔가를 들고 있었다.

"이게 뭐꼬?"

안에서 나온 사람이 그렇게 묻자 군인이 대답했다.

"소고깁니더. 부대에서 소를 여러 마리 잡았는데 우리 어무이 자시라고 좀 가져왔심니더."

"그런데 이렇게나 많이?"

"당숙네 식구도 많으니까 함께 국 끓여서 나눠 잡수이소."

그리고 군인은 얼른 가봐야 한다면서 어둠 속으로 사라져갔다. 보야 삼촌도 등을 돌렸다. 어느새 총소리는 멎어 있었다. 한데도 삼촌은 할머니한테 돌아가지 않고 반대편으로 걸어갔다. 거기에 과수원 울타리가 있었다.

삼촌은 그 울타리를 타넘었다. 곧 무덤터가 나왔고 나지막한 봉분이 세 개였다. 낮에는 이웃 아이들의 놀이터가 되었던지 봉분의 떼는 짧게 닳아 있었고 그 앞으로는 온통 논이었다. 나는 삼촌의 어깨를 꽉 움켜잡았다. 어쩌면 거기에 날 떼버리려고 왔는지도 몰랐다.

내 작은 몸이 삼촌 등에 매미처럼 들러붙었지만 던져버리면 금방 떨어질지도 몰랐다. 두려움 때문에 오금이 저리는데 삼촌이 무덤 위로 올라서며 태무심하게 말했다.

"선아, 깨구락지들이 어서 온나, 하고 인사하는데 니는 대답 안 할 끼가?"

그러고 보니 사방에서 개구리가 울어대고 있었다. 나는 곧 개구리가 인사를 한다는 말에 솔깃해서 삼촌 등을 꼭 끌어안으며 나직이 물었다.

"어떻게 인사를 하는데?"

"응, 잘 왔다, 느그들도 잘 있었나 그러면 되지."

내가 나직이 그 말을 받아 중얼거릴 때 보야 삼촌은 또 개똥벌레를 발견했다.

"히야, 개똥불꺼정 우리 선이 어서 온나, 카네? 아지아, 저거 잡아주까?"

"응."

삼촌은 개똥벌레를 잡겠다면서 나를 무덤 위에 내려놓고 몸을 일으켰다. 나는 얼른 삼촌의 다리를 잡아챘다.

"개똥불 잡지 마. 난 그거 싫어해."

그때 또 소이탄 하나가 머리 위로 피웅, 하고 치솟아 올랐다. 잠시 휴식을 취했던 전투가 다시 시작된다는 신호였다. 그 조명탄은 찬란한 불싸라기를 사방에 흩뿌렸다. 삼촌은 한참이나 넋이 빠진 듯 하늘을 올려다보았다. 그리고 중얼거렸다.

"참말로 멋지구마!"

삼촌은 그 불싸라기를 잡으려는 듯 한 손을 치켜들고 흔들었다.

"저런 불꽃은 구슬이 안 되나? 그럼 죄다 주워 우리 선이 목걸이 만들어줄 낀데……."

이번에는 속도가 빠른 소이탄이 불꽁무늬를 달고 건너편 산으로 날아갔다. 즉각 반대편에서 대응사격이 시작되었다. 개구리들이 뚝 울음을 그쳤다. 삼촌이 물었다.

"총소리가 따따 콩, 따따 콩, 하제?"

"응."

이상했다. 개똥벌레는 도시 겁이 없는지 총소리가 그렇게 요란한데도 태연하게 날아다녔다. 내가 깜빡깜빡하고 다가오는 개똥벌레에 정신이 팔려 있을 때 어디선가 대포 터지는 소리가 들렸다. 산 하나를 날려보낼 듯이 굉장히 큰 굉음이었다. 이번에는 보야 삼촌도 놀랐는지 얼른 나를 감싸안고 등을 움츠렸다. 정적은 잠깐이었고 뒤이어 또 그런 대포소리가 뒤를 이었다. 삼촌이 날 들쳐업으며 말했다.

"안되겠다, 이만 돌아가자."

과수원 안으로 들어섰을 때는 총소리가 우리 뒤를 따라왔다. 우리가 헛간으로 돌아갔을 때 할머니가 애가 타도록 우리를 기다리고 있었다.

"그렇게 오래 있으믄 우짜노? 얼마나 걱정했는데……."

그리고 할머니는 어서 지게를 지라고 했다. 그 사이 모든 짐들이 정돈되어 있었다.

"와요? 이 밤에 또 걸을라꼬요?"

"이 과수원에 지하실이 있더라. 과일 저장소라는데 주인한테 양해를 얻었다."

지하실은 집 뒤쪽에 있었다. 우리 식구들이 거기에 들어갔을 때는 벌써 사람들이 그득했다. 근방에 사는 그 집 일가들은 거기로 다 피난한 모양이었다. 한 노인이 자리를 내주었고 할머니는 거기에 나를 눕혔다. 총소리는 밤새껏 울려왔다. 내가 놀라서 일어날 때마다 할머니와 삼촌이 토닥여주었다.

총소리가 완전히 사라진 것은 닷새가 지난 후였다. 그간 우리는 계속해서 그 지하실에 머물러 있었다. 모든 사람들이 더 남쪽으로 가기 위해 다시 떠났지만 할머니는 그러지 않았다. 보야 삼촌이 불국사 친척집에라도 가자고 보챘지만 할머니는 '불국사라고 해봐야 멀지도 않은데 거기나 여기나 마찬가지'라면서 그냥 버텼다. 물론 꾸야 삼촌 때문이었다. 할머니는 그 막둥이가 걱정이 되어 더 멀리 떠나고 싶지 않았던 것이었다.

총소리가 멈춘 다음 날 우리는 귀환 길로 올랐다. 할머니 생각은 전쟁이 장소를 옮겨갔으니 나우리 마을도 비어 있으리라는 것이었다.

"마을이 다 불타버렸으면 우짭니꺼?"

보야 삼촌이 걱정스레 물었다.

"그러니 더 빨리 가봐야지."

만약 마을이 불탔다면 막둥이가 돌아와 얼마나 황당할 것이냐, 그러니 어서 가서 꾸야 삼촌을 기다리고 있어야 한다는 것이었다.

우리는 더 빨리 가기 위해 고송숲 뒷길로 들어섰다. 거기에는 기찻길과 한길이 나란히 놓여 있었고 한길 건너편은 또 과수원이었다. 저만치 과수원 초입에 초가집 크기 만한 웅덩이가 파여진 것이 보였다. 대포가 떨어진 곳이었다.

그때부터 우리 앞길에는 여러 구의 시체가 여기저기 흩어져 있었다. 그 시신들은 거의 피난민들이었다. 지게를 진 채 죽어 있거나 도랑에 처박힌 사람, 어떤 여인 앞에는 쌀이 하얗게 흩어져 있기도 했다. 죽을 때 이고 있던 쌀자루도 함께 터진 모양이었다.

시체를 피해가던 보야 삼촌이 문득 걸음을 멈추고 전신주 쪽을 올려다보았다. 거기 전주에도 죽은 사람이 걸려 있었다.

"어서 가자!"

할머니가 그걸 보지 못하게 하려고 내 손을 잡아끌었다. 대포 떨어진 곳이 가까울수록 온전한 시신보다도 팔이며 다리, 혹은 머리통 하나만 달랑 떨어져 있거나 내장이 쏟아져 나온 시신도 여러 구였다.

할머니는 내 손을 잡아 쥐고 아주 빨리 걸었다. 얼마나 땀을 흘렸는지 그 손이 미끈거렸다. 그 지역을 빠져나와 금장 다리 앞에 섰을 때 보야 삼촌은 지게를 세우고 오래오래 구토를 했다.

금장, 강진 숲을 지나 마을 앞 높은 둑에 섰을 때 식구들은 안도의 숨을 내쉬었다. 마을은 폭격을 당하지 않았던 것이다.

"막내가 돌아와 있다면 우리보고 달려나올 낀데……."

그러나 개울을 지나고 동구길 안으로 들어서도 아무도 달려나오는 사람이 없었다. 할머니는 막내가 아직 돌아오지 못한 것이라 낙심을 했지만 그때 꾸야 삼촌은 이미 돌아와 있었다. 다만 뒤꼍에 숨어 있느라 우릴 보지 못했던 것이었다.

할머니가 보야 삼촌에게 걸레를 빨아오라고 말했을 때, 그러니까 식구들의 목소리가 들렸을 때 꾸야 삼촌은 안심하고 뒤꼍에서 나왔다. 그간 그는 뒤꼍 벽에 세워진 멍석으로 몸을 둘둘 감고 숨어 지낸 것이었다.

소년의 전쟁

집에 들어오자마자 내가 말한다.

"삼촌 덥죠? 그럼 샤워를 하세요. 난 국수를 삶을 테니."

삼촌이 욕실로 들어가자마자 물소리가 들려온다. 정말 샤워를 하는 모양이다. 나는 냉장고에서 고명거리를 꺼내놓고 순서를 정한다. 먼저 달걀지단을 붙이고, 쇠고기를 잘게 썰어 볶아두고 멸치 국물을 낸 뒤 국수를 삶는다. 그리고 김가루는 먹을 때 조금 끼얹는다. 그러면 신김치는……, 나이가 들면 신 것을 잘 먹지 못한다는데……. 그래도 알 수 없으니 송송 썰어 접시에 담아내 본다.

내가 달걀지단을 썰고 있을 때 삼촌이 나와 소파에 앉는다. 씻어서 그런지 신수가 훤해 보인다.

"텔레비 보고 계셔요. 국수 다 되어가요."

나는 차근차근 고명을 준비한 후 끓는 물에 국수를 넣는다. 국수가 뜨거운 물에 몸을 풀면서 거품을 끓어 올린다. 그럴 땐 찬물을 조금씩 부어주면 끓는 거품은 가라앉고 국수도 잘 익는다. 국수가 다 익어 소쿠리에 건져놓고 삼촌을 부른다. 오늘은 졸지도 않았는지 얼른 일어나 식탁으로 온다.

"국수, 맛있어 보이죠?"

삼촌 앞에 국수 그릇을 놓아주며 내가 묻는다.

"그란데 와 이렇게 많노?"

삼촌은 나무젓가락을 집으며 말한다.

"뭐가 많아요? 예전엔 옹가지로 먹어놓구선."

옹가지는 큰 사발 두 배 폭 되는 그릇이었다. 삼촌은 국수를 좋아해 늘 그렇게 큰그릇으로 먹여야 양이 찼던 사람이다.

삼촌이 국수를 먹기 시작한다. 일부러 나무젓가락을 주었는데도 국수는 자꾸 옆으로 미끄러져 내린다. 마음이 급했던지 이번엔 손을 사용해 국수가닥을 쭉 빨아들인다.

"접시 드릴까요?"

내가 그렇게 묻는 순간 삼촌은 국수 빨던 일을 중단하고 날 쳐다본다. 그러자 빠진 앞니 사이로 들어가던 국수가 도로 미끄러져 나온다. 나는 얼른 접시를 가져다준다. 그래도 삼촌은 자기 방식대로 국수를 먹는다. 처음엔 젓가락으로 건지고 건져진 국수가닥은 손으로 집어 입으로 가져간다. 하지만 입에 넣은 국수가닥도 종종 빠진 이빨 사이로 되 떨어져 내리곤 한다. 내 입에서도 이런 말이 국수처럼 밀려나오려고 한다.

'삼촌 그 이빨 다시 해 넣어야겠네요.'

나는 용케 그 말을 삼킨다. 지금 다시 해 넣어야 무슨 소용인가. 아무 할 일도 없는 사람인데. 사람을 만나거나 교제할 일도 없는데. 선을 보러 가는 총각도 아닌데……. 삼촌의 그 이빨이 부러진 것은 전쟁 때였다. 앞니 반 토막만 부러졌고 그것을 해 넣을 때까지는 자주 종이나 밀 껌으로 막아 다니곤 했다. 그리고 금니로 때웠다가 흰 사기 이빨로 바꾼 것은 장가들기 전이었다. 한데 그것마저도 다시 빠져버린 모양이었다.

삼촌이 빈 앞니 사이에 긴 국수가닥을 손으로 빼낸다. 그러고는 히, 하고 웃는다. 본인이 생각해도 자신의 그런 모습이 우스워진 모양이다. 그러자 이빨 없는 자리가 더 크게 뚫려 보인다. 문득 옛날 모습이 떠오른다. 입술을 까고 그 이빨을 보이며 '나도 상이군인이다'라고 하던 모습.

그랬다. 전쟁 뒤 마을엔 군에서 돌아온 상이군인이 많았고 그것이 벼슬이던 시절이 있었다. 다리를 절거나 팔이 없는 사람도 저마다 자기 환부를 무용의 결과로 이용했고 또 과장해서 자랑을 늘어놓곤 했다. 동사 마당에서 그런 무용담이 펼쳐질 때 삼촌도 딱 한 번 부러진 이빨을 쓱 까보이며 나도 상이군인이다, 라고 말했다.

그 마을에서만도 차출되거나 징용된 사람, 또 전사자도 많았다. 한데 각자 그렇게 슬픈 일을 겪었음에도 후일담은 언제나 우스개로 일관했던 것도 참 독특했다. 징용으로 원주까지 끌려 갔다온 어느 청년의 경우는 두고두고 이야깃거리로 회자되기도 했다.

그 청년은 생전 처음 먼 곳까지 가보았고 그곳이 원주였음에도 불구하고 서울이라 여겼으며 그래서 돌아오자마자 서울말을 흉내냈다. 그는 밥 때가 되면 자기 아버지에게도 '아침 잡수이소'가 아닌 '아버지 식사하시오'라고 높낮이를 살렸으며 듣다 못한 청년의 아버지는 마침내 '이, 이놈의 손이 어디서 보리경사 쓰느냐'고 목침을 던졌다는 이야기, 그 뒤 어설피 서울말 흉내를 내는 사람은 모두 '보리경사쟁이'라는 낙인이 찍혔다.

내가 삼촌에게 '보리경사'가 뭐냐고 물었을 때 이 막둥이 꾸야 삼촌은 힘주어 대답했다.

"그러니까 니는 참 경사쟁이고 그 사람들은 보리경사쟁이란 말이다. 와 그런고 하믄 니는 참말로 서울에서 살다 왔다 아이가."

수많은 유행어가 즉시즉시 만들어지고 늘 우스개 거리가 넘치던 마을, 그러면서도 사람들은 각자 자기 환부를 꼭꼭 숨겨두었던 것일까. 그래, 이 삼촌이 그랬다. 자기가 안내자로 끌려가 겪었던 일은 20년쯤 후 술에 취해 울면서 고백할 때까지 우리는 아무도 알지 못했다. 할머니도 묻지 않았다. 당시 식구들에겐 그 전쟁통에도 용케 살아서 돌아왔다는 것, 그 이상 더 소중한 것이 없었던 때문이었다.

소개령이 내려지던 그날 이른 아침 아군 수색대 30여 명이 마을에 들어왔다. 안강에서 금단재로 밀려올 인민군 동태를 파악하기 위해서였다. 그들이 마을길을 가로질러가자 곧 뒷들이 펼쳐졌다. 제법 넓었고 주로 번답이었다.

그 번답엔 밀과 보리, 삼밭이 산비탈까지 잇대어져 있었다. 산을 올려다보니 앞산 뒤로 두 겹의 산마루가 더 겹쳐졌고 안으로 들어가면 곧 깊은 골짜기가 나올 것 같았다. 그들이 가야 할 곳은 금곡 산이었다. 그러나 어느 골짜기가 금곡산이고 또 금단 방향인지 지도만 가지고는 찾기가 어려웠다. 그들은 다시 마을로 들어가 구장 집을 찾아갔다. 안내원을 부탁하기 위해서였다.

"열 명쯤 필요하오."

선발대 대장이 말했다. 구장이 동사지기에게 지시했고 동사지기가 집집마다 방문해서 데려온 사람들은 거의 나이가 찼고 그나마 빠릿빠릿해 보이는 사람은 하나도 없었다. 대장이 마뜩치 않아 하자 구장이 얼른 변명을 했다.

"아시다시피 젊은이들은 이미 경찰관들이 와서 모두 선발해가고 없습니다."

하는 수 없이 대장은 그들을 인솔해가며 구장에게 지시했다.

"아침 식사쯤 후에 전 주민들에게 소개령을 내려주시오. 언제 인민군들이 들이닥칠지, 또 포격이 시작될지 알 수 없으니 모두 피난하라고 일러주시오."

그리고 선발대들이 일행을 이끌고 뒷들 구루마 길로 들어섰을 때 저만치 삼밭에서 일하는 농부가 보였다. 상투를 질끈 동여맨 것이 나이가 많아 보였다. 그러나 바로 그 옆에 똘똘한 소년 하나가 낫으로 뭔가 베고 있었다. 꼴을 베는 모양이었다. 대장이 그를 불렀다. 소년이 낫을 놓고 둑을 걸어왔다.

"임마, 뛰어와!"

삼촌은 그렇게 차출된 것이었다. 토끼풀이 가득 든 망태기도 낫도 그냥 둔 채, 가족들에게 아무 이야기도 전하지 못한 채 당산

나무 뒤까지 따라갔다. 거기서 수색대원들은 지도를 펼쳐놓고 마을 사람들에게 물었다.

"금곡산 재는 어느 방향이오?"

"저 안쪽 산으로 들어가서 고개를 넘으면 금곡산 재만디가 나옵니더."

모두 꿀 먹은 벙어린데 소년이 대답했다.

"그래, 여기서 몇 킬로쯤 되나?"

"십 리쯤 됩니더."

"좋아, 지금부터 저 산 초입까지 구보를 한다. 일렬로 서서 출발!"

수색대원들이 앞서 뛰었다. 그때부터 눈치 빠른 어른들이 한둘 뒤처지는가 했더니 수풀이나 보리밭 속으로 몸을 숨겨 대열에서 빠지곤 했다. 산 초입에 도착했을 때는 다섯 명만 남았다. 군인들이 일행을 세웠다.

"모두 차렷!"

인원이 다섯이나 빠졌는데도 수색대들은 그에 대한 언급은 없었다. 대신 군인들은 매고 있던 총을 벗겨 들고 괜히 철컥철컥 장전 소리를 내는가 하면 대장은 허리에 차고 있던 가느다란 막대기를 빼들고 그 끝머리를 획 뽑았다. 놀랍게도 그것은 아주 긴 칼이었다. 일행들도, 소년도 모두 숨을 죽였다. 달아난 다섯 사람 때문에 벌이 내려질지도 몰랐다.

소년은 기억하고 있었다. 전쟁 전부터 마을에 진을 쳤던 철도 경비대들, 그들의 심심풀이 매질, 마을을 빙 돌아 세워진 12개의 초소는 주민들이 밤마다 번갈아가며 보초를 섰고 교대 시간이 끝나면 곧 차례로 점호를 외쳐야 했다. 그때 멀리 떨어진 초소에서는 먼젓번 점호 소리를 듣지 못했고 그래서 대답할 수가 없었다. 대답 못한 사람은 소년의 친구 식이 아버지였고 그때 얻어맞은 식이 아버지는 한 달 동안 똥물을 먹으며 그 어혈을 풀어야 했다.

어디 그뿐이던가. 계탑, 그러니까 철길 뒷마을 계탑에 사는 지방 빨갱이가 철도 경비대로 가는 전선을 끊기 위해 나우리역 앞의 전봇대를 베어버렸는데 하필이면 거기 떨어진 톱이 윤씨네 것이라 해서 그 어른이 죽도록 몽둥이질을 당했다.

그때 소년은 숙제를 하다가 그 소리를 들었다. 아야, 아야, 하고 울려오는 단말마의 비명을. 소년은 공책을 덮고 집을 나서 비명소리를 따라가 보았다. 비명은 경비대 본부 안에서 들려왔다. 마을 가운데 있는 그 본부의 울타리 벽은 잔디를 떠서 쌓은 것이었고 중앙에는 높은 망루가 서 있었다. 입구 초소엔 보초도 없었다. 안으로 들어가 보니 경비대 경찰 다섯 명이 몽둥이로 번갈아가며 윤씨 노인을 때리고 있었다. 이미 엉덩이가 걸레처럼 터져 있었고 몽둥이를 내려칠 때마다 벌건 피가 사방으로 튀었다.

그 윤씨는 소년네의 전답을 붙이는 소작인이었다. 메밀밭에 있는 감나무까지 알뜰히 챙겨 곶감이나 홍시를 만들어다 주던 아버지 같은 어른이었다. 그 어른이 젊은 경찰들에게 짐승처럼 맞고 있었다. 마침내 그 어른이 똥을 쌌을 때, 그 똥이 몽둥이에 튀어오를 때 그들은 매질을 멈추었다. 하지만 이미 노인은 의식을 잃었고 집으로 돌아간 뒤 열흘만에 세상을 떠났다.

소년이 그런 기억을 더듬고 있을 때 대장이 빼든 칼로 주변의 풀대를 쳤다. 높이 자란 망초들이 아주 가볍게 댕강댕강 잘려나갔다. 소년 일행은 무서워 바들바들 떨었다. 그러자 대장은 칼을 칼집에 도로 꽂아 넣고 그 끝으로 한 사람 한 사람 지목하며 말했다.

"너, 너, 너는 빠져. 그리고 너희들 둘만 따라간다."

세 사람이 제외되고 소년과 소년 친구만 선발되었다. 나머지는 데려가 봐야 거치적거리기만 할 테니 아예 빼버리는 게 낫다고 판단한 모양이었다.

"자, 이제 너희들이 앞장 서!"

두 소년도 집으로 가고 싶었다. 하지만 그 마음을 알릴 수가 없었다. 군인들은 총과 길고 예리한 칼까지 가지고 있었다. 칼을 뽑아 풀대를 쳐 보인 것도 반항하면 재미없다는 뜻이기도 할 것이었다. 소년들은 묵묵히 앞장을 섰다.

산 속으로 접어들 때 군인들이 소년들에게 건빵 한 봉지씩 나누어주었다.

"식전들일 테니 먹으면서 올라가지."

소년은 그 건빵을 먹을 수가 없었다. 그렇다고 집어넣을 곳도 없었다. 자신이 입은 삼베바지엔 주머니가 없었던 때문이었다. 소년은 건빵봉지를 꼭 쥐고 앞만 쳐다보면서 산길을 올랐다.

금곡산에 도착했을 때부터는 보슬비가 내리기 시작했다. 한참 잿길을 따라 걷다보니 저만치 아래 서낭나무가 보였다. 금단 사람들이 모시는 아름드리 큰 나무였다. 빗가락은 좀더 굵어졌고 나무에 감아둔 울긋불긋한 천 조각도 비에 젖고 있었다. 대장이 일행들을 세웠다.

"여기서 대기한다."

그리고 대장은 소년들에게 일렀다.

"넌 저쪽 잿길을 감시하고 넌 이쪽을 주시해라. 뭔가 나타나면 즉시 나에게 보고해야 한다. 알겠나?"

"예."

소년은 친구와 헤어져 혼자 왼쪽 산꼭대기로 올라갔다. 저만치 멀리에 금곡산 잿길이 보였다. 그 길은 마치 광목 필을 긴 갈지자로 펼쳐놓은 듯 하얗고 구불구불했다. 그쯤 자리 잡으면 짐승이 지나가도 잘 보일 것 같았다.

소년은 진달래 덤불 아래 앉아 그 길을 주시했다. 아무것도 나타나지 않았다. 부슬비가 옷 속으로 파고들었다. 들고 있던 건빵 봉지도 젖었다. 소년은 비로소 건빵을 먹기 시작했다. 목이 막히면 혓바닥으로 입가의 빗물을 쓸어먹기도 했다. 비가 콧마루로 떨어져내려 마치 코도 우는 것 같았다.

소년은 버리고 온 망태기를 생각했다. 그것도 젖고 있을지 몰랐다. 토끼는 젖은 풀을 좋아하지 않았다. 보야 형이라도 그것을 찾아갔으면 좋으련만……. 식구들은 자기가 잡혀온 걸 알고 있을까. 지금쯤은 알고 있겠지. 돌아간 사람들이 알려주었을 테니까. 그러면 토끼풀 망태기는 찾아갔을까. 어서 토끼 밥을 주어야 선이가 울지 않을 텐데. 생각해보면 토끼야말로 정말 고마운 존재였다. 선이의 울음 병을 고치게 해준 것도 바로 그 토끼였다. 그러니까 그 토끼를 잘 거두어야 하는데…….

소년은 시름시름 그런 생각을 하다말고 눈을 번쩍 떴다. 이상했다. 방금 전까지도 하얗게 도드라져 있던 잿길 윗부분이 감쪽같이 사라지고 없었다. 다시 눈을 닦고 보았다. 이번엔 위쪽만 사라진 것이 아니라 그 길이 계속해서 아래로, 아래로 지워져가고 있었다.

소년은 애가 말랐다. 무엇인가가 그 길을 메우면서 내려오는 것이 분명한데 그것이 사람 무리인지 다른 어떤 것인지 도저히 분간할 수가 없었다. 소년은 덤불을 나와 더 잘 보이는 쪽으로 올라갔다. 비로소 내려오는 무리들이 굼실굼실 움직이는 것이 보였다. 사람이었다. 소년은 대장한테로 뛰어 내려갔다.

"이쪽에서 뭔가 내려오니더! 하얗던 길이 자꾸자꾸 없어지니더!"

대장이 소년이 있던 쪽으로 달려가 나무에 몸을 붙이고 전망을 살폈다. 인민군들은 벌써 그 길을 다 메웠고 그럼에도 계속해서 밀려 내려오고 있었다.

"저기 보이소, 저기."

소년이 속삭이며 오른쪽으로 손가락질을 했다. 그곳은 금곡산 너머 백골재였다. 그 잿길에도 한없는 인민군들이 길을 메우며 내려오고 있었다. 대장이 대원들께 신호를 보냈다. 전 수색대원들이 산비탈에 몸을 눕혀 가며 다가왔다.

"자, 이제 두 편으로 나눈다. 한편은 서쪽, 한편은 동쪽! 분산하라."

그때 소년의 친구가 조심스레 물어보았다.

"우리는 이만 가도 되는기요?"

"아직 안 돼. 넌 서쪽을 따르고 넌 동편 분대를 따른다."

소년은 다시 친구와 헤어져 동쪽 분대를 따랐다. 군인들 걸음은 너무도 빨라 소년은 허둥지둥 뛰면서 따라가야 했고 그때 신발 한 짝이 나무 밑둥에 걸려 벗겨지고 말았다. 돌아보니 신발은 저 혼자 비탈 아래로 굴러가고 있었다.

소년은 신발을 집으려고 도로 내려가기 시작했다. 마침내 신발을 집었고 그것을 막 신고 있을 때였다. 총소리가 타당, 탕탕, 울렸다. 엠1 총소리였고 서편으로 간 대원들이 쏜 것이었다. 그러자 뒤이어 그 아랫길에서도 응수사격이 시작되었다. 느닷없는 총소리에 놀란 인민군들이 따발총을 갈겨댄 것이었다.

소년은 대원들 쪽을 향해 부리나케 올라갔다. 한참 허둥거리며 올라가자 군인들의 옷자락이 보였다. 그 순간이었다. 그 수색대원들 쪽에서 또다시 총소리가 울려왔다. 소년을 향해 쏘는 것 같았다. 비탈을 타고 오르느라 흙이 굴러 내려갔고 그 소리로 인해 적으로 오인한 모양이었다. 소년이 소리쳤다.

"쏘지 마이소! 나는 길 갈쳐주러 온 사람이시더!"

그래도 계속해서 총을 쏘아댔다. 물론 수색대들은 소년을 겨냥하지 않았다. 그들은 다만 서편대원들을 위해 그렇게 엄호사격을 해주었던 것이다. 하지만 겁에 질린 소년에겐 그걸 구별해볼 여유가 없었고 총알이라는 총알은 모두 자신의 머리 꼭대기로 날아가는 것 같았다. 만약 그대로 몸을 일으킨다면 자신의 온 몸은 당장 총알로 벌집이 될 것 같았다.

소년은 엉겁결에 바짝 엎드리고 거꾸로 기기 시작했다. 엉덩이를 치켜들었지만 거기엔 눈이 달려 있지 않아 비탈에 어떤 장애물이 있는지 가려볼 수도 없었다. 잔 나뭇가지들이 사타구니 사이로 끼여들어 복부를 지나 얼굴을 탁탁 갈기며 일어서곤 했다. 살이 긁히는 것도, 아픈 것도 느낄 수가 없었다. 그냥 죽기 살기로 골짜기만 타고 엉기엉기 거꾸로 기어 내려가기만 했다.

골짜기 아래에 도착했을 땐 총소리가 멎어 있었다. 몸을 일으켜 주위를 살펴보니 바로 발 아래가 소롯길이었다. 그 소롯길을 타고 왼쪽으로 돌아가면 금단으로 갈 수 있고 오른쪽으로 돌아가면 나우리로 넘어가는 재, 좀 전에 자기 일행들이 머물렀던 곳에 도착한다. 집에 가려면 그쪽으로 가야 했다. 하지만 거기에는 겁나게 많은 인민군들과 자기를 향해 총을 쏘아대던 군인들이 있었다. 돌아갈 수가 없었다. 우선은 총알부터 피하고 봐야 했다.

소년은 금단 방향으로 발길을 돌렸다. 발이 허전했다. 내려다보니 또 어디서 신발을 잃었는지 한쪽 발이 맨발이었다. 소년은 그대로 걸었다.

산모퉁이를 돌아가자 저만치 소가 메어졌고 그 앞 둔덕엔 사람들도 옹기종기 모여 앉아 있었다. 그들 주위로는 지게와 짐들이 세워진 것이 피난민들이었다. 그랬다. 그들은 금단에서 나우리로 피신하려던 피난민들이었고 인민군들에 의해 길이 막히자 그렇게 주저앉아 있던 참이었다. 소년은 민간인들을 보자 너무 반가운 나머지 사전 기척도 알리지 않고 냅다 달려갔다.

"누, 누구요?"

느닷없는 소년의 출현에 피난민들은 무척이나 놀랐는지 저마다 얼굴색이 하얘졌다. 소년은 얼른 자기 신분을 밝혔다.

"놀, 놀래지 마이소. 지는 나우리에 사는 한인꾸니더."

"이상쿠먼, 나우리 산다믄 우찌 이리로 왔을꼬?"

좌장인 듯한 노인이 먼저 그렇게 떠보았다.

"마을에 군인들이 들어와 길을 갈차 달라 케서 따라왔는데 재만디에서 인민군들을 만났니더. 그래서 집 쪽으로 못 가고 이리로 왔니더."

"아, 그렇게 되었구마. 글믄 자네도 여기 있음세. 우리도 나우리로 피난갈 참이니 길이 뚫리면 같이 가세나."

비로소 소년은 일행으로 받아들여진 뒤 그들 옆에 끼어 앉을 수 있었다. 보슬비는 계속해서 내렸다. 아주머니들은 다시 수건을 쓰거나 보자기로 어깨를 덮었다. 모두 말이 없었다. 노인은 빈 담뱃대를 돌멩이에 톡톡 치다가 뒷등걸에 꽂았다. 저만치 메어진 소만이 울지도 않고 열심히 풀을 뜯고 있었다. 축축한 하늘이 점점 더 낮게 내려앉았다.

소년은 다시 집 생각이 났다. 자기도 식구들과 함께 있고 싶었다. 어서 빨리 길이 뚫려 이 사람들과 함께 집으로 돌아가고 싶었다.

그렇게 집 생각을 하고 있을 때였다. 하늘 저쪽에서 이상한 소리가 들려왔다. 히죽히죽하고 야릇한 소리가 꼬리를 물고 낮은 하늘을 가르고 왔다. 모두 의아해서 소리가 나는 쪽으로 고개를 돌렸다.

다음 순간 건너편 참나무 둔덕이 펑, 하고 튀어 올랐다. 포탄이 날아와 거기에 터진 것이었다. 굉장한 굉음이었고 산 전체가 무너지는 듯한 폭파였다. 일행들은 혼비백산해서 저마다 머리를 땅바닥에 처박았고 그때 소도 놀라서 달아나버렸다.

사람들이 정신을 수습하고 몸을 일으킬 때 다시 뭔가가 피웅, 하고 공중으로 날아갔다. 그 포는 아주 빨라 실체는 보이지 않고 그저 '피웅' 하는 소리만 들렸으며 어디에 가서 떨어지는지 폭발음조차 들리지 않았다.

일행들은 곧 구별할 수 있었다. 피웅, 하고 제트기처럼 달려오는 굉음은 멀리로 날아간다는 것, 그래서 자기들 주변에 떨어질 위험은 없었으나 반면 '히죽히죽' 하고 달려오는 것은 발사 수명이 다해가는 소리며 따라서 곧 가까이서 떨어진다는 신호였다.

한참 동안은 멀리 가는 대포알만 날아다녔다. 그러다가 다시 또 하나가 '히죽히죽' 하고 달려왔다.

"엎드리라!"

일행들은 모두 제자리에서 머리만 묻었다. 뒤이어 세상이 갈라지는 소리가 들렸다. 다행히 포탄은 좀더 멀리서 떨어졌고 따라서 날아오는 파편도 없었다.

대포는 고송숲에서 미군들이 쏜 것이었다. 인민군들이 넘어올 길을 차단하기 위해 큰 포, 박이포 할 것 없이 그 잿길을 향해 쏘아댄 것이었다. 소년의 가족들이 고송숲을 지날 때 본 미군들, 그들이 쏘아댄 그 대포가 10킬로미터 이상 떨어진 이곳, 소년 앞으로 날아온 것이었다.

그런 공포 속에서도 시간은 흘러 저녁 무렵이 되었다. 이제 비도 그쳤고 대포 소리도 잠잠해졌다. 노인이 벌떡 몸을 일으키며 일행들에게 말했다.

"그만 집으로들 돌아가세. 여기 이러구 있어봐야 길이 언제 뚫릴지 알 수도 없는 일이고 또 나우리로 간다는 것이 참말로 안전한지도 모릴 일이니 차라리 집에 가서 밥이라도 지어먹으며 다시 궁리를 모아보는 게 나을 성싶으네."

모두 같은 생각을 하고 있었던지 일행들은 얼른 몸을 일으켜 자기 짐들을 수습했다. 아주머니들은 임을 이고 남자들은 지게를 진 뒤 아랫길로 내려섰다. 다만 소 주인만이 달아난 소를 찾느라 주위를 돌아보았지만 결국 포기하고 일행들 뒤를 따랐다.

한 마장쯤 내려가자 윗배냄이 마을이었다. 산에서 가장 가까운, 그럼에도 열 가호는 더 넘어 보이는 마을이었다.

소년은 이 마을을 딱 한 차례 오간 적이 있었다. 작년 여름이었다. 엄마가 장질부사에 걸려 앓고 있을 때 죽을 끓이던 형이 말했다. 금단 약수(경북 전역이 다 알고 있는 유명한 약수임)를 떠다 엄마를 드리면 나을지도 모른다고. 채독도 폐병도 장복하면 낫는다는 신비한 약수였다.

소년은 당장 주전자를 들고 집을 나섰다. 그때 형이 다시 한 번 주의를 주었다. 그 물은 일단 주전자에 담은 뒤는 절대로 바닥에 놓아서는 아니 된다고. 그러면 효력이 달아나버리니 소피가 마려워도 들고 볼일을 봐야 한다고.

그래서 소년은 이 마을에 닿았을 때 길갓집 정낭에 들어가 미리 대소변을 다 본 뒤 약수터로 향했다. 만약 물을 떠오다 급히 똥이 마려우면 곤란할 것 같아서였다.

일행들은 각자 자기 집으로 돌아가고 소년은 노인의 집으로 따라갔다. 노인의 집은 길에서도 가장 안쪽에 있었다.

저녁을 지어먹자마자 주민들은 다시 노인의 집 마당으로 모여들었다. 그때가 저녁 8시쯤이었다. 그들은 만나자마자 앞으로의 일을 궁리했다. 날이 새면 피난을 갈 것인가, 아니면 그냥 주저앉을 것인가로 이어지다가 좀더 추이를 지켜본 후 행동하자는 쪽으로 중론이 모아졌다. 사람들은 비로소 다리를 뻗었다. 당분간은 고단한 피난살이를 하지 않아도 된다는 것에 안심이 되는 모양이었다.

그런데 그때였다. 노인이 담배 한 대를 막 끝내는 순간 또 불청객이 나타났다.

소년이 성장해서 마치 인생에 달관한 사람처럼 '어떤 일이 결정이 났을 땐 항상 방해꾼이 나타나는 법'이라고 했다면 아마 이 날의 일들이 그 계기가 되었을 것이다.

불청객은 긴 장총을 든 인민군 둘이었다. 그들이 불쑥 마당으로 들어섰고 주민들은 놀라서 저마다 오금을 감아댔다. 한 인민군이 일행들을 향해 말했다.

"동무들, 고생이 많습네다. 다름이 아니라 우리가 저 아랫마을에서 밥을 지어두었는데 그것을 지고 갈 사람이 필요하오. 협조 바라오."

"어디까지 지고 가야 하는 기요?"

노인이 물었다.

"저 산 위야요."

인민군은 그렇게 대답한 후 스스로 좌중을 돌아보며 사람들을 뽑아냈다. 중년 남자 네 명을 세운 후 그들은 마지막으로 소년까지 지목했다.

"당신도 일어나시오."

또 소년이 걸려든 것이었다. 신발도 잃어버린 그가 얼먹은 얼굴로 쭈뼛거리자 노인이 얼른 인민군 팔을 잡고 말했다.

"저 사람은 몸살기가 있심니더. 내가 대신 가면 안 되겠능교?"

노인은 소년을 보내느니 차라리 자신이 나서는 게 낫다고 생각한 것이었다. 왜냐하면 밥을 져다준다 해도 그들이 고이 돌려 보내준다는 보장이 없었다. 그렇다면 나이를 봐서라도 자신이 당하는 게 인간으로서 옳은 도리였다. 게다가 노인은 한씨네 집안을 알고 있었다. 작년에 죽은 그 집 소작인 윤씨가 노인의 먼 친척이었던 것이다.

하지만 그날의 소년 운수에는 그 어떤 거룩한 마음도 받아들일 복이 없었던지 인민군은 노인 대신 한사코 소년만을 앞세웠다. 노인이 다시 부탁했다.

"글믄, 꼭 되돌려 보내주이소이."

"걱정 마시라요."

인민군은 그렇게 대답한 후 일행들을 아랫마을로 인솔해갔다. 마당이 넓은 집으로 들어서니 아주머니 여럿이서 큰 널벅지에 밥을 비비고 있었다. 밥은 보리쌀과 밀을 그냥 삶은 것이었고 아주머니들은 그 밥에 오직 간장만을 뿌려가며 비빈 뒤 함지박에 옮겨 담았다. 그 사이 다른 집에서 차출된 주민들도 차례로 들어왔다. 모두 열 명이었다. 함지박 열 개가 모두 채워지자 출발 신호를 알렸다.

동원자들은 저마다 어깨에 밥 함지를 메고 산길로 올라섰다. 그 산길은 멀고 또 어깨의 밥은 한없이 무거웠다. 그러나 그 누구도 힘들다고 투정할 수 없었다. 인민군들, 아니 그들이 든 총이 무서웠던 때문이었다. 동원자들은 모두 입을 꾹 다문 채 묵묵히 인솔자의 뒤를 따랐다.

처음 소년은 짐이 무거운 데다 한 짝 신발로 걷기가 무척 불편하다는 생각에만 사로잡혀 있었다. 그러나 산 중턱을 넘자 이번에는 공포감만이 그 머리 속에서 오락가락했다. 자신의 짐작으로는 밥을 져 날라다 준다고 해서 인민군들이 고이 돌려 보내줄 리가 없었다. 또한 자기가 이쪽 군인들을 안내했다는 것을 안다면 저 긴 총으로 당장에 쏘아버릴 것이었다. 어쩌면 친구 또한 그들에게 잡혀와 있을지도 몰랐고 그러면 모든 것이 들통나고 만다. 여태 총알을 잘 피해왔는데 이제 제발로 걸어 올라가서 총알을 맞아야 한다, 그런 생각만이 쥐처럼 머리 속을 들락거렸다.

인민군들은 재피재라고 불리는 곳에 주둔하고 있었다. 2백 명이 넘어 보였다. 밥이 도착하자마자 곧 밥 배급이 시작되었고 인민군들은 시장했던지 꽁보리밥만도 못한 그 밥을 허겁지겁 먹어댔다. 배급이 끝나고 함지들이 깨끗이 비었을 때 그 인솔자 인민

90

군이 동원자들에게 말했다.

"이제 돌아가도 좋소."

그러나 일행들은 서로 눈치만 살폈다. 그 말이 진심인지 알 수 없었던 때문이었다. 마침내 정말이라는 것이 확인되었을 때 모두 재빨리 등을 돌렸다. 그때 다시 인민군이 그들을 불러 세웠다. 아무도 돌아볼 수가 없었다. 각자의 등이 얼음장처럼 굳어버린 때문이었다.

"그릇들이 비었잖소. 챙겨들 가시오."

그제야 일행들은 제자리로 돌아가 빈 함지박을 챙겨들었다. 그것은 마을에서 가져온 것이고 반드시 챙겨가야 할 물건이기도 했다.

마을에 돌아오니 노인이 안도의 숨을 쉬었다. 그리고 곧 소년을 앞세워 버려진 외양간으로 갔다.

"오늘밤은 여기서 자거라."

소년이 구석으로 들어앉자 노인이 가까이 다가들며 다시 속삭였다.

"저 구석에 세워진 멍석들이 보이제?"

"예."

"혹시 사람 소리가 들리면 저 멍석으로 몸을 둘둘 감고 얼릉 벽에 가서 붙어 있거라. 무슨 말인지 알겠나?"

"예."

노인은 알고 있었다. 이번 전쟁에는 소년들이 더 위험하다는 것을. 아군이 소년을 안내원으로 데려왔듯이 인민군들 또한 이용할 것이었다. 나이 열다섯 살 정도면 써먹을 곳이 많았다. 갖가지의 심부름은 물론 급하면 총알받이로도 내세울 수 있었다. 한 번은 보내주었지만 별안간 다시 필요할 수도 있고 그러면 인민군들은 오밤중이라도 다시 내려올 것이었다. 노인이 우려한 것은 그것이었다.

"우짜겠노. 세상이 다 미쳐 있는데. 힘들어도 이겨내야지……."

노인이 그렇게 중얼거리며 외양간을 나갔다. 소년은 벽에 머리를 기대며 노인의 발소리를 들었다. 발소리는 곧 사라졌고 자신의 눈에서도 잠이 양동이 물처럼 들어붙는 것 같았다. 소년은 곧 잠에 빠져들었다.

그러다가 무슨 소리가 들려 퍼뜩 잠이 깼다. 쥐가 찍찍거리는 소리였다. 안 되겠다 싶어 소년은 벌떡 일어나 멍석을 펴서 몸을 둘둘 감고 벽에 기대섰다. 미리 그렇게 자 두는 것이 안전할 것 같았다. 키도 알맞았다. 소리가 날 때 고개를 쑥 집어넣으면 횃불로 비춰본다 해도 멍석만 보일 것이었다. 게다가 멍석을 두르고 있으니 춥지 않아서 좋았다.

소년은 잠을 청했다. 하지만 세상에는 완전한 공짜란 없나보았다. 모기가 공격을 시작한 것이었다. 모기는 까까머리 그 정수리 위로 벌떼처럼 날아들어 저마다 주둥이를 쿡쿡 찔러댔다. 손이 멍석 안에 있으니 그 모기를 쫓아버릴 수도 없었다. 소년은 자다가 깨다가 하면서 그날 밤을 보냈다.

이른 아침 노인이 데리러 왔다. 노인을 따라 집으로 들어서니 마당에는 어제 그 사람들이 벌써 다 모여 있었다. 여기저기에 부려둔 짐들도 어제와 똑같았다. 다시 피난을 가야 한다고 결정한 모양이었다. 인민군이 가까이 있는 이상 마을에 남아 있을 수도 없었을 것이었다. 소년이 안으로 들어서자 부엌 앞에서 주인아주머니가 소년을 불렀다.

"이리로 들어와 밥 묵어라."

부뚜막에 밥주발과 고추장이 놓여 있었다. 아주머니가 다시 재촉했다.

"얼릉 묵어라. 곧 떠날 참이니."

"어디로 해서 가는 기요? 어제 그 길로요?"

소년이 물어보았다.

"아이라. 오늘은 사방 쪽으로 간다 쿠더라."

사방으로 가자면 윗배, 아랫배를 내려가 덜기미로 해서 시오리 이상을 걸어야만 닿을 수 있었다. 어제 그 길과는 완전히 반대 방향이었다. 어제는 산으로 올라갔다면 오늘은 평지로 내려가는 것이었다. 산은 이미 인민군들이 장악해 넘어갈 수도 없는 데다 나우리의 상황도 알 수 없으니 차라리 사람들이 많은 중심지로 내려가는 게 올바른 피난길을 찾을 수 있다는 생각인 것 같았다.

소년도 서둘러 밥그릇을 비우고 마당으로 나섰다. 일행들이 기다렸다는 듯 자기 짐들을 짊어졌고 한 사람씩 차례로 삽짝을 빠져나갔다. 소년은 주인아주머니가 든 보리쌀자루를 받아들었다.

윗배를 지나 아랫배 마을로 내려서니 거기서부터 논들이 온통 쑥대밭이 되어 있었다. 그것은 흡사 재를 버무려 던져둔 것도 같았고 또는 무거운 드럼통이 굴러다닌 것도 같았다. 나락은 바닥 깊이 박히듯 누워버렸고 군데군데 아군의 철모가 처박혀 있기도 했다. 국군들이 밤새껏 논바닥을 기었다는 흔적이었다. 거기서 교전도,벌어졌는지 길가엔 엠1 총알도 보였다. 그때 소년은 노인의 눈을 보았다. 등짐을 지고 묵묵히 걸어가던 노인의 눈에서 눈물이 떨어지고 있었다.

소년이 평생을 두고 생각한 그 눈물의 의미, 그것은 인간이 왜 그런 무용한 일에 투신해야 하며 왜 그런 일로 죽어야 하느냐는, 그런 뜻인 듯했다. 그랬다. 노인에겐 인민군이나 국군, 그들 모두가 똑같이 귀한 목숨을 가진 생명일 뿐이었다. 그 생명들이 엉뚱한 일에 피를 짜고 또 고통에 시달려야 하는 그 불합리한 상황을 서러워한 것이었다. 그 노인의 별명은 달인이었고 마을 사람들 사이엔 그렇게 통했다.

점심때쯤 못 미처 사방에 도착했다. 거기서부터 길마다 피난민들이 밀리기 시작했다. 소년은 태어나서 처음으로 그렇게 많은 사람들을 보았다. 근방의 사람은 물론 안강 위에서부터 밀려온 피난민들이었다. 어서 가자, 빨리 걸으라는 아우성이 사방에서 들려왔고, 피난민들이 끌고 나왔던 돼지는 그 틈바구니에서 도저히 견딜 수 없었던지 강변으로 냅다 달아나기도 했다.

피난민들이 움직이지도 못하고 한참 동안 제자리에 서 있을 때였다. 별안간 국군들이 큰 목소리로 외치기 시작했다.

"길은 철수한다! 길은 철수한다! 피난민들은 모두 강변으로 내려가시오! 빨리빨리 서두르시오!"

94

사람들이 우루루 강변 쪽으로 몰려갔다. 다급한 피난민들은 논두렁으로 갈 여유가 없어 그대로 논바닥을 가로질러 가기도 했다. 길은 비어지는 대신 넓은 강변이 삽시간에 사람들로 뒤덮였다. 은어를 잡아 강변 바닥에 하얗게 널어둔 것 같았다.

　"한참 이러구 있어야 할 챔인갑는데 짐들은 부려놓게나."

　노인이 일행들에게 말했다. 모두 짐들을 내려놓고 둥글게 모여 앉았다. 다른 피난민들도 마찬가지로 끼리끼리 자리를 잡고 앉거나 짐들을 부렸다. 더 이상 갈 수도 없다면 짐을 풀고 그렇게라도 쉬는 수밖에 없었다.

　소년은 모래톱에 주저앉아 강 건너를 바라보았다. 강 건너 도로엔 대포가 즐비하게 걸려 있었다. 오십 대도 넘어 보였고 군인들도 그렇게 서 있는 것이 쏠 때를 기다리는 것 같았다. 피난민들을 강변으로 몰아댄 것도 그 길을 향해 대포를 쏠 계획이라 그렇게 한 모양이라고 소년은 짐작했다. 산에 있던 인민군이 그 길로 내려오는가 보았다.

　소년은 안타까웠다. 길만 막히지 않았더라도 계탑으로 해서 곧 나우리로 갈 수가 있었다. 철길을 따라 걸으면 두 시간도 못 미처 집에 도착할 텐데 오늘도 이렇게 발목이 잡히고 만 것이었다.

　강 건너편에서 첫 대포 소리가 들려왔다. 그것이 신호였던지 여기저기서 연달아 대포를 쏘아댔다. 강 이쪽과 저쪽, 사방을 향해 쏘아대는 것이 인민군들은 벌써 사방을 그렇게 에워싸고 있는 모양이었다.

　"대포알이 이쪽으로는 오지 않지요?"

어제 밥을 함께 지고 갔던 중년 남자가 노인에게 물었다.

"글씨, 난 아직도 머리꼭지로 날아가는 건 못 봤구마."

"글믄 우리는 요기라도 하입시더."

"요기라꼬?"

"밀 반 말을 볶아 왔심니더."

그 남자가 밀 한 주먹씩 나누어주었다. 장마철이면 툇마루에 걸터앉아 볶은 밀로 간식을 하던 농민들이 이제는 강변에 앉아 그것을 먹고 있었다. 마음이 한가할 때는 그 밀은 달고 고소했다. 그러나 대포 소리를 들으며 먹는 밀은 아무 맛도 느껴지지 않았다. 노인은 반쯤 우물거리다가 나머지를 소년에게 털어준 뒤 당신은 장죽을 꺼내 연초를 쟁였다. 그리고 옆 사람에게 불을 얻어 막 한 모금 빨아들일 때였다.

"인민군이다!"

누군가의 고함소리가 들려왔다. 그와 동시에 수많은 군인들이 후다닥 강변으로 뛰어들었다. 곧 교전이 붙었다. 피난민들 가운데서였다. 기관총, 단총이 빵빵 드르륵드르륵 콩을 볶아댔고 피난민들은 저마다 혼비백산해서 나락 가리들처럼 여기저기 모이거나 흩어져 머리를 숨겼다.

소년도 자신의 머리부터 숨겼다. 나무를 심듯 그 머리통을 모래바닥 깊이깊이 묻었다. 그러나 모래도 만만치 않았다. 머리가 잘 심어지지 않았다.

피난민들 역시 모두 소년과 같았다. 저마다 머리만 감싼 채 엎드렸고 엉덩이들은 벌떡벌떡 곧추서 있기도 했다. 마치 물고기를 잡아 군데군데 거꾸로 던져둔 형상이었다.

그 교전은 오래 가지 않았다. 다시 총소리도 멎고 조용해졌다. 그러나 사람들은 쉬 움직이지 않았다. 움직일 수가 없었다. 공포가 머리와 함께 바닥에 박혀 떨어지지 않았던 때문이었다.

"전투 끝났니더. 고만들 일어나이소."

그제야 사람들은 머리를 들기 시작했다. 소년도 머리를 들고 모래를 털어냈다. 모래는 잘 털어지지 않아 한참이나 비벼대야 했다.

"여기, 사람이 맞았니더!"

누군가가 그렇게 외쳤다. 소년들 쪽에서 불과 50미터 위쪽에서였다. 남자 둘이서 총 맞은 사람을 이끌고 강변 둑으로 옮겨갔다. 피를 흘리며 이끌려가는 사람은 아주머니였다. 사람들이 그 주위로 모여 갔고 소년도 따라가 보았다.

아주머니는 고개를 숙이고 신음소리를 냈다. 엉덩이 쪽에서 피가 스며 나와 마치 피를 깔고 앉은 모습이었다. 곧 한 군인이 다가왔다. 그 군인은 아주머니의 상처 부위를 살펴본 후 미안하다는 듯 말했다.

"군인들 부상자가 많아 아주머니를 후송해갈 수 없습니다. 죄송합니다."

"그라믄 나는 인제 죽는 기요?"

아주머니가 입술을 떨며 물었다.

"아닙니다. 아주머니는 허벅지를 관통했을 뿐입니다. 지혈만 시키면 생명에는 지장이 없습니다."

"지혈은 우찌 시키는 기요?"

아주머니의 가족이 물었다.

"호박 있지요? 그걸 으깨서 총상 자리에 붙이십시오. 군인들도 다급하면 그렇게 임시처방을 합니다."

군인은 그렇게 일러준 뒤 급히 되돌아갔다. 소년이 총상 환자를 직접 본 것은 그 아주머니가 처음이었다. 이상한 생각이 들었다. 총을 들고 싸움을 하는 사람은 남자이고 다치는 사람도 남자여야 하는데 어떻게 전쟁과는 무관한 아주머니가 다쳐야 하는지 납득이 가지 않았다.

그 얼마 후였다. 노인이 다시 귀가하자는 안건을 내놓았다. 돌아가는 판세로 보아 밤까지 강변에 있어야 할 참인데, 밤에는 추워서 견딜 수 없다는 것이었다. 그날은 음력으로 7월 스무나흘, 양력으로 9월 초였고 게다가 다시 비가 내리기 시작했다. 노인의 생각은 백번 옳았고 이번에도 모두 군말 없이 지게를 졌다.

일행들이 막 강둑으로 올라설 때였다. 대포 하나가 날아와 모래바닥에 꽂혔다. 다행히 불발탄이었고 다친 사람도 없었으나 놀란 피난민들이 모두 짐들을 지고 허둥지둥 길 위로 달아났다. 그와 때를 같이 해서 길 후방 쪽에서 격렬한 총소리가 들려왔다. 거기 어디쯤에서 또 교전이 붙은 모양이었다.

소년 일행은 물론 다른 피난민들도 검단과 청량 쪽으로 흩어졌다. 저마다 산 쪽으로 향했던 것이었다. 거기서는 대포가 떨어져도 가려줄 둔덕과 나무들이 있었다. 벌거벗은 강변, 아무 방패 막도 없는 모래바닥보다는 안전하다고 생각한 것이었다.

소년 일행이 갈림길에 도착했을 때 또 대포 하나가 날아와 논바닥에 떨어졌다. 진흙과 벼포기가 분진처럼 날아와 사람들을 들씌웠다. 피난민들은 혼비백산해서 사방으로 뛰어 달아났다. 소년도 뛰었다. 뒤도 돌아보지 않고 그저 뛰기만 했다.

소년은 이때 노인 일행들을 잃었다. 사람들을 따라 한참 뛰어오고 보니 그들은 일행이 아니었다. 게다가 노인의 마을 방향이 아닌 청량 쪽 방향이었다. 낯선 사람들이지만 그래도 일행이 있다는 것은 안심이 되었다. 소년은 그 사람들을 따라갔다. 약 30명쯤 되었고 모두 산 쪽으로 허둥지둥 걷기만 했다.

앞에 가던 남자가 문득 멈춰 서서 자기 지게를 바라보았다. 빈 지게였다. 그 위에 실려 있던 짐은 어디엔가 떨구고 말았는데 그것도 모르고 빈 지게를 지고 온 것이었다. 남자는 그 지게를 벗어던지고 걸었다.

날이 어두워지고 있었다. 부슬비가 내려 밤이 빨리 온 것이었다. 시골사람들에게 무서운 것은 밤이 아니었다. 그들은 칠흑 어둠 속에서도 논두렁을 걸을 수 있었다. 하지만 대포는 피할 수 없었다. 언제 어디서 날아오는지 알 수도 없을 뿐더러 그에 대한 상식도 없었다. 그저 대포란 이 세상에서 가장 무서운 것이었고 그날 피난민들은 가장 무서운 적인 대포한테 쫓긴 셈이었다.

다랑이 논 저 위에 산이 있었다. 불과 백 미터쯤 전방이었다. 사람들이 둔덕을 향해 부지런히 올라갔다. 그때 또 꽝, 하고 대포가 터졌다. 바로 그들이 향하던 그 지점이었다. 사람들은 모두 논으로 뛰어들었다.

소년도 논바닥에 주저앉아 머리를 감싸고 얼굴을 벼포기 속에 묻었다. 그땐 벼포기가 유일한 보호막이었고 그것이라도 얼굴을 가려줄 수 있다는 것이 다행이다 싶었다.

그 얼마 후 다시 또 대포 터지는 소리가 들렸다. 자기들이 지나왔던 아랫길쯤이었다. 아마 거기를 지나오던 사람들은 다 죽었을 것이었다. 산으로 피하려다 산도 보기 전에 죽었는지도 모른다는 생각에 논바닥의 사람들은 더욱 숨을 죽였다.

대포는 간헐적으로 계속 날아왔고 사람들은 논바닥을 벗어날 수가 없었다. 그 가까이는 대포가 날아오지 않아 그곳이 가장 안전하다고 생각한 것이었다. 어떤 일가들은 서로 어깨를 걸고 가운데로 머리를 모아 숙인 것이 마주 절을 하고 있는 모습이기도 했다.

대포 소리는 새벽 서너 시쯤 멎었다. 그 두어 시간 후 동이 터 왔고 사람들은 그제야 논두렁으로 나가기 시작했다. 하늘은 말짱하게 개여 밝음도 빨리 찾아왔다.

소년도 풀섶으로 나와 앉았다. 사람들이 여기저기서 수런거리기 시작했다.

"거머리다!"

이번엔 또 거머리 소동이었다. 밤새 논바닥에 앉아 있었던 덕에 거머리들이 사람 잔치를 벌인 것이었다.

소년도 얼른 자기 종아리를 살펴보았다. 거기에도 거머리가 새까맣게 붙어 있었다. 소년은 풀대를 꺾어 거머리들을 쓱쓱 밀어냈다. 거머리가 떨어져나간 자리에 피가 벌겋게 번지고 있었다.

거머리를 소탕한 뒤 소년은 벌떡 일어났다. 더 이상 그런 피난을 하고 싶지 않았다. 무엇보다도 오늘은 꼭 집으로 돌아가야 할 것 같았다. 죽으나 사나 돌아가고 싶었다.

소년은 산 가까이 도착해서 뒤를 돌아보았다. 밤새 함께 지낸 그 피난민들이 자기를 바라보고 있었다. 여기저기 유령들처럼 흩어 앉아 자기를 부르는 것 같기도 했다. 소년은 재빨리 등을 돌리고 산을 향해 뛰었다.

산 하나를 넘었을 때 소년은 저쪽 산을 보았다. 거기에는 인민군들 시체가 자욱하니 깔려 있었다. 어제 왜 그렇게 많은 대포가 이쪽으로 쏟아졌는지 그 이유가 밝혀진 셈이다.

소년은 나우리 쪽 계곡으로 들어섰다. 인민군들이 죽어 있는 그 산 이쪽이었다. 그러니까 전선은 아닌 셈이었으나 사방이 기분 나쁠 만큼 조용했다. 소년은 산 중턱길을 잡았다. 그쪽으로 가로 질러가면 설령 감시병이 있다고 해도 그 눈을 피할 수 있을 것이었다.

소년은 덤불과 덤불 사이로 조심조심 걸어가다가 우뚝 걸음을 멈추었다. 한 자리에 소나무 가지들이 소복이 꽂혀 있었다. 자세히 보니 그것들은 구덩이였다. 인민군들이 군데군데 구덩이를 파고 그 위에 나뭇가지로 위장해둔 것이었다. 아랫길로 지나가는 사람을 감시하거나 또는 자신들이 은신해 있던 구덩이 같았다.

소년은 놀라서 자신도 모르게 아악, 소리를 지른 후 산 아래로 뛰어내렸다. 이번에도 나무에 걸려 넘어지고 말았다. 소년은 주저앉아 눈을 꼭 감았다. 곧 인민군이 달려들 것이었다. 소년의 입에서는 저 먼저 이런 말이 터져 나오고 있었다.

"잘못 했심니더, 잘못 했심니더……."

한참이 지났는데도 총소리도 사람소리도 들려오지 않았다. 눈을 뜨고 가만히 산 위를 살펴보았다. 사방은 잠잠했고 작은 움직임조차 보이지 않았다. 소년은 슬며시 일어나 걸어보았다. 그래도 반사 기척이 없자 걸음아 날 살려라, 하고 아랫길로 뛰어 내려 갔다. 자드락길로 내려섰을 땐 한 짝 신발마저 벗겨지고 없었다. 허전하지도 않았다. 발도 이제 이력이 붙어 웬만한 돌멩이가 채여도 크게 아프지 않았다.

계속 길을 따라 걸었다. 구덩이를 발견하고 달아나기까지 했는데 아무 일이 일어나지 않았다면 그냥 길로 걸어가도 괜찮을 듯 싶었다. 소년은 걸으면서도 한참이나 궁금했다. 그 구덩이 안엔 정말로 인민군들이 없었던 것일까. 그런데 어떻게 나뭇가지들이 소복소복 다 그렇게 꽂혀 있었던 것일까. 전쟁을 하려고 다른 곳으로 떠났다면 굳이 나뭇가지를 그렇게 꽂아둘 필요가 있었을까.

다시 계곡을 타고 산을 넘었다. 그 산을 넘으면 지름길이 있었다. 이제 한시 바삐 집에 가고 싶은 마음뿐이었다. 산마루에 올라서서 아래를 내려다보니 지름길 꼬리가 아슴아슴 보였다. 그러니까 그 비탈을 타고 내려가면 그 지름길을 만날 수가 있을 것이었다. 소년은 비탈길로 질러 내려가기 시작했다.

한데 열 발자국도 가지 않아 소년은 그만 무엇엔가 걸려 넘어지고 말았다. 넘어질 때도 손에 뭔가 푹 집혔고 그 느낌은 물컹했다. 이상한 기분이 들어 얼른 일어나고 보니 자신의 몸이 시체 위에 넘어져 있었다.

거기서부터도 시체는 온 산에 널려 있었다. 고꾸라지거나 처박혀 있는 시신, 또 서로 엉켜 있는 시체도 있었다. 주로 인민군이었다. 그 어디에 대포가 떨어졌거나 총을 맞아 죽은 것 같았다. 소년은 시체를 밟지 않으려고 조심조심 발길을 옮겼다.

열 발자국도 가지 않아 소년은 다시 또 우뚝 걸음을 멈추었다. 거기에 아군의 시체가 있었다. 소년과 함께 왔던 그 수색대원이었다. 총도 철모도 날아가고 양팔을 벌린 채 죽어 있었다. 좀더 내려가니 다른 수색대원들 시체도 보였다. 군복이 찢어진 것이 그날 이 자리에서 육박전도 벌어진 모양이었다. 소년은 시체가 없는 곳을 골라가며 조심조심 내려갔다. 스무 발짝쯤 저 옆으로 큰 웅덩이가 파여져 있고 그 주변에도 인민군들이 개미떼처럼 죽어 있었다.

그날 소년이 본 시체는 도대체 몇 구나 되었을까? 그리고 수색대원들은 그 자리에서 전원이 전사한 것일까. 그해 겨울 주민들이 동원되어 시체를 치울 때 확인된 시체는 그 산에만도 인민군이 200여 명, 수색대원이 18명이었다. 아군은 신원이 판명되거나 잘 묻어졌지만 나머지 인민군들은 몇 군데의 구덩이를 파고 한꺼번에 묻혀졌다.

마을 사람들은 그렇게 묻혀진 것도 그나마 복받은 시신이라고 말했다. 그렇다면 얼마나 많은 인민군들의 시신이 남한 도처의 산 속에 버려진 것일까. 또 아군의 시신은.

물론 그날 소년은 200여 구나 되는 시신을 다 보지는 못했을 것이다. 그렇다 해도 그날 하루 본 시신만으로도 보통 사람들은 평생을 통해서도 다 볼 수 없는 숫자였다. 소년이 성인이 되어 술 먹고 중얼거린 말은 '시체를 많이 본 사람이라 재수가 없었던 거야' 라고 했다면 그날 시체들로부터 받은 충격이 소년의 인생 심리를 어떤 방향으로 끌고 갔는지 짐작할 만했다.

아, 그리고 소년은 그 길 끝머리에서 또 하나의 주검을 보았다. 허둥지둥 길로 내려섰을 때 그 잿길 가에 소년의 친구가 죽어 있었다. 친구도 신발을 들고 뛰다가 총을 맞았는지 손 가까이에 검은 고무신이 떨어져 있었다.

소년은 무서웠다. 왠지 친구의 주검은 가장 큰 두려움이 되어 자신을 엄습했다. 소년은 달아났다. 무서워서 친구를 흔들어보지도 못하고 그대로 달아나기만 했다. 숨도 쉬지 않고 달리기만 했다. 그럼에도 친구가 벌떡 일어나서 따라붙는 것 같았고 혼자 가지 말라고, 자기를 데려가라고 지다위를 거는 듯했다. 귓가에 스치는 바람소리마저 친구의 혼이 따라와 울부짖는 그 어떤 비명 같았다.

그렇게 헐레벌떡 뛰다가 소년은 돌부리에 걸려 넘어졌다. 입에서 피가 났다. 넘어질 때 입이 돌멩이를 찧은 것이었다. 그때 앞니 반 토막이 깨어져 나갔다. 그러나 소년은 그걸 의식할 틈이 없었다. 다시 일어나 뛰기만 했고 자기 마을 산마루에 올라섰을 때야 고꾸라지듯 주저앉았다.

해가 서녘으로 기울어가고 있었다. 소년은 정신을 차리고 마을로 내려갔다. 마을은 이미 텅 비어 있었고 소년이 빈 집으로 찾아들었을 땐 또 하나의 마지막 주검이 기다리고 있었다. 그것은 토끼였다. 토끼는 그 빨간 눈을 감지도 못한 채 우리 속에서 죽어 있었다.

공포감은 대상에 대한 인식, 그 폭에 따라 강도를 달리 한다고 한다. 삼촌이 친구의 죽음에서 공포를 느꼈던 것은, 군인들과 달리 그토록 무서웠던 것은 그 친구와 함께 해온 세월의 더께가 있었기 때문일 것이다. 같이 자라고 또 같은 학교를 다니면서 만들고 꿰어온 숱한 사연들은 전부 살아서 풀쩍풀쩍 뛰던 기억이었다. 또 그렇게 살아서 움직여야 할 친구가 죽어 있다는 것은 그 며칠간 시달려온 죽음에 대한 공포가 실체로 확인된 때문이었을 것이다.

따라서 친구의 주검은 구사일생으로 살아난 자신의 목숨조차 한 순간에 무로 돌릴 수 있다는 강렬한 터부로 받아들여졌을 수도 있었다.

그랬다. 소년은 친구의 주검은 그 누구에게도 이야기하지 않았고 그 가족이 시신을 찾아 장사를 지내는 날도 그에 대해 전혀 아는 척을 하지 않았다. 아니, 아주 모르는 척하고 있었다는 게 옳을 것이다.

그것은 죄의식일 수도 있고 그때의 공포를 다시 확인하고 싶지 않다는 마음도 작용했을 것이다. 그럼에도 어느 순간, 그러니까 시간의 물결이 이상하게 바뀌어 상이군인이 영웅이 되고 그 군인들이 호랑이보다 더 무섭다는 철도경찰을 마을에서 몰아내고 갖은 객담과 무용담으로 주민들을 사로잡고 있을 때 삼촌도 슬며시 자신의 환부를 자랑하고 싶었는지도 모른다. 그래서 깨어진 이빨을 당당하게 드러내며 '나도 상이군인이다'라고 객기를 보인 것인지도. 하지만 그것도 딱 한 번이었다.

그랬다. 그 깨어진 이빨이 삼촌에겐 살아서 돌아온 훈장이었다 해도 그 뒤로 이어지는 삶이 평탄치는 않으리라는 징표 같은 것은 아니었을까. 아니다. 그것은 삼촌만 겪거나 당한 일이 아니었다. 그 전쟁으로 인해 2백 6, 7십만이 목숨을 잃었다면 그보다 더 많은 사람들이 정신적인 불구로 평생을 앓아야 했을 것이다.

내 엄마의 죄의식도 그런 증세 중의 하나였다.

나우리

식사 후 커피를 내놓으면서 내가 묻는다.

"삼촌, 토끼 생각나?"

"토끼? 무슨 토끼?"

삼촌은 절대로 토끼고기를 먹지 않았다. 말은 눈이 빨간 그 고기를 어떻게 먹느냐는 것이었지만 실상은 우리에서 죽어 있던 그 토끼 때문인지도 몰랐다. 삼촌에겐 그런 심약함이 있었고 때론 그것이 신념이 되기도 했다. 자신이 얼마 동안 포장마차를 할 때 주위 사람들과 심지어 엄마까지 토끼고기가 이문이 많다고 팔아보라고 했지만 삼촌은 들은 척도 하지 않았다.

"왜, 나우리에서 그 토끼 말이야."

"그래, 나우리에는 토깽이가 많았다 아이가."

삼촌이 대답한다. 구체적인 기억은 없는 모양이다.

"그럼 부엉이는 기억나?"

"그래, 부엉이도 많았지럴."

"부엉이가 어쨌는데?"

"우짜기는, 부엉 부엉하고 울었지."

역시 그 기억도 없는 모양이다.

"삼촌 언제 고향 가봤어?"

"못 가봤다."

"그럼 삼촌, 우리 나우리에 한번 가볼까?"

"거긴 뭐하러……, 아는 사람도 다 죽었을 낀데……."

"그래도 산천은 그대로겠지. 삼촌이 땅콩 캐주던 강건너 마을에도 가보고……, 토끼를 잡던 옆산에도 가보고……."

"거기 사람들 다 죽었다카이……."

한참만에 삼촌이 대답한다. 삼촌에겐 고향이 모두가 죽은 곳인가? 그렇다면 나에게 돌멩이를 캐주던 일은 무엇이던가? 지금 뇌리에 남아 있는 기억이 어릴 때 날 데리고 놀던 그 일뿐인가? 그것만이 살면서 만들어온 가장 따뜻했던 추억인가?

그래, 생각해보면 나에게도 그 추억이 가장 따뜻했다. 엄밀히 따져 고향도 아니면서 고향이 되어버린 그곳. 열두 살 때 떠나온 뒤 거의 가보지 못한 곳, 그 앞들과 전체 풍경이 선명히 떠오른다. 지금쯤은 벼들이 꼿꼿이 고개를 쳐들었을 것이다. 벼가 익으면 온 들녘이 그야말로 황금물결이었다. 바람에 우르르 파도치는 들, 그 위를 분주히 날아다니는 참새떼들…….

고송숲은 경주 인근 사람들에겐 유흥지와 같았다. 신라시대는 사냥터이기도 했던 그 숲에는 씨름터와 그네터가 있어 해마다 읍민 대회가 열리곤 했다.

그 고송숲(지금은 황성공원이 되었다던가) 앞 큰길을 따라 서쪽, 그러니까 형상강 쪽으로 걸어가면 그 강 조금 못 미친 곳에서 오른쪽으로 뻗은 신작로가 있었다. 그 길을 따라 반 마장쯤 들어가면 강가 마을 보두막이 나왔다. 열 가호 조금 넘는 그 마을 앞에도 강을 건너는 두 개의 다리가 있었다. 하나는 큼직한 돌로 놓여진 징검다리고 또 하나는 나무로 세운 것이었다.

나우리로 가자면 보두막을 거쳐가는 것이 지름길이긴 하나 한 가지 흠은 그 다리들이 종종 사라진다는 것이다. 징검다리는 물이 많을 땐 자주 잠기고 나무다리는 홍수 때마다 물살에 실려가곤 했다. 때문에 아무리 다리품을 줄이고 싶은 나우리 사람일지라도 여름철엔 다리가 복구되지 않는 한 금장으로 돌아가야 했다.

하긴 지름길이 하나 있긴 했다. 그 징검다리 조금 아래쪽에 강을 걸터앉은 높고 긴 철교가 그것인데 무거운 지게를 진 장꾼이 이용하긴 좀 위험하고 또 그렇게 이용하는 무대뽀도 없으며 대체로 차 시간을 놓치거나 볼일 때문에 늦어진 통학생들이나 건너다닐 뿐이었다.

그 철다리 위로 외삼촌이 나를 업고 건넌 적이 있었다. 고송숲에서 씨름 구경을 하고 오던 날이었다. 그땐 마을 사람도 출전해서 그들과 어울려야 했지만 삼촌은 친구와 함께 먼저 철교 길로 돌아왔다.

달이 무척 밝은 밤이었다. 교복을 입은 삼촌은 나를 업고 휘파람까지 불면서 그 침목을 건넜다. 아래는 허공임에도 두 사람은 내려다보지 않고도 척척 잘도 걸었다. 나 역시 그 시간은 기차가 다니지 않아 위험하지 않다는 것을 알고 있어서라기보다 삼촌이 하는 일은 설령 날 업고 그대로 하늘을 나르겠다고 해도 믿었던 터라 하나도 두렵지가 않았다.

나는 삼촌의 휘파람 소리를 들으며 조금 낭만적인 기분까지 되어 고개를 늘어뜨려 강을 내려다보았다. 달이 거기서 우리를 따라오고 있었다.

'니도 우리캉 동무하는구나.'

그때 나는 그렇게 속삭였다. 그리고 나우리를 떠난 뒤에도 한동안은 달만 보면 그때의 일이 생각났다.

다시 고송숲 앞길로 돌아가자. 그 큰길에서 보두막으로 들어서지 말고 서쪽으로 곧장 걸어가면 형상강이 나온다. 거기에는 돌로 쌓은 튼실한 다리가 있었다. 그 다리를 건너면 제법 큰 금장이란 마을이었다.

금장 초입에는 두 가닥의 큰길이 있었다. 하나는 서쪽으로 곧장 뻗은 도로, 현곡면으로 가는 길이고 또 하나는 북쪽으로 향해 있는데 이 북쪽 길 끝에 나우리가 있었다. 이 길은 금장 마을 한가운데로 관통하는 것이며 길 양편으로는 초가집들이 다닥다닥 붙어 있었다. 별안간 가옥지대가 끝나고 밭이 펼쳐지는가 하면 바로 또 탱자 울타리가 시작되는데 그 울타리 속에 교실이 네 개뿐이었던 작은 초등학교가 있었다. 바로 내가 다닌 학교였다. 삼촌이 자전거로 학교 통학을 할 때 나는 방과 후마다 탱자나무 울타리 앞에서 삼촌을 기다리곤 했다. 그 자전거를 얻어 타고 씽씽

달릴 땐 아이들 앞에 그 삼촌이 얼마나 자랑스러웠던가. 그러나 그것은 3학년 이후였고 그때야 삼촌은 자전거를 가질 수 있었다.

그 탱자 울타리를 지나면 또 밭과 과수원이 펼쳐지고 그 과수원도 지나면 강변, 즉 강둑을 쌓아 만든 길이 이어졌다. 강둑길을 따라 백 미터쯤 올라가면 철교를 만나는데 그 철교는 보두막에서부터 뻗어와 이쪽 산 끝머리에 걸터앉았다. 강둑길은 철교 아래에 있고 하늘에서 보면 철교가 강둑길을 열 십자로 깔고 앉은 셈이었다.

우리는 방과 후 종종 이 철교 아래서 기차를 기다리곤 했다. 기차의 똥구멍을 보기 위해서였다. 기차가 지나갈 때 우리가 볼 수 있는 것은 철그덕거리는 기차 바퀴와 뱃바닥뿐인데도 아이들은 왠지 그렇게 표현했다. 가끔 오줌이나 오물이 떨어진 때문인지도 몰랐다.

철교도 지나고 강둑길을 따라 좀더 걸어가면 큰 나무들이 제법 많이 들어선 강진 숲과 그 숲에 싸인 마을이 나왔다. 한길은 숲 사이로 나 있었고 길가의 나무들이 빽빽해 여름철엔 거의 햇볕이 스며들지 않았다. 방과 후 땡볕 속에 걸어온 아이들에게 이 길은 잠깐 피서의 공간이 되어주기도 했고 때론 다리쉼을 하면서 매미를 잡기도 했다. 내 친구 하나가 땅벌 집을 건드려 온 얼굴이 쏘인 것도 이곳이었다.

아, 그래, 거기엔 포고나무가 많았다. 남자애들이 포고 열매를 따 딱총 총알로 이용했고 여자애들은 가끔 그 열매총알을 맞고 울기도 했다. 그러나 남자애들은 그 누구도 나에게 그런 장난을 걸지 못했다. 내 삼촌들이 무서웠던 때문이었다. 나는 반드시 일러주었고 삼촌들은 꼭꼭 복수를 해주었다.

그 숲속을 지나면 길이 갑자기 왼쪽으로 꺾어지고 곧 언덕바지가 되는데 거기엔 기찻길이 놓여 있었다. 그 선로를 타넘으면 바로 나우리의 앞들이었다. 그 들은 아득하리만치 드넓었다. 한길 또한 넓은 들 한가운데에 저 잘난 듯 툭 튀어올랐고 그 양 옆으로는 반듯반듯한 논들이 똑바로 잇대어져 있었다. 반듯한 한길과 논의 생김새는 일찍이 구획경작에 눈을 뜬 나우리 사람들의 걸작품 중의 하나였다.

그 중간에서 기차역으로 가는 길을 잇대어 낸 것도 기차로 실어오는 화물 운반에 용이하도록 넓게 닦여져 있었다.

한길이 역에서 나온 길과 만난 후 다시 왼편으로 휘돌면 언덕바지 길이고 주민들은 이 언덕은 높은 둑이라고 불렀다.

어릴 땐 멀고도 높았던 그 길과 언덕들이 고등학생이 되어 다시 가보았을 땐 어쩜 그리도 보잘 것 없어 보이던지!

그 높은 둑에서 왼쪽으로 바라보면 왼편 끝 산 아래에 국보로 지정된 5층탑이 있다. 신라시대 때 지어졌다는 그 탑 바로 옆엔 조그만 절도 있었다. 그 절터 역시 신라시대 때부터 있어 왔다는 것을 보면 그 시절 아녀자들이 신라 도심지에서부터 불공을 드리기 위해 다닐 수 있는 가장 원거리가 아마 거기였을 것이다.

오른쪽 끝을 보면 포항으로 가는 기찻길이 있었다. 그 기찻길은 강에 맞닿아 있는 돌산을 깎아 둑을 만들고 철로를 놓은 것이며 그 철길을 돌아가면 계탑 마을이었다.

이제 고개를 똑바로 돌려 마을을 바라보면 큰산이 멀찍이 병풍처럼 가로막혀 있고 그 앞으로 50여 가호의 초가집들이 옹기종기 혹은 이쪽 저쪽으로 흩어져 앉은 나우리다. 그러니까 이 마을은 경주 외곽으로 뻗어온 마지막 고을이 되는 셈이었다. 끝머리에 자리 잡은 마을치고는 크게 옹색하지 않은지 띄엄띄엄 기와집도 보였다.

다시 높은 둑을 내려서서 마을로 향해보자. 가옥들이 손에 닿을 듯 가까이서 손짓하는 것 같지만 기실은 꽤나 걸어가야 닿을 수가 있고 마을보다 먼저 가로막는 것이 또 개울이다. 이 개울은 뒷산 큰못에서부터 이어져 내려 마을을 한 바퀴 에두르고 강으로 빠져나가는데 옛날 조씨라는 사람이 마을 앞 번답에 물을 대기 위해 조그만 실개천을 농수로 넓혔다는 내력에 의해 그 이름을 조씨거랑(개울)이라 불렀다.

그 개울을 건너면 바로 문전옥답이 펼쳐지고 그 한길을 중심으로 이쪽 저쪽으로 가옥이 앉아 있었다. 그러니까 나의 외갓집은 한길 왼편에서 첫 번째 집이었다.

가을철 조씨거랑에 서서 마을을 바라보면 집집의 지붕엔 둥근 달과도 같은 박이 여기저기에 앉아 있었다. 할머니가 박나물을 좋아해서 우리 집 초가지붕엔 더 많은 박이 앉아 있기도 했다.

외갓집 담은 길 쪽에서 뒷집 경계선이 흙담이고 삽짝에서 왼편으로는 대나무로 이어져 있었다. 들이 비고 겨울이 되면 바람이 달려와 대나무를 갈겨댔고 그러면 대나무는 스산하게 울어댔다. 부엉이도 그 어디쯤에서 울어댔다.

내가 여섯 살이 되던 겨울, 그러니까 전쟁 다음 해였다. 그때 꾸야 삼촌은 중학교에 입학했음에도 나를 데리고 놀아야 한다는 그 임무에서는 벗어날 수가 없었다. 그해 그 마을엔 별나게 화투놀이가 유행했다. 어른이고 아이들이고 사랑방마다 모여 앉아 묵이나 두부내기를 했고 꾸야 삼촌도 거기에 가고 싶어 늘 엉덩이를 들썩거렸다. 그러나 영악한 생질은 도통 잠을 자려 들지 않았다. 그때 부엉이가 울었다. 삼촌이 내게 말했다.

"아지아, 마실 좀 갈꾸마."

"응, 나도 갈 끼다."

나는 아금받게 대꾸했다.

"니는 안 된다."

삼촌이 딱 잡아뗐다.

"한 옆에서 얌전하게 놀꾸마."

"그래도 안 된다. 와 그러노 카믄 저 올빼미소리 들리제? 어린 아들이 밤에 나가면 눈알을 빼묵는 기라."

"와 올빼미가 아이들 눈을 빼묵는데?"

"와 그러노 카믄 올빼미나 부엉이들은 봉사가 많거든. 그래서 얼라들 눈을 빼묵는 기라. 그러믄 저그들 눈이 밝아진다꼬 말이다."

"그래도 아지아 니캉 나가믄 괘안타."

"안 괘안타. 내가 니캉 나가면 나도 니 같은 아로 알고 내 눈꺼정 빼묵는단 말이다. 그러니 니는 방에 가만 숨어 있어라, 알았제?"

그리고는 얼른 방문을 열고 나가버렸다. 그러나 삼촌들과 놀면 재미가 있고 또 거기에 이미 맛이 들어버린 나였던지라 호롱불 아래 가만히 앉아 잠이나 기다릴 마음이 없었다. 나도 얼른 엉덩이를 일으키고 뒤따라 나섰다.

마루에 내려서서 신발을 꿸 때 그놈의 부엉이가 또 울었다. 나는 얼른 손가락을 그물처럼 벌리고 두 눈을 가렸다. 그러면 부엉이라 해도 내 눈을 빼먹지 못할 것이었다. 삼촌은 벌써 담을 끼고 달려가고 있었다. 살구나무 집으로 가는 게 분명했다. 나도 그렇게 눈을 가리고 뒤따라 뛰었다.

그러나 살구나무집 얼마 못 미친 곳에서 그만 넘어지고 말았다. 이거 정말 야단이었다. 당장 부엉이가 달려와 내 눈을 빼먹을 것이었다. 나는 눈을 가린 채 목이 터져라 울어댔다. 삼촌이 되돌아와 내 옆에 주저앉았다. 일으켜주려고 그러는가 했더니 별안간 뱃살을 잡고 웃어댔다. 그리고 하는 말이 더 걸작이었다.

"니 눈에 걸린 게 뭐꼬? 쇠스랑이가 바지게가?"

내 입에서 고물고물 웃음꽃이 피어난다. 나는 커피 잔을 밀어놓고 지그시 삼촌을 바라본다. 그 농담 잘하던 얼굴은, 허옇게 잘생긴 얼굴은 어디로 다 가고 이렇게 늙었을까. 내가 고등학생이 될 때까지도 삼촌이 우리 집에 오면 날 이렇게 놀렸다.

"선아, 아지아 포켓을 뒤져봐라, 거기 사탕 많다."

사탕은커녕 엿 한 조각도 없었다. 아무것도 사오지 못한 처지였음에도 꼭 그렇게 공수표라도 날려야 했던 천성…… 어질고

낙천적이었던 사람이 왜 정말 그 인생은 그토록 꼬이기만 했던 것일까.

"선아, 니 인자 엄마한테 간다."

그렇게 먼저 말해준 사람도 이 삼촌이었고 기차를 타고 서울까지 데려다준 사람도 바로 이 삼촌이었다. 내가 열두 살이 되던 그해 겨울, 만 7년만에 나는 그 나우리를 떠난 것이었다.

그랬다. 엄마는 직접 날 데리러 오지 않았다. 왜 그랬을까? 이미 다른 사람과 살고 있어서? 아니면 아버지와 결혼식을 올렸던 그 마당을 다시 밟기가 민망해서? 그도 아니면 아버지를 기다리지 않고 다른 사람을 만난 게 할머니에게 죄스러워서? 그럴 수도 있었다. 결혼 전에 할머니는 수차 물었다지 않는가.

"니 정말 그 사람이 좋나? 어떤 일이 있어도 붙어살 자신 있나?"

만약 할머니가 천번만번 똑같은 말을 물었다 해도 엄마 역시 천번만번 그러겠다고 대답했을 테고 그래서 결혼식을 올려주었을 것이다. 그런데 그 남편과 헤어진 지 몇 년 지나지도 않아 다른 사람을 만났다는 것이 그토록 송구스러운 일이었던 것일까. 그 첫 남편은 영영 돌아오지 않았는데도 그랬던 것일까.

내가 중학교에 갈 무렵 아이가 생기지 않는다고 새아버지와 다툰 날 엄마는 나에게 넌지시 물어보았다.

"니 피난 갈 때 생각나나?"

"무슨 생각?"

"곰박사니에 물려가지고 개울에서 목욕하던 날……."

116

나는 무슨 말인지 얼른 알아차렸다. 어떻게 그 기억을 잊을 수 있는가. 엄마를 기다리며 얼마나 오래도록 울었던 개울이던가.

그러나 나는 기억나지 않는다고 대답했다. 그때 엄마가 안도하던 얼굴빛……. 아이란 얼마나 영악하고 여자란 또 그 얼마나 죄의식 덩어린가. 엄마는 군인들에게 당한 그 일을 평생 짐으로 지고 살았다. 그 일 이후 아이를 갖지 못했기 때문에 더 그랬는지도 몰랐다.

아무튼 어느 날 엄마가 편지를 보냈다. 그 편지에는 보야 삼촌이 나를 데리고 서울로 오라고 적혀 있었다. 하지만 그때 보야 삼촌은 군에 가고 없었다. 처음엔 할머니가 데려다주려고 두루마기를 손질하기도 했지만 무슨 생각에선지 꾸야 삼촌을 보냈다. 그때 꾸야 삼촌은 고등학교 졸업반이었고 마침 겨울방학이라 그 여행을 횡재를 만난 듯이 좋아했다.

기차를 세 번이나 갈아타고 서울역에 내렸을 때 양단 두루마기를 곱게 차려입은 엄마가 기다리고 있었다. 삼촌과 내가 손을 잡고 사방을 두리번거리며 출구로 나갔을 때 엄마가 먼저 알아보고 달려와 나를 얼싸안았다. 나는 엄마의 얼굴이 낯설어 얼른 꾸야 삼촌한테 들러붙고 말았다. 삼촌은 안타까운 듯 나무랐다.

"야가 와 이카노. 니 엄마 아이가. 날마다 보고 싶다고 울고짜고 한 그 엄마 아이가."

그러나 나는 삼촌한테서 떨어지지 않았다.

"그래, 오래 못 봐서 그런다. 하지만 곧 괜찮을 거다. 아무튼 어서 집에 가자."

전차를 타고 내린 곳은 돈암동이었다. 거기서도 한참 걸어가자 조그만 의원 간판이 나왔다. 엄마는 그 간판 옆 대문을 열고 안으로 들어갔고 벽을 끼고 들어가자 살림집이 있었다. 엄마가 음식을 준비하는 동안 새아버지가 들어왔다. 그는 그 의원의 의사였고 이북에서 혼자 피난 와 엄마를 만나 살았던 것이다. 새아버지는 인상이 나쁘지 않았다. 그럼에도 뭔가 어색해서 난 그저 쭈뼛거렸다.

그 다음날 엄마가 시장에 나가 새 옷과 책가방을 사 주었고 책상까지 지게꾼에게 들려서 왔다. 그럼에도 나는 삼촌을 따라 나우리로 돌아갈 생각만 했고 반드시 돌아갈 작정이었다. 그러나 며칠 후 아침에 눈을 떠보니 삼촌은 떠나고 없었다. 미리 알고 나 몰래 떠난 것이었다.

나우리는 그렇게 내 곁을 떠났다. 서울까지는 함께 왔으나 삼촌이 도로 챙겨서는 훌쩍 떠난 것이었다.

그 이후로 나는 새 환경에 적응하느라 여념이 없었고 전학과 함께 새 친구들을 만났을 때는 이미 나우리는 내 머리에서 가물거리고 있었다.

그리고 다시 삼촌이 왔을 때, 군대에 가기 싫어 기피자로 도망을 왔을 때도 나는 삼촌에게서 나우리를 찾는 대신 내 새 생활을 자랑하기가 바빴고 그래서 할머니나 보야 삼촌의 안부조차 묻지 못했다.

날마다 내 머리에 빨갛고 가는 댕기를 묻어가며 쫑쫑 땋아주시던 할머니, 장날이면 곧잘 내 옷과 신발을 사왔고 그때 최신 유행이라는 노란 지지미 셔츠를 사다 입혀놓고는 병아리처럼 예쁘다고 엉덩이를 토닥여주시던 분, 학교에 갈 때부터는 고무신은 걷기가 불편하다고 꼭꼭 운동화를 사 신기던 그 할머니마저 더 신식이 된 손녀의 머릿속에서는 가물가물 멀어져갔던 것이다.

기회를 잡는 방식

물론 사람이 살아가는 모습은 각자가 다 다르다. 성공하는 사람이 있는가 하면 실패만 거듭하는 사람도 있고 성공과 실패를 적당히 번갈아 가며 하는 사람들도 있다. 어쨌든 성공이나 실패가 결과물이라면 사람은 누구나 그 결과에 이르기까지 최선을 다한다.

그러나 나는 이 막내 외삼촌한테서 좋은 결과를 위해 최선을 다하는 모습은 거의 본 적이 없었다. 때로는 최선은커녕 그의 목전에 성공과 실패라는 두 길이 주어지면 반드시 실패 쪽만 선택한다 싶기도 했다. 군복무 때가 그러했다.

그때 나는 중학교 1학년이었다. 처음으로 배우는 영어에 완전히 매료되어 있었고 어디에서나 아 엠 어 걸, 아 엠 어 수투던트라고 중얼거리고 다녔다. 또 그러는 것이 자랑스러웠다. 왜냐하면 꾸야 삼촌도 늘 그랬으니까. 그랬다. 그때까지는 그래도 그 삼촌이 나의 우상이었다. 그가 고등학교 졸업 때까지는, 최소한 내가 보기엔 세상에서 가장 우수하고 멋진 청년이었다.

때문에 나는 가능한 한 그의 본을 받으려고 애를 썼고 굳이 애를 쓰지 않아도 절로 그렇게 되는 일이 많았다. 나는 가끔 영어책을 들고 방안을 서성거리며 읽었는데 그것 역시 그 삼촌한테서 배운 버릇 중의 하나였다.

어느 날이었다. 나는 영어시험에서 또 백 점을 받았다. 그런 날은 친구도 따돌리고 곧장 집으로 달려갔고 그 이유는 먼저 엄마를 기쁘게 해주기 위해서였다. 그 즈음 엄마는 아기가 생기지 않아 얼굴에 깊은 그늘이 져 있었다. 그럼에도 내가 백 점짜리를 내밀면 언제 그랬냐는 듯이 그 얼굴이 꽃처럼 환하게 피어났다.

하지만 그날 내가 책가방을 든 채 안방으로 뛰어들었을 때 엄마는 훌쩍거리며 울고 있었다. 손에는 편지가 들려 있었고 그것은 군에 있는 꾸야 삼촌한테서 온 것이었다.

「……누님, 미군들은 나를 인간취급도 하지 않습니다. 백인도 흑인도 모두 다 나를 노예 부리듯 합니다. 내무반의 쓰레기통은 물론 화장실 청소도 내가 해야 합니다. 그 명령이 부당해 못 들은 척하고 있으면 그들이 내 멱살을 잡고 직접 화장실로 끌고 갑니다. 누님, 사람이 이런 수모를 당해도 되는 것입니까? 같은 군인 처지에, 계급도 같으면서 누구는 상전이고 누구는 노예가 되는 이런 법도 있단 말입니까. 누님, 저는 미군의 노예가 되려고 이런 군대에 온 것이 아닙니다. 그렇습니다, 누님. 이제 저는 더 이상 이런 인간차별과 수모를 견딜 수가 없습니다. 누님, 하루 빨리 저를 이 지옥에서 구해주십시오. 그렇지 않는다면 앞으로 어떤 일이 일어날지 그 누구도 모릅니다. 누님, 나의 누님, 부디 조치를 취해주소서……」

카투사에 가겠다고 자청한 사람은 삼촌 본인이었다.

삼촌은 고등학교를 졸업하자마자 영장을 받았다. 이미 나이도 넘어 있었으므로 즉시 군복무에 응해야 했다. 그러나 삼촌은 군대라면 죽기보다 가기 싫었고 결국 기피를 결심한 채 서울로 달아나 우리 집에서 숨어 살았다. 그렇다고 아주 방구석에 처박혀 지낸 것도 아니었다. 가끔 시내 구경도 나가는 듯했고 그래도 무료하면 우리 학교 앞까지 나를 데리러 오기도 했다. 새아버지는 그런 삼촌에게 종종 야단을 쳤다.

"남자가 군에 갔다 오지 않으면 사회생활을 할 수가 없어. 장래를 위해서도 어서 갔다 오는 게 나아."

그런 말만 하면 삼촌은 슬며시 자리를 피해버렸다. 하루는 또 엄마가 나무랐다.

"니 정말 평생 이렇게 숨어 살래."

그러면 삼촌은 또 엄마한테 간접 협박법을 사용했다.

"누님이 내가 귀찮아서 그러나 본데, 글믄 절간으로나 가버릴까……."

엄마가 다시 물어보았다.

"군대 가기가 그렇게나 싫나?"

"예……."

"니 형도 잘 다녀오는데 넌 왜 그렇게……."

"마, 구만 하이소. 난 절대로 안 갑니더!"

그리고는 또 핑하니 나가버렸다. 그땐 그 누구도 삼촌의 속내를 알지 못했다. 그 가슴속엔 군인에 대한 공포증이 또아리를 틀고 있다는 것을. 본인 역시도 말하지 않았다.

엄마와 새아버지는 그 겁보를 두고 날마다 전전긍긍이었다. 그렇다고 기피자로 수수방관할 수도 없었다. 더욱이 당시는 전후였다. 따라서 멀쩡한 청년이 기피를 한다는 것은 곧 범죄 행위였다. 만약 불심검문에 걸리면 영창으로 가야 했고 요행히 그런 검문은 피한다고 한들 정상적으로 살아낼 수도 없었다. 직장은 물론 장가들기도 어려웠다. 멀쩡한 처녀라면 기피자를, 평생 불구자처럼 살아야 할 그런 남자를 남편으로 맞아줄 리도 없었다.

결국 새아버지는 가까운 친척뻘인 육군 소장을 찾아가고 말았다. 엄마의 등쌀에 견딜 수가 없었을 것이다. 새아버지는 소장에게 이 골칫거리 처남에 대해 상의를 했고 소장은 '가장 편한 자리, 그러니까 카투사로 빼내줄 수는 있다' 는 해답을 주었다.

새아버지는 집에 돌아오자마자 삼촌에게 그 방법을 내놓았다. 뜻밖에도 삼촌이 흔쾌히 수락했다. 여태까지 뻗대던 일들이 거짓인 것처럼 신이 나 하기도 했다. 삼촌은 미군부대는 기합도 없고 신사적이며 가장 편하게 군복무를 치를 수 있다고 여겼으며 이 기회에 기피자라는 평생의 불편도 떨어버리고 미군과 어울려 영어도 배운다면 그런 일석이조도 없다고 생각한 것이었다.

훈련소로 떠나면서 삼촌은 내게 당부를 했다.

"이제 니도 중학생이 되는데 다른 것보담도 영어 하나는 꼭 백 점을 받아라. 아지아가 휴가 나오면 맨 먼저 영어부텀 테스트해 볼 끼다."

그때 나는 얼른 고개를 끄덕였다. 사실 나우리에 있을 때 그가 얼마나 부러웠던가. 내가 읽을 수 없는 책을 들고 좔좔 읽을 때나 참새를 보러 논에 나가서도 자기는 영어단어를 외워야 하니까 날더러 참새를 쫓으라고 했을 때도 그가 미운 대신 부럽기만 했다. 또 달밤에 모깃불 가를 빙빙 돌면서 무슨 시라면서 한글도 아닌 영어로 읊조려댈 땐 정말이지 너무 멋져 보여 그만 넋을 놓고 바라보기도 했다.

나는 삼촌의 당부대로 열심히 영어공부를 했다. 게다가 백 점짜리 10장을 모으면 휴가 때 초콜릿도 한 상자 가져온다고 했다. 그래서 삼촌의 휴가만을 기다렸는데, 백 점짜리도 벌써 7장이나 모아두었는데 휴가보다 먼저 그런 편지가 날아온 것이었다.

그때 나는 얼마나 실망을 했던가. 꿈에도 그리던 초콜릿 상자는 공중으로 날아가버린 것이었다. 이미 아이들에게 자랑까지 해두었는데, 삼촌은 미군들과 샬라샬라 하면서 말을 한다, 그래서 휴가 나올 때는 초콜릿을 한 상자나 가져온다고 했는데…….

내가 실망에 빠져 며칠간 풀이 죽어 있는 사이 새아버지는 다시 소장을 찾아가 삼촌을 한국 군대로 빼내주었다. 삼촌은 나에게 실망을 안겨주었을 뿐만 아니라 자기 역시 죽기보다 가기 싫다던 진짜 군대로 스스로 옮아 든 셈이었다.

그 몇 달 후 삼촌이 정말로 휴가를 나왔을 땐 또 어떠했던가. 내가 학교에서 돌아왔을 때 현관에서 나를 기다리던 삼촌은 그새

사람이 완전히 변해버린 듯 팔짱까지 끼고 아주 점잖은 목소리로
말했다.

"니 방 책상 위에 가봐라."

웬일인가, 방문을 열어보니 책상 위에 상자가 놓여 있었다. 전
에 삼촌은 초콜릿 박스라고 했고 책상 위에 있는 것도 분명 박스
인지라 나는 대뜸 그 속에 든 것도 초콜릿이라고 믿었다. 그리고
또 얼른 상자가 제법 크다, 저 많은 것을 혼자 다 먹느냐, 아니면
병원 간호원 언니도 주느냐, 미리 그런 계산까지 했다.

하지만 그 속에서 나온 것은 정훈감에서 사용하는 노트였다.
종이도 썩 좋지 않은 그 얇은 노트를 50권이나 가져온 것이었다.
나는 실망을 해서 얼굴이 구겨지는데 삼촌은 의기양양하게 일장
연설까지 늘어놓았다. 내용인즉 자기는 정훈감 사무를 본다, 그
정훈감에서 하는 일이 얼마나 신사답고 고상한 일인지 너는 아느
냐, 고로 자기도 이렇게 고상한 사람이 되었다는 것이었다.

"고상한 게 뭔데?"

나는 괜히 배알이 틀어져서 어깃장을 놓았다.

"그러니까 아지아가 내일 너를 델고 영화관에 갈 참인데 함께
전차를 탈 때도, 길을 걸을 때도 전에처럼 내 옆에서 재잘거리면
안 된다. 알았제? 와 그러노 카믄 니가 내 옆에 붙어 참새처럼 자
꾸 쩩쩩거리면 점잖은 군인 체통이 꾸겨지는 기라."

기분이 상한 나는 당장 삼촌 말을 무시하는 것으로 보복을 해
버렸다.

"난 안 갈 거야. 점잖은 군인 혼자서 체통 세우고 가."

다음날이 일요일이었음에도 나는 정말 영화관을 따라가지 않았다.

그렇게 신사답고 고상한 정훈감 사무를 보았는데, 그래서 특별휴가까지 나올 만큼 꿋발도 있었다는데 제대 후 삼촌은 입사시험마다 낙방했다. 시험뿐만 아니라 무엇 하나 성공해본 것이 없었다. 그렇게 실패 쪽만 선택했고 당연히 실패를 했음에도 그 결과를 언제나 '사람 운명은 손바닥에 다 쓰여 있기 때문'이라고 자신을 위무했다.

그렇다면 자신의 결혼 실패도 다 손바닥에 쓰여 있었을 텐데 왜 처음엔 그걸 몰랐을까? 그때야 젊어서 몰랐다 치더라도, 그게 또 인생이라 해도 언어의 표현방법이 어쩌면 그토록 극단적일 수 있었을까. 처음 숙모한테서 결혼 승낙을 받아냈을 때 삼촌은 엄마한테 이렇게 선언했다.

"나는 아주 큰 행운을 잡았습니더. 이게 바로 평생에 단 한 번 잡을 수 있는 바로 그 행운입니더."

물론 나는 운명과 인연은 얼마나 다른 것인지 알지 못한다. 인연이라고 만났어도 곧잘 파경을 맞기도 하는 것이 사람살이다. 또 인연에도 5년, 10년 기간이 정해져 있다는 말도 어느 정도는 수긍하고 있다. 내 엄마가 죽도록 사랑했던 아버지도 결국 5년으로 끝났으며 평생 의지하면서 살겠다던 새아버지도 15년을 채우지 못했다.

그런데 삼촌은 10년도 살지 못할 여자를 두고 '평생에 단 한 번 잡을 수 있는 바로 그 행운'이라고 자랑했다. 총각이 처녀한테 미치면 다 그렇게 말하기도 하는지 알 수 없지만 그건 어린 내가 듣기에도 좀 입빠른 소리 같았다.

그랬다. 삼촌은 자기 앞날에 일어날 일을 준비하기도 전에 가불했고 그 가불액만큼 날짜도 채우지 못한 채 그 장소에서 퇴장을 당한 꼴이었다.

아니다. 어쩌면 자기 미래에 대한 불확실성으로 인해 그렇게 미리 가불이라도 해버리고 싶었는지도 모른다. 그렇게라도 하지 않으면 아무 일도 일어나지 않고, 그것은 덤으로 얻은 자기 인생, 그 살아 있음이 무효화될 수도 있으므로.

삼촌은 제대를 하고 돌아온 며칠 후 엄마한테 말했다.

"누님, 선 한번 봐줄라요?"

"선이라니?"

"처자가 하나 있는데⋯⋯."

"그러니까 니가 장가를 들고 싶은데 처자를 나한테 봐달라는 말인데⋯⋯, 그러다 호상이 꼴 나면 어쩌게?"

호상이 아저씨는 나우리에 사는 보야 삼촌 친구였다. 입실에 처자가 있어 그의 누님과 함께 선을 보러갔는데 그 집은 양반댁이라 처녀를 그냥 보여줄 수 없다, 대신 처녀를 모기장 속에 있게 할 테니 보라고 했다. 이때 호상이 아저씨와 누님이 처녀를 봤는데 모기장 속에 있긴 해도 그렇게 달덩이 같을 수가 없더라고 했다. 그래서 서둘러 날을 잡고 결혼식을 올렸는데 집에 데려온 처녀는 곰보였고 호상이 아저씨는 허구한 날 아내와 싸우면서 '아이구, 내 누님 눈까지 명태껍질 씌운 년아' 하고 악을 썼다는 이야기였다.

"무슨, 내가 먼저 다 봤는데."

삼촌이 그 점에 대해서는 자신 있다는 듯 얼른 되받았다.

"니가 봤으면 뭐 하러 날더러 또 보라노?"

"그 처자 집 어른이 선을 보러오는 절차를 가지고 싶다고 해서……."

"그럼 우리도 어무이가 가셔야지."

"어무인 너무 멀리 계시잖아요. 그러니 가까이 있는 누님이 먼저 보시고……."

"그러자, 그럼. 우리 막내 장가들겠다는데 나도 한품은 팔아야지."

이때 나도 끼여들었다. 왠지 그 삼촌 장가드는 일에는 내가 꼭 관여를 해야 할 것 같았고 그래서 따라간다고 했을 때 엄마도 삼촌도 크게 만류하지는 않았다.

그 주 일요일 우리 셋은 처녀 집으로 갔다. 영등포였다. 집은 관사처럼 길게 잇대어져 있었고 그 끝머리가 처녀 집이었는데 처음 문을 열어준 사람은 처녀 어머니였다. 얼굴이 검은 데다 심술이 잔뜩 끼어 있어 그 처녀 어머니의 인상은 별로 좋지 않았다. 엄마는 삼촌 귀에 대고 속삭였다.

"야, 딸은 엄마를 닮는다던데……."

"걱정 마이소. 처자는 서양 배우 같심니더."

처녀가 안쪽 방에서 자기 어머니와 함께 마루로 나왔다. 방적 공장에 다니다 결혼하려고 집에 들어앉았다는 그 처녀는 내가 보기엔 좀 특이한 인상이었다. 그 즈음 내가 즐기던 만화의 주인공 같지도 않았고 또 할머니나 엄마가 선호하는 안존한 조선여자 스타일도 아니었다. 후리후리한 키에 오뚝한 콧날이 미인의 기준인지는 알 수 없지만 눈은 썩 예쁘지가 않았고 더욱이 그 얼굴엔 웃음기가 별로 없었다.

엄마는 처녀와 어머니에게 나이와 생년월일 등을 물었고 처녀 어머니는 얼굴에 비해 대답은 시원시원하게 잘해주었다.

"그럼 사주를 본 뒤 곧 연락을 드리겠습니다."

엄마가 몸을 일으키며 말했고 처녀 어머니가 그 말을 되받아 즉시 대답했다.

"우리도 총각이 아주 마음 밖인 것은 아닙니다. 하지만 아직 직장이 없다는데 우린 직장 없는 사람은 받아들일 수 없습니다. 사주를 보시든 뭘 하시던 다 좋습니다만 혼인할 생각이 있으면 직장을 잡은 후에나 기별해 주십시오."

정중했으나 단호한 조건이었다. 그럼에도 삼촌은 그 조건에 대해서는 걱정조차 없는지 돌아오는 전차간에서도 그저 처녀 자랑만 했다.

"누님, 아주 미인이지요? 내 마 첫눈에 천생배필이라 싶습디더."

그때 엄마가 물었다.

"너 어디서 그 처자를 만났더노?"

"제대하고 오는 기차간에서요."

"그래, 미인이긴 하더라만 콧대가 너무 높더라. 여자가 콧대가

높으면 사내를 쥐어잡는다던데……."

"아, 누님도 그런 구닥다리 같은 소릴 합니꺼? 미스코리아도 영화배우도 콧대 안 높은 사람 봤습니꺼? 내가 그런 미인을 얻을 수 있었던 건 참말이지 천운입니다."

엄마와 삼촌의 대화 핀트는 서로 엇나가고 있었다. 엄마는 안존한 배필감을 얘기했는데 삼촌은 미인 시리즈와 그 규격에 매료되었고 또 그런 사람을 만난 것이 하늘이 준 기회라는 것이었다.

그러나 삼촌도 곧 깨닫게 되었다. 자기에게 주어진 기회는 조건을 채워야 얻을 수 있다는 것을. 그래서 삼촌은 시골에도 가지 않았다. 제대 잘 하고 돌아왔다고 할머니한테 인사를 해야 할 텐데도 항상 그 자리에 있는 엄마보다 구름 저쪽에 있는 처녀 잡는 일이 더 급했던 것이다.

삼촌은 직장 찾기에 전심전력을 다 했다. 신문 구직란에 코를 박는가 하면 시험공고마다 거의 응시를 했다. 그러나 짧은 기간에 마땅한 자리를 찾기란 하늘의 별 따기였고 마지막으로 응시한 문관 시험에서조차 낙방하고 말았다. 그때 보다 못한 새아버지가 넌지시 제안해 보았다.

"처남, 약품 배달은 어때?"

새아버지는 의사라 의약품 유통과정을 잘 알고 있었다.

"약품 배달, 그게 뭡니꺼?"

"그러니까 병원이나 약국에서 주문한 약을 배달해주는 것인데……."

"그건 제약회사에서 하는 겁니꺼?"

"의약품 총판에서 하는 거지. 수입도 괜찮은 모양이야."

"한데 배달할 때 뭐로 합니꺼?"

"오토바이로 할걸."

여기서 삼촌은 하루만 말미를 달라고 했다. 그리고 곧장 처녀를 찾아가 새로 얻을 직장에 대해 의논을 했고 신부될 사람은 오토바이보다 차나 택시로 배달을 한다면 더 좋을 뻔했다. 그러나 수입이 좋다니 해보라면서 마침내 결혼 수락을 해주었다. 그 즈음 처녀 쪽도 급했던 것이었다.

이래서 삼촌은 자기 말처럼 '평생에 단 한 번 잡을 수 있는 바로 그 행운'을 잡은 것이었다. 삼촌의 그 행운 대관식, 그러니까 결혼식도 성대했다. 새아버지와 엄마가 아는 사람도 많이 와주었고 나우리에서도 여러 사람이 올라왔다. 모두가 처녀가 미인이라고 덕담을 던져주었고 그때마다 삼촌의 어깨는 절로 더 올라갔다. 보야 삼촌도 제수씨가 잘생겼다고 내내 입을 벙긋거렸다.

장가가는 날 삼촌의 모습도 확실히 달랐다. 세상의 모든 신랑이 그렇다지만 그는 아내를 얻은 것이 아니라 세상을 정복한 사람 같았다. 클레오파트라를 얻은 시저가 그랬는지는 모르지만 그는 정말 황제 같았고 하객들뿐만 아니라 그날의 모든 사람들로부터 군림하기도 했다. 나는 그런 삼촌이 너무나 멋졌고 그래서 속으로는 은근히 외숙모에 대한 질투심까지 일어났다.

하지만 그 당당한 모습도 1년이 채 가지 못했다. 배달중 오토바이 사고로 2주 정도 쉬게 되었는데 다 낫고도 직장으로 돌아가려들지 않았다. 자신은 차를 피하려다 넘어져 정강이에 금이 갔을 뿐이며, 그것조차 회복이 되었는데 엉뚱하게도 거리의 모든 사물, 특히 차는 물론 사람까지도 이제 삼촌에게 공포의 대상이 된 것이었다.

삼촌은 한동안 차만 보면 눈을 감았다. 많은 사람을 봐도 그랬다. 숙모가 무단이라도 들어다 달라고 시장에 데리고 나가면 자주 장님처럼 눈을 감고 숙모 뒤꽁무니만 따라다녔고 그것은 숙모한테 두고두고 험담거리가 되었다.

삼촌의 실직은 계속되었고 이제 견딜 수 없어진 사람은 외숙모였다. 외숙모가 다시 방적공장에 나가기 시작했다. 그러자 삼촌은 세상에서 가장 행복한 사람처럼 청소와 빨래를 했으며 퇴근하고 돌아오는 아내를 위해 정성껏 밥을 지어놓기도 했다. 그러나 그 행복도 길지가 않았다.

어느 날이었다. 그날은 방을 치우고 빨래를 해두어도 시간이 남아돌았다. 삼촌은 반다지 속의 옷 정리를 해둘 생각이었고 그래서 서랍을 꺼내 먼저 옷들을 털어냈다. 그때 옷과 함께 공책 하나가 떨어져 내렸다. 그것은 외숙모가 숨겨둔 일기장이었다.

그 일기장은 처녀 때 쓴 것이며 삼촌이 읽어서는 아니 되는 것이었다. 한데 이 순진한 사람은 그 속에는 자기를 향한 뜨겁고 은근한 밀어가 있을 것으로 기대했던지 당장 배를 깔고 누워 그 일기를 읽기 시작했다.

그 내용 속에는 삼촌에 대한 언급은 단 한마디도 없었다. 당연했다. 그것을 쓴 기간이 삼촌을 만나던 바로 직전까지였으니까. 삼촌은 연도도 보지 않고 그냥 읽었던 것이었는데 거기에는 자기

와 전혀 상관이 없는 소위가 등장했고 그 소위를 열렬히 사랑하는 처녀의 마음이 고스란히 담겨 있었다.

숙모에겐 처녀 때 사랑하는 사람이 있었던 것이다. 그는 소위였고 가끔 면회도 갔다. 한데 어느 날 그 소위가 자기는 다른 여자와 약혼하게 되었다는 것을 숙모에게 실토를 한 것이었다.

'그러니 이제 더 이상 면회오지 마라, 집에서 정해준 약혼자인데 다음 달 휴가 때 약혼식을 올리기로 했어.'

소위의 약혼녀는 대학출신으로 되어 있었고 그런 말을 소위가 직접 발설했다면 숙모는 자신이 중학중퇴자였기에 한 남자에게 버림을 받은 것으로 여겨졌을 것이다. 처녀는 상심을 했고 '신분격차, 오르지 못할 나무' 그런 생각들을 곱씹으며 기차에 올랐을 것이다.

바로 그 기차에서 처녀는 삼촌을 만난 것이었다. 하필이면 제대군인이 앞자리에 앉았고 생전 처음 보는 그 군인이 단박에 호감을 보여 왔으며 처녀로서는 적당히 따돌릴 말이 없어 그럼 선을 보러 오라는 말을 했을 것이다.

이때 삼촌의 마음도 충분히 이해할 수 있었다. 여자라면 꿈에서나 그려오던 존재였고 제대로 연애 한 번 해본 적도 없는 사람이었다. 그런데 잘생긴 처녀가 바로 앞에 앉았으니 어찌 그 심장인들 잠잠할 수 있었으랴. 그 순간 삼촌은 이런 생각을 했을 것이다.

'내 이상형이다! 이상형이 내 눈앞에 현신했다. 이것은 최대의 행운이다. 자고로 행운이란 바람 같아서 시간을 지체하면 놓칠 수도 있다, 지금 잡아야 한다. 잡지 않으면 내 인생에 두 번 다시 이런 기회는 오지 않을 것이다. 보다도 이 축복받은 기회를 놓친다면 내 젊은 피가 용서하지 않으리라……'

삼촌은 그런 식으로 마음이 급해졌고 그래서 먼저 청혼부터 했는지도 모른다. 내 추측이 틀리다면 처녀는 왜 자기 집으로 선을 보러 오라는 말을 했겠는가.

한데 삼촌이 그 일기를 읽고 말았으니 이제는 세상을 다 잃은 듯했을 것이다. 아내를 얻었을 때 비로소 세상을 얻었는데 그 세상조차 진짜가 아니라는 충격에 하늘이 무너지는 듯도 했을 것이다.

삼촌은 휘청거리며 우리 집으로 왔고 엄마 앞에 주저앉아 하소연을 시작했다. 하소연만 한 것이 아니라 엉엉 울기까지 했다.

"누님, 난 이제 어떻게 살아요, 누님……."

엄마의 대응은 뜻밖에도 냉정했다.

"너 참 졸부구나. 처녀 땐 그렇게 누굴 사랑해보기도 한다. 더욱이 그건 과거야. 중요한 것은 누구와 결혼했느냐는 것이지."

"그럼 그 일기장은 왜 계속 지니고 있읍니꺼. 내캉 사는데 왜 다른 남자의 사연까지 동거를 하느냐 말입디더!"

엄마는 '글쎄 그건 니 각시가 좀 부주의했구나' 라고 대답한 것이 아니라 대뜸 그의 장모를 끌어왔다.

"니 각시가 너 장모 무서워하는 것 알지? 그래서 친정집에 둘 수 없었던 거겠지."

그 대답은 적당하지 않았다. 그러면 그런 일기장은 불태워버리지 무엇 때문에 여태 지니고 있느냐고 반문할 수도 있었다. 하지만 엄마는 곧 이런 말로 다음 반문을 막아버렸다.

"너 이제 쓸데없는 일에 정신 팔 처지가 아니다. 넌 곧 애비가 돼."

"예에?"

"엊그제 니 각시 여기 와서 진찰받고 갔다. 임신 3개월이야."

삼촌은 갑자기 멍청해지더니 한참만에 이렇게 대답했다.

"아, 그래요? 그런데 왜 나한테는 그 소식을 알리지 않았으까……."

삼촌은 마음을 정돈하고 서둘러 돌아갔다. 삼촌이 그럴 수 있었던 것은 단순해서라기보다, 또 엄마 말처럼 과거와 현재를 구별했다기보다 '아기'란 그 구체성이라도 재빨리 잡고 싶었던 때문이었을 것이다.

바로 그해 겨울에 찬우가 태어났다. 아이는 너무도 또랑또랑하고 또 건강했다. 특히 넓은 이마와 코가 삼촌을 빼닮아 엄마는 그 애더러 작은 꾸야, 라고 부르기도 했다. 삼촌도 진종일 그 앨 물고 빨고 그런 유난이 없었다.

2년 후 동우가 태어날 때까지 찬우는 우리 집과 그들의 집 양가에 걸쳐 보물덩어리 대접을 받았다. 내가 아이가 없던 외가에 가서 귀여움을 받았듯이 이번엔 찬우 녀석이 우리 집에서 그런 대접을 받은 것이었다.

하지만 식구가 늘어난다는 것은 당사자들에겐 없는 살림이 더욱 쪼들리는 것을 의미했다. 엄마가 가끔 쌀말이라도 가져다주었지만 그것으로 생활을 다 해결할 수는 없었다. 숙모는 날마다 삼촌을 들볶았고 삼촌은 없는 직장을 찾아 거리를 헤매고 다녀야 했다.

1969년, 내가 대학 졸업반일 때였다. 그날 역시 삼촌은 미아리 꼭대기 집에서 광화문까지 걸어 나갔다. 일자리는 찾기 힘들고 시간이라도 보내기 위해서였다.

삼촌은 하릴없이 신문사 앞과 국제극장 앞을 두 차례나 돌았다. 그러다가 극장 옆에서 막 다방으로 들어가는 친구를 만났다. 그 친구는 정훈감에서 함께 복무하던 군 동기였다. 복무시절 각별하게 친했던 터이기도 해서 서로 얼싸안은 듯이 반가워했다. 특히 삼촌이 더 그랬을 것이다.

"다방에 들어가자."

친구가 다방으로 삼촌을 이끌었다. 친구는 양복 차림에 신수도 훤한 것이 좋은 직장에 다니는 모양이었다. 하긴 그 친구는 본래가 서울 출신이었다.

"너 대북방송 담당 박 소위 생각나? 그 친구 얼마 전에 소령되었다더라."

친구는 차를 시킨 후 대뜸 군대 이야기부터 풀어댔다. 남자들의 대화 방식이야 주로 그런 식이라지만 친구의 복무시절 이야기는 너무도 길었다. 삼촌은 누구에게 군대시절 이야기를 잘 하지도 않을 뿐더러 그런 이야기들이 배가 부른 것도 아니었다. 지루해진 삼촌이 화제를 돌렸다.

"넌 잘 살고 있는 모양이구나. 하긴 집안도 좋았으니……."

"그럭저럭 살지. 부친은 얼마 전에 전화국 국장이 되셨고."

"전화국 국장? 좋은 자리에 계시는구나."

당시엔 전화국에서 일한다는 것만도 인기 직업이었다. 그러니까 친구의 부친은 그 인기직에서도 우두머리인 셈이었다.

"뭐, 크게 승진하신 건 아니지만 그래도 명절 때 들어오는 갈비짝은 좀더 많아졌더군."

갈비짝? 쇠고기 구경도 잘 못 하는데 갈비짝이라……. 삼촌은 헛침을 삼키다가 이런 말을 해보았다.

"거기에 일할 자리가 없을까. 아이가 둘인데 큰일이다. 지금으로선 문지기라도 해야 할 처진데 말이야……."

"야, 무슨 문지기는. 그래도 우린 정훈감 출신인데."

정훈감이라는 데가 얼마나 고상한 군 부서인지는 알 수 없지만 두 사람은 또 그렇게 자존심을 챙겼을 것이다. 발등에 불이 떨어진 것이 아니라 이제 발바닥에 불이 붙은 처지였음에도 삼촌은 그 정훈감 운운하는 앞에서는 더 이상 아쉬운 소리를 할 수가 없었다.

삼촌은 괜히 목이 말랐고 그래서 엽차 한 잔을 더 주문하는데 친구가 나서서 칼피스 두 잔을 더 시켰다. 그때 칼피스 두 잔이면 자장면이 열 그릇이었다. 삼촌이 머리 속으로 자장면 그릇 수를 헤아리고 있을 때 친구가 넌지시 말했다.

"너, 이 일 해볼래?"

"무슨 일."

"너도 알지? 집에 전화 놓는 게 하늘에 별따기라는 것?"

당시엔 전화가 아주 귀했고 돈이 있어도 가설하기가 힘들던 시절이었다. 특히 백색선은 비싼 값으로 팔 수 있을 뿐만 아니라 재산목록이 되기도 해서 여유가 있는 사람은 너도나도 신청을 했으나 선이 부족해 그 요구를 다 충당할 수 없는 실정이었다.

"그래서?"

삼촌이 반문했다.

"신청자를 모아 봐."

"그러면?"

"우리 아버지가 국장 아니냐. 앞 순서 다 제끼고 우선 순위로 바꿔줄 수 있어."

국장의 빽으로 우선 순위만 바꾼다는 것은 식은 죽 먹기보다 쉬울 것이다. 삼촌이 솔깃해서 되물었다.

"그렇게 모아 오면?"

"먼저 15만 원씩 받아. 그럼 5만 원은 네 몫이야."

"어떻게 그런 일을?"

"야, 3, 4년 기다려도 안 되는 것, 6개월만에 해준다는데 30만 원을 부른다고 사람들이 안 덤빌 줄 알아? 나서기만 해봐. 그런 사람 수두룩이야. 단, 주의할 점은 너무 변두리는 안 돼. 왜냐면 전봇대를 세워야 하거든. 그런 곳은 청와대 빽만 통하는 곳이야."

그 친구도 특별한 직업이 없어 요즘은 그것 몇 건 해서 견뎌내고 있다고 했다. 삼촌은 이건 정말 괜찮은 일인지 잠깐 진단을 하고 있는 사이 친구는 들고 있던 서류봉투를 열었다. 거기서 나온 것은 전화가설 신청서였다. 그건 분명한 국가 인쇄물이었다. 삼촌은 당장 수락하고 그 인쇄물 10장을 받았다.

삼촌이 그 신청서를 들고 먼저 찾아갈 사람은 역시 엄마밖에 없었다. 내 엄마 역시 고위직 공무원의 특권을 톡톡히 믿는 사람이었다. 세상만사 되는 일이 없어도 그들만 끼면 당장 해결되는 사회이기도 했다. 더욱이 확인해본 결과 전화국 국장은 정말로 그 친구의 아버지임에 틀림없었다.

엄마는 이웃을 찾아다니며 그 좋은 기회를 알선했고 그래서 몇 건 신청서와 돈을 받아 삼촌에게 주기도 했다.

하지만 그런 일도 6개월을 넘기지 못했다. 친구의 아버지가 별안간 전화국에서 물러나게 되었고 이를 안 가설 희망자들이 전화국으로 몰려가 서류를 확인해본 결과 3, 4년이나 더 기다려야 겨우 차례가 올까말까 한 그런 순번에 그들의 신청서가 끼어 있었다. 게다가 십만 원대 이상 미리 준 가설금은 겨우 몇천 원, 신청 서류 값만 지불되어 있었다.

결국 삼촌은 사기죄로 고발당하고 말았다. 친구에게 십만 원씩은 꼬박꼬박 챙겨다주었는데도 고발당해 감옥에 간 사람은 삼촌뿐이었고 그 일로 해서 삼촌은 3개월이나 감옥에서 살았다.

전화가 울려온다. 받아보니 찬우다.

"아버지는?"

녀석이 대뜸 제 아버지 안부부터 묻는다. 최소한 아버지를 그런 식으로 떠맡겨서 미안하다는 등, 그도 아니면 그간 제 아버지를 모셔주어서 고맙다는 인사부터 챙겨야 도리이거늘 녀석은 다

짜고짜 제 아버지를 바꾸라고 다그친다.

"삼촌, 찬우에요."

삼촌이 굼뜨게 다가와 전화를 받는다.

"그래, 내다……. 뭐라꼬?"

나는 이 '뭐라꼬?' 하는 반문에서 바짝 긴장을 한다. 혹시 피서지에서 사고라도 있었나? 아이가 둘이나 되는데…… 그래서 전화로 인사도 챙길 여유가 없었나……. 그러나 삼촌의 뒷대답은 너무도 엉뚱하다.

"너거 누야 내 피자 안 좋아하는 것 안다. 국수 삶아주더라. 응, 맛나게 묵었다. 뭐라꼬? 그래, 니 누야가 선선해지면 강가에 산뽀 가자 쿠더라. 그래, 그란데 알라들은 잘 노나? 알았다. 뭐라꼬? 니 누나 바꾸라꼬?"

쾌씸한 녀석……. 저 아버지를 문 앞에 세워놓고 달아났던 일까지 생각나 마음이 생짜로 휘말리는 것 같다. 나는 전화를 받아들자마자 '왜?' 하고 쌀쌀하게 대답한다.

"헤헤, 누나야. 성질 내지 마. 그게 다 사람 사는 일인 거지 뭐."

찬우는 나보다 17년이나 어리다. 그럼에도 나에게 존댓말을 쓰는 일이 드물다. 자기 말은 엄마처럼 가까이 살아서 그게 잘 되지 않는다지만 오늘 제 아버지를 맡겨놓고 의심하는 꼴을 보아 계속 날 경멸하고 있는 건 아닌가 싶어진다. 내가 제 아버지를 경멸해왔듯이……. 하지만 연장자가 되어 대놓고 속내를 보일 수 없어 일단 녀석의 말꼬리를 잡아본다.

"사람 사는 일? 너는 사람살이도 참 다양하게 하는구나."

"들여다보면 누구나 다 같은 거지 뭐."

"어서 본론이나 말해!"

"본론이라……. 그러니까 누나가 울 아버지 잘 보살펴주고 있으니까 말인데, 누나 니가 치매 걸릴 때, 나도 누나 니 잘 보살펴줄게."

"뭐, 뭐라구? 너 누구한테 악담하는 거니?"

"악담은 액막이도 된다잖아. 그러니까 누나가 팔순이 되어서…… 그때 치매가 오면 내가 맡아주겠다는 거지."

팔순에 치매? 그 정도면 크게 기분 나쁠 일도 아니다 싶어 내가 다시 물어보았다.

"흠, 그래? 그렇게 세대가 번갈아 간다면, 그렇다면 네가 치매가 걸렸을 땐 가끔 누가 봐주니?"

"그야 누나 아들 은수지."

"뭐야?"

"그래야 공정하잖아."

녀석은 제 아버지와 달리 매사에 심각한 성격의 소유자였다. 또 전에는 이런 식으로 대화를 한 적도 없었다. 한데 별안간 그 옛날 삼촌의 익살을 흉내내고 있는 것 같다. 그렇다면 유전자 탓인가? 그것이 녀석에게도 숨어 있다가 이제야 발동한다?

"그럼 물어보자. 니가 처음 전화를 걸었을 때 나한테 먼저 인사를 챙기는 게 공정한 도리 아니겠어? 한데, 넌……."

"아, 그걸 말 안 했구나. 아버진 어린애가 되셨어. 무슨 일이든

지 당신 먼저 챙기지 않으면 종일 삐져서 계신다니까. 그래서 그랬는데, 미안해 누나."

"그래, 그럼 됐다."

찬우는 돌아오는 날 연락하겠다는 말을 남기고 전화를 끊는다. 녀석과 유쾌한 대화를 했는데도 내 머리에는 '녀석이 계속해서 날 경멸하고 있나' 하는 의심이 그림자처럼 왔다 갔다 한다.

내가 가장 견딜 수 없는 것은 누가 나를 경멸하는 일이다. 특히 지금 내 상태가 더 그렇다. 하지만 나는 곧 고개를 활활 내젓는다. 이 녀석들은 날 경멸할 수 없어, 절대로. 그래, 그럴 수 없어. 나도 저희들에게는 부모와 같은 존재다. 제 아버지가 날 오빠처럼 거두어주었다면 난 생계를 책임지는 부모 역할도 했다.

그런 생각을 하자 내 일렁거리던 마음이 조금씩 가라앉는다.

아버지와 아들

70년도였다. 그 사이 우리 집에도 많은 변화가 있었다. 내가 대학을 졸업한 직후 새아버지가 돌아가셨다. 자살이었다. 새아버지는 모르핀 상습자였다. 보건당국에서 그것을 알아차리고 병원을 급습할 참이었고 한 시간 전에 그 제보를 받은 새아버지는 병원에 보유하고 있는 모르핀을 모두 다 꺼내보았다. 허용 보유량보다 다섯 배나 많았다.

그 많은 걸 감쪽같이 숨기기엔 마땅한 장소가 없었다. 그렇다고 집안에 가져다 놓을 수도 없었다. 그들은 집안까지도 샅샅이 뒤져대는 사람들이었다. 만약 들통이 나면 그 조그만 의원 간판조차 내려야 하는 것은 물론 철창신세를 져야 했다. 정말이지 감옥소만은 가고 싶지 않았다. 수재라는 소리를 듣던 사람이, 전도유망했던 의사가 그놈의 전쟁 때문에 굴욕적인 삶을 살고 있는데, 그것만으로도 참을 수가 없는데 철창신세까지 져야 한다면 차라리 죽는 게 나을 것이었다.

새아버지는 허용치 모르핀만 남겨두고 나머지를 모두 한꺼번

143

에 모았다. 먼저 포장지를 깨끗이 소멸한 후 그 약을 전부 복용했다.

보건 당국에서 나왔을 때 새아버지는 진료실 책상에 앉은 채 죽어 있었다. 사인은 물론 호흡곤란이었겠지만 당국자들은 심장마비로 보았다. 여기에는 엄마도 일조를 했다. 담당자들이 평소에 아버지에게 지병이 있었느냐고 물었을 때 얼른 낌새를 알아차린 엄마가 대답했다.

"가끔 가슴이 아프다는 말은 했지만……."

사람은 모두 죽음 앞에 관대한 법이다. 그들이 설령 의심을 했다 해도 부검까지 해볼 생각은 없었을 것이다. 그들은 쉽게 심장마비로 처리해주었고 곧 병원에서 철수해갔다.

장례를 치른 뒤 엄마는 병원을 내놓았다. 그러나 환자도 아닌 의사가 죽은 병원이란 소문 때문인지 얼른 임자가 나서주지 않았다. 몇 달간 지지부진 시간만 끌다가 마침내 아주 헐값에야 병원을 처분할 수 있었다.

단층이지만 가정집과 합쳐 50평은 넘었음에도 거기서 건진 돈은 얼마 되지 않았고 게다가 삼촌에게 전화를 알선했던 돈까지 가리고 나자 우리가 챙길 수 있는 것은 방 두 개짜리 작은 집뿐이었다. 그나마 흑석동 변두리였다.

이삿짐을 정리하던 날 엄마는 새아버지 잡기장 속에서 유서 한 통을 발견했다. 그것은 유서라고 따로 작성했다기보다 의사의 감각으로 앞으로의 인간사를 알 수 없는 일이라 미리 써두었던 것인 듯했다.

그 속에는 북한에 두고 온 아내와 아들의 이름, 그리고 살던 집 주소가 적혀 있었다. 헤어지던 당시 아들은 세 살이었고 자기가 먼저 원산에서 배를 타게 되었으며 그 뒤 부산에서 아무리 기다려도 그들은 오지 않았다는 것, 나중에 들은 소식으로는 아이가 아파 며칠 지체하다가 영영 길이 막혔다는 내용이었다.

유서만 대충 읽은 엄마가 그걸 내게 내밀며 말했다.

"이건 니가 가지고 있어라."

"내가 왜?"

"누가 아니? 혹시 그 아들이 제 아버지를 찾는다고 광고를 한다면 그땐 너라도 알려주어야지."

"내가 그 아들하고 무슨 상관이야?"

"너 정말 언제까지 고따위 마음보만 가지고 살래? 설령 그 애와 네가 아무 상관이 없다고 해도 넌 누구 덕에 대학까지 다녔냐? 또 우리가 편하게 살아온 것은 누구 덕이냐, 응? 대학을 졸업하면 마음이 좀 후덕해질 줄 알았더니 아직도 저밖에 모르니…… 세상엔 저만 사는 게 아니야. 저만 챙긴다고 잘 살아지는 것도 아니란 말이다!"

전에 없이 엄마가 열까지 올리면서 사설을 늘어놓았다.

"알았어, 그만 해."

나는 얼른 엄마의 입부터 막았다. 사실 그때 나는 정말로 그 아들이 나와 상관없다고 여겨서 그렇게 말했던 건 아니었다. 아들 운운할 때 이상하게도 배신감이 느껴진 탓이었다. 그것은 꾸야 삼촌이 장가를 들 때도 그랬다.

그러니까 나와 관계가 있는 사람은 누구나 나만을 위해 존재해
야 한다고 믿어왔고 또 그래야 했다. 삼촌은 내 유년시절을 위해
있어야 했고 새아버지는 내 성장을 위해 그 자리에 있어야 했다.
엄마가 그와 재혼을 한 것도 다 나를 위해서였으며 또 아이가 생
기지 않는 한 새아버지의 자식은 나뿐이어야 했다.

한데 아들이 있다니, 딸도 아닌 아들이 있었다니, 게다가 그 아
들을 만날 생각을 했다니……. 나이 스물다섯에도 나는 그렇게
남의 인생을 받아들이거나 인정하지 못했던 존재였다.

아무튼 다음 날 우리는 우리끼리만 이사를 했다. 남자도 없는
집, 삼촌 도움이라도 받으면 한결 수월할 텐데 엄마는 그들에게
도 알리지 않았다. 그렇지 않아도 망한 집, 삼촌의 빚까지 갚아야
했으니 마음이 엉켜 있기도 했을 것이었다.

우리는 트럭 운전사의 힘을 빌어 이사를 했고 며칠간 짐 정리
를 했다. 짐 정리를 끝내고 좀 한가해졌을 때 다시 엄마가 삼촌에
대한 언급을 했다.

"그것이 병원에 찾아가보고 우리가 이사 간 걸 알면 얼마나 놀
라겠냐. 이 넓으나 넓은 서울 천지에 피붙이라고는 우리뿐인데,
우리가 저 몰래 이사를 갔다고 생각하면 또 얼마나 서럽겠냐. 그
러니 니가 그 집에 가서 새 주소를 알려주고 오너라."

"그럴 거면 이사할 때 알려야지. 그럼 우리도 힘이 덜 들었잖
아."

"어디 사람 마음이 늘 같으냐. 그땐 미웠지만……."

"지금은 다시 이뻐졌고?"

"피붙이라는 게 곱고 밉다고 달라지냐. 어서 가보기나 해."

나는 엄마 말이 옳다 싶었고 그래서 시키는 대로 곧장 집을 나섰다. 하지만 내가 그 미아리 꼭대기로 찾아갔을 땐 집엔 아무도 없었다. 방문도 활짝 열려져 있었고 방구들조차 온통 파 뒤집혀 있었다. 살림살이도 보이지 않았다.

우리가 그들에게 알리지도 않았듯이 그들도 말없이 그렇게 이사를 한 모양이었다. 나는 주소라도 알아야 할 것 같아 안집 문 앞으로 다가갔다.

"찬우네 이사 갔어요?"

마치 기다렸다는 듯이 문이 벌컥 열리면서 안주인이 대뜸 이렇게 말했다.

"이사라도 가주었으면 방구들이 저렇게 되었겠어요?"

"그러면 왜?"

"우리 집 애 아빠가 오늘 아침 그 집 방구들을 파버렸다오."

"아니 왜요?"

"방세를 내야 말이지요. 꼬박 여섯 달이나 밀렸는데도 매냥 내일 내일이래지. 그놈의 내일 평생 올 것 같지도 않더만. 그래서 되레 우리가 통사정을 했다오. 그저 이사만 가달라, 방이라도 비워 달라……."

나는 잠자코 그 말을 듣고만 있었다. 안주인이 눈까지 희뜩거려가며 계속했다.

"그런데 오늘 아침 뭐래는 줄 아우? 갈 데가 있어야 나갈게 아니냐고 오히려 역정입디다. 원참, 방귀 뀐 놈이 성낸다고……. 그래서 우리 바깥양반이 곡괭이 들고 가서 그렇게 방구들을 파버린 거요."

어이가 없었다. 나는 이때도 아무리 방세가 밀렸다지만 어떻게 사람 사는 방을 그렇게 곡괭이질을 할 수 있느냐고 분노를 느끼는 대신 삼촌의 인생살이만 한심하게 여겨졌다.

"그럼 애 엄마와 아빠는 어디로 갔지요?"

내가 물어보았다.

"애 엄마도 집 나간 지 보름이나 지났소."

"집을 나가요?"

"서방이 노니까 쌀이라도 사야겠고 해서 다방에 나갔는데 매일 늦게 온다고 트집을 잡고 생야단이더니 그날은 그놈이 누구냐고 닦달질하며 패댑디다. 애 엄마가 손님이라고 대꾸하는데도 말이오. 그러니 나가버린 것이지. 나 같아도 살겠수? 막말로 남편이 밥벌이라도 해봐요, 여편네가 미쳤다고 다방엘 나가?"

"그런데 살림살이는 누가 가져갔지요?"

"가져가긴 누가 가져가요."

"그럼?"

"우리가 헛간에 내다놨어요."

"그럼 애들 아빠는요?"

"애들 데리고 나갔어요."

"혹시 어디로 갔는지 아세요?"

"갈 데가 있겠어요? 뒷산밖에."

나는 길을 물어 뒷산에 올라가 보았다. 산 중간쯤에 이르자 저만치 평평한 자리에서 세 부자가 모여 앉아 있는 것이 보였다. 그 옆에는 찬우 책가방과 옷가방도 놓여 있었다. 아쉬운 대로 짐은 챙겨들었지만 갈 데가 없어 이리로 온 모양이었다.

나는 왠지 내 기척을 알리기가 싫어졌다. 그렇다고 서 있을 수도 없어 가만가만 다가갔다. 삼촌의 말소리가 조금씩 가깝게 들려왔다.

"어서 묵어라."

삼촌이 아이들에게 다그치고 있었다. 그들 앞에 놓인 것은 사이다 병 하나와 흰 가루약 봉지였다. 그것은 과자나 음식이 아닌 것만은 분명했다. 삼촌이 다시 재촉했다.

"어서 묵어라카이."

찬우가 고개를 흔들며 애원하듯이 말했다.

"아빠, 우리 이거 먹지 말자."

그때 찬우는 겨우 초등학교 2학년이었다. 삼촌이 비장한 목소리로 설명했다. 그 설명이란 다름 아닌 약을 먹어야 할 이유였다.

"이 약을 안 먹는다 해도 이제 우리는 살아갈 길이 없다. 방도 없고 쌀도 없다. 미안하다, 찬우야. 이길밖에 길이 없다. 니가 이걸 먹어야 하는 이유는 니가 내 속에서 태어났기 때문이다. 니가 이런 아부지를 만났기 때문이다. 그러니까 찬우야, 부디 아버지를 용서하고 이 약을 묵자, 응?"

"아빠는 용서할게. 하지만 이 약은 먹지 말자, 응?"

나는 삼촌이 정말로 아이들에게 약을 먹이지 못한다는 것을 알고 있었다. 그는 그렇게 결단력이 있거나 모진 사람이 아니었다.

한데 그때 동우가 사이다 병 쪽으로 손을 가져가며 말했다.

"형아, 어서 먹어. 그래야 사이다 마시지. 형아 나 먼저 먹을까?"

동우의 그 말에 나는 그만 온 정신이 휙 달아나는 것 같았다. 나는 이성을 잃고 빽 소리치며 그들 가운데로 달려들었다.

"동우야, 안 돼!"

삼촌은 놀라 입만 뻥하니 벌렸고 나는 약봉지부터 수습했다. 그것은 이미 개봉되어 있었다. 정말로 먹을 작정이었던 모양이었다. 아이들부터 먼저 먹인 후 자신이 먹을 양으로 그렇게 큰놈을 재촉했던 것이었다.

"누나!"

찬우가 내게로 덥석 안겨들며 울음을 터뜨렸다. 그때까지도 동우는 사이다 병만 쳐다보고 있었다. 그 병도 열려 있었고 나는 그것조차도 약이 섞여 있을 것 같아 얼른 땅에 쏟아버렸다.

"동우야, 업자. 누나가 내려가서 사이다 사줄게."

"정말?"

나는 동우를 들쳐업었다. 그때 동우 나이 여섯 살, 삼촌이 처음 날 업어주던 그 비슷한 나이였다. 세대를 바꾸어가면서 그렇게 아이를 업고 있건만 나는 내가 받은 은혜는 생각지도 않고 어깨를 숙인 채 땅만 내려다보는 삼촌만 저주했다. 그 모습이 너무도 가증스럽고 미워서 찬우 손을 끌고 말없이 등까지 돌려버렸다. 한데 찬우가 내 손을 놓고 자기 아빠한테로 달려갔다.

"아빠, 어서 가."

"너그들끼리 가거라."

삼촌이 대답했다. 그러자 찬우가 그 옆에 다시 주저앉으며 말했다.

"그럼 나도 안 갈 거야. 아빠랑 있을 거야."

나는 속으로 '야, 야, 이제 너희들을 거둬주기도 틀려버린 아빠인데 뭘 그렇게 애면글면 매달리냐' 하고 혀를 찼다. 하지만 녀석은 정말 저 아빠 없이는 한 발짝도 움직일 태세가 아니었다. 하는 수 없이 내가 다가갔다.

"삼촌, 우리도 이사를 했어. 지금 안 가면 집도 모르잖아."

한참만에 삼촌이 몸을 일으켰다.

그날부터 그들은 우리 집에서 기거하게 되었다. 내 몫인 작은 방도 그들이 차지했다. 문제는 방만 내주면 되는 것이 아니었다. 그들의 생활까지 책임져야 했다. 먹이고 재우고 날마다 학교에 가는 버스비까지 챙겨주어야 했다.

사실 그땐 엄마와 나도 살아갈 방도가 아득하던 때였다. 아이들 차비라도 벌어들여야 할 삼촌은 종일 나돌아다니다가 밤늦게야 돌아와 아이들 옆에서 새우잠을 자는 것으로 미안함을 비기려고 했다.

아이들이 온 지 일주일째 되는 날이었다. 생각다 못한 엄마가 찬우와 동우를 안방으로 불러들였다.

"찬우야, 너, 니 엄마 어디 있는지 알지?"

"몰라."

"그럼 이모 집은 아니?"

"응, 삼양동에 있어."

그땐 외숙모의 어머니는 돌아가신 이후였고 여동생이 결혼해서 삼양동에 살고 있었다. 엄마가 말했다.

"그럼 내일 이모 집에 가서 엄마 만나볼래?"

"응."

얼른 대답한 것은 동우였다.

이튿날 나는 두 아이를 앞세우고 삼양동에 갔다. 내가 집을 나설 때 엄마는 아이들 짐까지 챙겨주며 말했다.

"저 남편은 미워도 아이들은 챙길 것이다. 그러니 아예 찬우 책가방도 가져가거라."

나는 아이들 옷과 책가방을 들고 버스를 탔다. 흑석동에서 삼양동까지는 거리도 멀었다. 미아리를 지날 때쯤 내가 찬우에게 물어보았다.

"그새 한 번도 이모 집에 안 가보았니?"

"나, 이모 집 찾을 수 있어."

"내 말은 엄마가 집을 나가신 뒤에 말이다."

"응."

"왜?"

"아빠가 안 된데."

"그래도 너희들끼리라도 가볼 수 있었잖아."

"아빠가 맨날 학교 앞으로 오시는걸."

아이들에게 이모 집에 못 가게 한 것은 이렇게 생각해볼 수도 있었다. 아이들이 찾아가기 시작하면 외숙모는 집에 영영 들어오지 않을 수도 있다는 것, 그러니까 아내를 집으로 돌아오게 하기 위해서는 아이들을 자꾸 보고 싶게 해야 한다는 것.

그러면 학교 앞에 매일 데리러 간다는 것은 무엇 때문이었던가. 외숙모가 찬우를 보려고 학교 앞으로 오리라는 기대감? 아니면 외숙모가 찬우만 데리고 달아날 것 같은 두려움 때문에?

나중에 알게 된 것은 그 후자였다. 삼촌은 곧잘 말했다.

"내가 이 세상에 태어나서 완전히 내 것이라고 부여받은 것은 새끼들뿐이었다."

그랬다. 삼촌은 그것마저 뺏기지 않으려고 안간힘을 다했다. 영원히 내 사람일 줄 알았던 배우자도 계기가 있으면 완전히 부서지기도 한다. 아내나 남편은 '한때의 관계'라는 말로도 표현될 수 있지만 자식이란 설령 서로 원수처럼 미워한다고 해도 '한때 내 자식이었다'라는 말은 통용되지 않는다. 자식은 그저 영구적인 자식이며 자신이 죽을 때까지 자식이라는 그 자리에 남아 준다.

그러니까 삼촌은 일찍이 그걸 깨달았던 것이고 그래서 그 아이들에게만은 온 정성을 쏟았는지도 모른다.

버스에서 내리자 동우가 골목을 향해 먼저 뛰어갔다. 외숙모가 아이들을 데리고 동생 집에 자주 온 모양이었다. 나는 동우를 불렀다.

"동우야, 혼자 가면 어쩌니. 형아랑 누나랑 함께 가야지."

나는 동우의 손을 잡고 가게 앞을 지났다. 그때 슬며시 걱정이 찾아왔다. 혹시 외숙모가 부재중이면 어쩌나……. 가게를 지나 골목으로 들어서자 그런 기우는 사라졌다. 저만치 앞 어느 대문으로 한 여인이 막 들어가는 것이 보였고 키나 몸매를 보아 외숙모가 틀림없었다. 나는 걸음을 멈추고 찬우에게 물었다.

"이모 집 대문은 어디니?"

"저기!"

역시 여인이 들어가던 집이었다. 나는 아이에게 가방을 들려주며 지시했다.

"자, 가서 대문을 두들겨라. 엄마 안에 계실 것이다."

"누나는?"

"누나는 여기 있을게. 너희들이 잘 들어가는 걸 보고 누나는 돌아갈 거다."

찬우가 가방을 들고 돌아섰다. 내가 다시 불렀다.

"대문 앞에서는 엄마를 부르지 마라. 그저 두들기기만 해라, 그러면 사람이 나올 것이고 또 엄마를 만날 수 있다. 알았지?"

"응."

내가 그렇게 부탁한 것은 외숙모가 별안간 아이들 목소리를 들으면 놀랄까 해서였다. 외숙모는 아이들을 기다렸을 것이다. 집 나간 지 보름이 되었고 그간 내내 여기서 기거했다면 그것은 혹시 아이들이 찾아올까 해서였을 수도 있었다.

아이들이 벌써 그 집 앞에 닿아 있었다. 그리고 대문을 두들기기 시작했다. 내가 당부한 대로 녀석들은 엄마를 부르지도 않고 그 조그만 손으로 그저 대문만 두들겨댔다. 잠시 후 대문이 열리고 아이들의 이모가 얼굴을 내밀었다. 동우가 와락 뛰어들었다.

"엄마……."

이모가 얼른 동우를 밀어냈다.

"니 엄마 여기 없어!"

냉정한 목소리였다. 그리고 재빨리 찬우의 행세를 살펴본 뒤 급하게 대문을 밀어 닫았다

"엄마 여기 있어!"

동우가 떼를 쓰며 그렇게 대문을 밀어도 그것은 다시 열리지 않았다. 찬우가 나서서 함께 거들며 말했다.

"이모, 문 좀 열어줘. 동우가 엄마 보고 싶다고 날마다 울어. 엄마 좀 만나게 해줘."

"니 엄마 여기 없다잖아! 어서 돌아가!"

그 말을 마지막으로 두 번 다시 이모의 말소리도 들려오지 않았다. 아예 방으로 들어가버린 것이 분명했다.

그때 아이들 이모는 왜 그렇게 서둘러 대문을 걸어 닫았을까. 무능력자 주제에 언니를 두들겨 패기까지 하는 형부가 미워서, 그 형부도 함께 왔나 해서 그랬을까? 그래서 아이들을 매몰차게 문전박대를 했던 것일까.

그랬다면, 정말 삼촌의 출현이 두려웠다면 한 번쯤 문밖이라도 살펴봐야 했을 것이다. 하지만 아이들 이모는 바깥을 살펴보지 않았다. 오직 가방을 든 찬우만 훑어보았을 뿐이었다. 그리고 서둘러 동우까지 밀어냈다면 아이들이 자기 언니에게 떠넘겨졌다는 것을 알아차렸고 그것은 천부당한 일이므로 그렇게 단호히 문을 걸어 닫았을 것이었다.

동우가 엄마, 엄마, 하고 울부짖으며 계속해서 문을 두들겼고 찬우는 고개를 떨군 채 말없이 기다리고 있는데도, 그 문은 두 번 다시 열릴 것 같지 않은데도 나는 땅만 내려다보며 이런 생각을 했다.

'설령 이모는 그렇게 문전박대를 했을지라도 안에서 제 엄마가 동우의 울부짖음을 들으면 다시 나올 것이다. 결국 나오고 말 것이다. 그래, 찬우야, 기다려라. 동우야, 너도 울지 말고 기다리고 있어라, 네 엄마는 곧 나올 것이다.'

그러나 30분이 지나도 그 대문은 다시 열리지 않았다.

아, 그때 난 왜 그렇게 내버려두기만 했을까. 어린애들에게 왜 그런 형벌의 시간을 질질 끌어가게 했을까. 내 엄마가 날 버리고 갔지만 결국은 날 챙겼듯이 숙모도 반드시 아이들을 맞을 것이라고 믿었던 때문이었을까. 아니면 삼촌은 더 이상 아이들을 맡을 능력이 없으니 이젠 숙모, 당신이 맡아야 한다, 그 아이들을 맡을 사람은 우리가 아니라 당신이라는 강력한 책임전도였을까.

하지만 그 무엇보다도 아이들 정서가 우선한다는 것, 그것부터 보호해야 한다는 생각은 왜 못했을까. 아무리 떠넘기고 싶어도 맡을 사람은 결국 맡게 된다는 것을 그땐 왜 몰랐을까. 더욱이 세상에는 전형적인 어머니상만 존재하는 게 아니라는 것, 다른 유형의 엄마도 있을 수 있다는 것을 어찌하여 조금도 고려하지 않았을까. 그러기엔 내 나이가 너무 젊었던 것일까.

마침내 찬우가 동우의 손을 잡았다.

"동우야, 엄마 없단다, 가자."

동우는 다시 울부짖으며 엄마를 불렀지만 찬우는 그런 동생의 손을 더 세차게 잡아끌고 골목길을 걸어 나왔다. 이제는 별 수 없었다. 다시 그 애들을 데리고 가는 길밖에는. 나도 체념을 하고 녀석들 앞으로 나섰다. 찬우가 다가오며 말했다.

"누나야, 아빠 알면 혼나니까, 우리 어서 가자."

"그래, 그러자."

나도 얼른 동우를 업었다. 그러고도 몇 차례나 뒤를 돌아보며 그 골목을 빠져나왔다. 버스 정류장에 도착했을 때, 동우는 내 등에서 잠들어 있었다.

찬우, 동우

　나는 아직도 믿고 있다. 사회의 기본윤리가 이만큼이라도 지탱되는 것은 모성과 같은 진정한 사랑이 바탕에 깔려 있기 때문이며 또 그 힘이라고.

　그렇다면 그날 아이들이 당한 수모는 어떤 틀로 분석할 수 있을까. 보다도 엄마한테까지 그런 수모를 당하는 어린이들이 이 세상에는 과연 몇 프로나 존재할까. 물론 양친이나 혹은 엄마로부터 버림받은 아이들은 많다. 그러면 그 아이들도 다 찬우나 동우처럼 문전박대만이 아닌 수모까지 받으면서 당연히 가져야 할 그들의 기본권마저 박탈당하는 것일까.

　나는 그날 아이들이 수모를 당하도록 오랫동안 방치해두었다. 이모가 문을 닫고 들어갔음에도, 다시 나올 것 같지 않았음에도 아이들에게 그만 돌아가자고 부르지 않았다. 언제까지나 그대로 내버려두다가 아이들이 돌아섰을 때에야, 그러니까 아이들이 먼저 '돌아섬'을 선택했을 즈음에야 나는 겨우 동우를 들쳐업었다.

　아이를 들쳐업었을 때, 그리고 동우가 내 등에서 잠이 들었을 때 나는 비로소 '이 아이들은 그들의 소속이 아닌 내 소속이구나, 내가 떠안을 수밖에 없구나' 하는 생각이 번개처럼 찾아들었다.

그것은 나 자신에게도 충격이었고 유아에서 별안간 성인이 되는 거대한 지각변동이기도 했다.

여태 나는 보호를 받아야 하고 내 주변의 사람들조차 나를 위해 존재한다는, 말하자면 유아기 사고에 푹 빠져 있었던 셈인데 그 순간은 이제 내가 누군가를 위해 존재해야 한다는 것으로 인식의 위치가 삽시간에 바뀐 것이었다. 그것은 내가 이미 모성애를 가질 나이에 닿아 있어서가 아니었다. 그런 것은 나이가 가르쳐주는 것도 아니다. 또 때가 된다고 다 깨달아지는 것도 아니었다.

그랬다. 나의 스승은 상황이었다. 상황이 내 속에 숨어 있는 인자 하나를 아주 빠르게 끄집어내 준 것이었다. 그리고 내가 그것을 들여다보고 더 확연히 깨달은 것은 '이 아이들이 아니더라도 나는 이미 가장이 되어 있다'는 사실이었다. 그랬다. 엄마와 내 입을 위해도 양식이 필요했고 그 양식을 벌어올 사람 또한 나뿐이었다. 어쨌거나 나는 이제 생활전선으로 나가야 할 판이었다.

그 며칠 후 나는 대학 때 담당교수를 찾아갔다. 그 교수는 내가 학생 때 성적이 나쁘지 않다는 것만으로도 나를 미더워했다. 내가 그 교수를 선택한 것은 날 아껴주어서가 아니라 바로 그가 가진 능력이었다. 그는 번역가로서도 명망이 있었고 잘하면 그것을 이용할 수도 있을 것 같았다.

남의 능력을 내 것으로 이용하려는 이 영악한 머리회전이 나의 천성인지 아니면 전쟁 때 생겨난 것인지는 알 수 없지만 나는 내게 이롭다고 생각하는 것은 어떤 것이든 착복하고 보는 습성이 있었다. 찬우가 날 경멸한 것도 아마 그런 점들 때문일 것이다.

하지만 그것은 아직 뒷날의 이야기고 이때 나는 사회로 나가는 첫발, 그러니까 누구든 나를 이끌어줄 사람이 필요했고 내가 가진 능력은 외국어를 읽어낼 수 있다는 것뿐이었다.

나는 교수한테 내 사정을 이야기한 후 번역거리를 알선해달라고 부탁했고 교수는 흔쾌히 일거리를 주었다. 그렇지 않아도 오래 전에 맡아둔 번역거리를 시간이 없어 손도 못 대고 있다면서 초벌번역을 맡으라고 했다.

첫 도전치고는 좋은 성과였고 앞날 역시 괜찮으리라는 예감도 들었다. 설령 내 예감이 오만이라 해도 노력만 하면 그 오만을 보전할 수 있으리라 여겨졌다.

"자넨 제2외국어가 영문학이었지? 여기 영문판도 있다네. 내 말은 독어가 영어로는 어떻게 번역되고 있는가 참조하라는 거네."

교수가 텍스트 두 권을 내밀며 말했다.

내가 대학에서 독문과를 선택한 것은 그 즈음 독일 문학이 인기를 끌었던 때문이다. 출판되어 나오는 번역본도 독일판이 압도적으로 많았다. 게다가 영어도 어느 정도 할 수 있으니 독어를 전공하면 두 개의 어학을 가진다는 욕심에 내가 좋아하는 영어를 제2외국어로 돌린 것이었다.

"문장을 아름답게 꾸미거나 응용하려고 애쓰지 말게. 그저 한 문장도 빼먹지 말고 철저히 옮기기만 해. 그래야 내가 손보기도

160

쉬우니까."

교수가 주의할 점을 일러주었다. 고사성어나 우리말 어휘에 자신이 없는 나에겐 오히려 그것이 다행이었다. 그러나 그래도 돈을 주는지 미심쩍어 내가 물어보았다.

"그렇게만 해도 번역비는 주시는가요?"

내가 그렇게 솔직히 속내를 드러내자 교수는 하하 웃었다.

"물론이지. 장당 50원을 주겠어."

문장 그대로 옮기기만 하는 초벌번역에 교수는 장당 50원을 주겠다고 했다. 그 번역본은 친구가 운영하는 영세한 출판사에서 의뢰받은 것이며 본인은 무료봉사라도 할 처지이지만 나에게는 50원을 준다, 그 가격이면 보통 번역가들의 반 정도는 된다는 말까지 친절하게 일러주었다.

장당 50원, 괜찮은 조건이었다. 하루에 20장씩 번역을 해도 한 달이면 3만 원이었다. 그렇게만 계속 벌 수 있다면 잡지사에 들어간 친구의 월급보다 훨씬 많았다. 또 잘만 번역한다면 교수는 계속 일거리를 물어다줄 것이었다.

그날부터 나는 밤낮으로 번역을 했다. 마치 전쟁을 치르듯이 그 일에 임했다. 잠을 쫓기 위해 계속해서 커피를 마셨고 그것이 장기 과민증을 주어 밤만 되면 설사를 했다. 자야 할 시간엔 잠도 오지 않았다. 입안에 설태가 끼고 몸과 마음이 축축 늘어질 때는 내가 왜 남의 아이들까지 먹여 살리느라 이 고생을 해야 하는가 억울한 생각도 들었다.

하지만 곧 마음을 고쳐먹었다. 아이들은 어미에게 버림을 받고도 잘 견디고 있는데 나는 좀 힘이 든다고 아이들 탓을 하다니. 한껏 성인이 되어서도 엄살이나 부리다니. 아이들이 그렇게 큰 수모를 받아서는 이 누나에게 귀한 각성을 주었다면 오히려 아이들이 내겐 은혜가 아닌가.

나는 지금도 그때의 상황을 감사하고 있다. 만약 새아버지가 살아 계시고 우리의 생활이 예전 같았다면 비록 그들이 우리 집에 얹혀 산다고 해도 나는 생활전선을 알지 못했을 것이다. 그런 것이 어디에 있는지조차 모르면서 엄마에게 유학이나 보내달라고 떼를 쓰고 있었을 것이다. 언제까지나 거대한 이상만 꿈꾸다가 현실과 생활이라는 현장은 아득히 놓치면서 살았을 것이다.

나 또한 앞으로 결혼해서 아이 엄마가 될 사람이 계속해서 뜬구름만 잡고 있었다면 과연 책임감 있는 엄마가 될 수 있었을까. 유년 시절 내가 굶주렸던 모성애, 그래서 평생을 두고 가장 귀한 이념이 되어버린 내 절대적 실재가 정말로 내 실천적 의지로 탈바꿈할 기회를 가질 수 있었을까.

아마 아니었을 것이다. 내 본질은 한도 없는 이기주의자였고 그 껍질을 각성으로 두들겨준 것은 내 삼촌의 아이들 찬우와 동우였다.

집 식구들이 다 잠든 뒤에도 나는 일을 했다. 조용한 창틀로 달빛이 스며들거나 손과 어깨가 몹시 아플 때면 나는 볼펜을 놓고 일어나 슬며시 작은 방으로 가보았다. 언제 들어왔는지 삼촌도 아이들 옆에 자고 있었다. 이불은 아이들만 덮어주고 자신은 그 옆에 웅크린 채 새우잠을 잤다. 옷도 벗지 않고 입은 바지 그대로

였다.

자기 아이들뿐인 방에서도 삼촌은 잠을 빌붙어 자는 나그네였다. 삼촌은 우리들이 아니라 자기 스스로 그 집에서는 반갑지 않은 손님으로 자리매김을 해버린 것이었다. 한 번도 이른 시간에 들어오지 않았고 당당하게 벨을 누르지도 않았다. 항상 슬며시 들어와 잠을 잤고 이튿날 아침 내가 자는 틈을 타 아이들과 함께 밥을 먹고 나가버렸다. 어느 날 내가 엄마에게 물어보았다.

"삼촌은 진종일 밖에서 뭘 한데?"

"일자리를 알아보러 다니는 모양이더라."

그러나 나는 이미 알고 있었다. 삼촌은 매일매일 도서관 순례를 하고 있다는 것을. 없는 일자리보다 도서관 찾기가 쉬워서였는지는 모르지만 내가 그 사실을 알게 된 것은 찬우가 읽는 책 때문이었다.

그 책들은 날마다 제목이 달랐고 또 도서관 도장이 찍혀 있었다. 때론 위인전기 시리즈가 되다가 때론 동화책이 되기도 했고 가끔은 아이에게 좀 어려운 책도 있었다.

삼촌의 그런 행위들이 찬우가 원해서인지 아니면 삼촌 자신이 그런 방법으로라도 아들에게 책을 읽히고 싶어서였는지 그 정확한 동기는 알지 못했다. 그러나 어쨌든 찬우 역시 문밖에도 나가지 않고 책만 읽어댔다. 그 아이는 새로 읽을거리가 없으면 이미 읽은 책이라도 몇 번씩 읽었다. 어릴 때부터 그렇게 책 읽는 귀신이었다.

그러나 동우는 성격이 완전히 달랐다. 이 애는 친구가 많았고

163

곧잘 동무들을 집에 데리고 오기도 했다. 엄마가 누나 지금 일한다, 시끄러우니 아이들 데리고 오지 말라고 당부를 해도 막무가내였다.

그해 겨울이었다. 엄마가 지갑에 넣어둔 돈 50원이 없어졌다기에 내가 얼른 가게 공터로 나가보았다. 아니나 다를까, 동우 녀석은 그 돈으로 하드를 사먹었고 아이들은 그것 한 입 얻어먹으려고 녀석을 졸졸 따라다녔다. 동우는 아이들에게 한 입씩 먹게 하면서 왕자처럼 군림했다. 나는 그 녀석이 하도 당당해서 가까이 다가갈 수도 없었다.

이윽고 녀석에게 돈이 떨어졌을 때 내가 녀석을 불렀다. 녀석은 놀라지도 않고 태연하게 다가왔다. 마치 이제 집에 갈 시간이니까 가주겠다는 투였다.

나는 아이들 앞에서는 순순히 손을 잡고 오다가 집으로 들어오자마자 저희들 방으로 몰아넣고 빗자루를 집어 들었다. 한데 이 녀석의 반응은 너무도 뜻밖이었다.

"씨, 누나 니가 뭔데 날 때려?"

"니가 잘못 했으니까 맞아야지."

"넌 내 엄마도 아니잖아."

"난 너 누나야."

"누나는 싫어. 난 엄마한테 갈 거야. 어서 내 옷보따리 싸줘, 엄마한테 간단 말이야!"

나는 그만 빗자루를 놓고 말았다. 가야 만나주지도 않는 엄마, 저희들을 버린 엄마, 그런데도 아이는 한사코 제 엄마를 그리워하고 있었다. 그래, 그것이 아이였다. 그 나이 즈음 나 역시 그랬지 않았던가. 날 두고 간 엄마라도 한사코 따라붙고 싶지 않았던가. 그런 나를 외삼촌들은 업어가면서 달래주었다. 단 한 번도 때리거나 욕설을 내뱉은 적이 없었다. 그들은 가진 것은 다 주었고 아낌없이 주었다. 그런데 나는 고작 밥이나 먹여주면서 옷 한 벌 제대로 사주지 못하면서 때릴 생각이나 했다니. 여섯 살짜리를 그런 식으로 다루려 했다니…….

내가 내 어린 시절까지 떠올리며 자책하고 있는데 이번엔 찬우 녀석이 들어오더니 대뜸 엉덩이부터 돌려대는 것이었다.

"누나, 날 때려. 내 동생이 잘못 했으니까 내가 맞을게."

아, 그 에미는 지금 어디에 있는가. 어린것들의 이런 모습을 보지도 못하는가. 형제지간에 이렇게 우애가 돈독한데 하물며 아이를 낳은 에미는 이것들이 보고 싶지도 않단 말인가. 어찌하여 연락 한 번 해주지 않는가.

그러나 그때까지도 나는 외숙모를 깊이 증오하지는 않았다. 그저 어서 돌아와 잘 자라고 있는 자기 자식들을 봐주기만이라도 했으면 싶었다. 그러나 숙모는 단 한 번도 소식이 없었고 아이들 학교로도 찾아오지 않았다.

그렇게 2년 반이라는 세월이 흘러갔다. 그간 아이들의 몸은 하루가 다르게 자랐다. 그러나 몸은 변하는데 성격은 그대로인지 찬우는 내내 책만 읽어댔다. 제발 밖에 나가 좀 놀기도 하라고 들볶으면 책을 들고 나가 담벼락에 붙어 앉아 독서삼매경에 빠졌다.

동우는 학교에 들어가자마자 여자아이를 집에 데려와 손님이 왔으니 과자를 사달라고 나에게 명령을 하기도 했다. 억지를 부리면서도 늘 당당한 것이 때론 정말이지 늠름한 왕자 같아 보이기도 했다.

그럴 때마다 나는 속으로 중얼거렸다.

'이런 보물들을 버리고 가다니 외숙모는 자기 인생에서 가장 큰 것을 잃어버린 거야.'

72년 초겨울이었다. 그 즈음 외삼촌은 어느 자동차 수리 공장에서 야간 경비 일을 했다. 집에서 멀지 않은 곳이었다.

어느 날이었다. 동우는 그날 오후반이었음에도 집에서 좀 일찍 나갔다. 자기 아버지한테 들리기 위해서였다. 동우는 용돈을 얻고 싶으면 자기 아버지한테 갔고 삼촌은 또 담배를 굶는 한이 있어도 5원, 10원씩은 꼭꼭 챙겨 주었다.

동우가 나간 지 두 시간쯤 후였다. 삼촌한테서 전화가 왔다.

"보래, 니 얼른 삼양동에 좀 가볼래?"

"삼양동?"

삼양동이라면 숙모의 여동생 집을 말하는가?

"그래, 삼양동."

이 양반이 별안간 또 제 마누라가 생각났나? 거긴 또 왜 가라는 거야? 얼핏 그런 생각이 스쳐갔지만 그런 부탁까지 내게 할 사람이 아니라 다시 물어보았다.

"정말 삼양동에 가라는 거야?"

"그래, 지금 곧."

"거긴 왜?"

166

"놀래지 마라. 동우가 다쳤다."

"동우가 다쳐? 왜? 어떻게?"

동우가 제 아버지가 있는 공장에 도착했을 때 그 앞 찻길에는 트럭 한 대가 세워져 있었다. 차라면 무조건 좋아하는 녀석은 그냥 지나치지 못하고 트럭 꽁무니에 늘어져 있는 밧줄을 보았다. 녀석에겐 그것도 좋은 놀이감이었고 그래서 밧줄 끄트머리를 잡고 슬슬 당겨보았다. 밧줄은 걸리지도 않고 잘도 풀려 나왔다. 마침내 그것이 탱탱하게 걸렸을 때 녀석은 그 밧줄을 잡고 있는 것이 무엇인지 궁금해졌다.

그래서 이 여덟 살짜리 아이는 트럭 뒤를 타고 올라가기 시작했다. 그때였다. 운전사가 차에 올라 뒤도 살피지 않고 곧장 차를 출발시킨 것이었다. 그때 아이는 왈칵 하는 압력에 뒤로 떨어졌는데 그 밧줄에 몸이 감겨 질질 끌려간 것이었다. 운전사가 곧 알아차리고 차를 세우긴 했으나 아이는 이미 기절해 있었다.

"기절만 한 거야, 어떻게 된 거야?"

나는 너무 놀라 꽥꽥 소리를 질렀다.

"당장 병원 응급실로 옮겼다. 의사들 말은 생명에는 지장이 없단다."

"그럼 얼마나 다쳤는데?"

"갈비뼈 세 대와 팔이 부러졌단다. 많이 아픈지 자꾸 운다. 울면서도 제 엄마만 찾고 있으니……."

나는 얼른 시계를 보았다. 오후 1시였다. 만약 숙모의 동생이 이사를 갔다면 다음 주소지까지 추적해야 했고 그러자면 시간이 꽤 걸릴 것이므로 아무래도 병원보다 먼저 삼양동으로 가는 것이 일의 순서 같았다.

나는 곧 버스를 타고 삼양동으로 향했다. 그날따라 차는 왜 그렇게 더디게 가던지 온몸이 초조로 녹아드는 것 같았다.

다행히 이모는 이사를 가지 않고 그 집에서 계속 살고 있었다. 나는 그 이모에 대한 미운 생각도 있고 해서 먼저 숙모의 행방부터 물었다.

"언니, 여기 살지 않아요."

물론 여태껏 동생네에 살지는 않을 것이다. 하지만 다른 어딘가에는 살고 있을 것이고 난 그 소재지를 알아야 한다고 말하고 싶었지만 그러면 이번에도 선선히 가르쳐줄 것 같지 않았다. 나는 곧장 동우가 다친 이야기부터 꺼냈다.

"아이가 제 엄마만 찾는답니다. 외숙모가 어디 사는지 주소만 일러주세요. 그럼 제가 찾아가겠습니다."

아이 이모는 '동우가 다쳐요?' 라고 반문해보지도 않았다. 그저 담담한 목소리로 '가야 집에 없어요' 라고만 대답했다.

"혼자 사는가요?"

내가 얼른 그렇게 물어보았다.

"왜 그런 걸 묻죠?"

나에겐 그 되물음이 '형부가 그걸 알고 싶어하던가요?' 라는 것으로 들렸다.

"아니오, 잘 살고 계신가 싶어서……. 한데 어디에 살지요?"

"약수동에 살아요."

"집에 안 계시다면 쪽지라도 남겨놓고 올 테니 주소를 일러주세요."

"그럴 것 없어요. 내가 연락해줄 테니 병원을 일러주세요."

"급히 오느라고 병원 이름은 알아놓지 못했네요."

아이 이모가 '병원도 몰라요?' 하는 식으로 나를 쳐다보았다. 나는 그 눈길을 묵살하고 대답했다.

"하지만 우리 집의 주소와 전화번호를 알려드릴게요. 아니면 이 집 전화번호를 일러주시면 도착하는 대로 병원 이름을 알려드리지요."

"됐어요. 그 집 전화번호만 남겨주세요."

나는 우리 집 주소와 전화번호를 적어놓고 그 집을 나왔다. 그리고 버스정류장에서 엄마한테 전화를 걸어 병원 이름을 알아두라고 말했다. 엄마는 그렇지 않아도 다시 전화가 왔다면서 병원 이름을 일러주었고 나는 지나가는 택시를 집어타고 곧장 병원으로 향했다.

병실로 들어서자 아이의 앓는 소리부터 들려왔다. 팔도 가슴도 깁스를 한 채 아이는 아프다고 소리치고 있었다. 갈비뼈가 부러지면 어른도 그렇게 아프다고 했다. 다행히 머리는 다치지 않았지만 아이의 몰골은 처참했다.

어린것이 트럭에 끌려갔으니 그 충격은 또 얼마나 클까. 내가 다가가도 아이는 계속 엄마만 찾았다. 아프다고 울면서도 엄마만 찾았다. 공포심 때문에 더 그럴 것이다. 삼촌은 그런 아이를 지켜볼 수 없는지 복도로 나가 담배만 피워댔다.

외숙모가 전화를 건 것은 그로부터 사흘 후였다. 전화를 받은 사람은 엄마였다. 처음 한동안 엄마는 나긋나긋한 목소리로 대답하더니 나중엔 버럭 언성을 높였다.

"우리가 벼락을 맞으려고 너한테 거짓말을 하냐? 못 믿겠으면 병원으로 직접 가봐!"

엄마는 병원 위치를 일러주고 전화를 끊어버렸다.

"왜 그렇게 화를 내고 그래?"

내가 물어보았다.

"글쎄, 나더러 애 아빠가 시킨 것 아니냐, 동우 다쳤다는 것 핑계가 아니냐, 이따위 소릴 하는 거라. 그년 정말 냉혈인간이네. 이제서야 전화한 주제에……"

엄마는 화가 풀리지 않은지 한참이나 전화기를 향해 욕을 해댔다.

그날 저녁에 애 엄마가 병원에 왔다는 소식을 들었다. 찬우도 병원에서 먹고 자면서 등교했던 터라 그들 네 식구는 비로소 한자리에 모인 것이었다. 엄마와 나는 그들만의 상봉을 방해하고 싶지 않아 병원출입을 삼갔다. 동우는 갈빗대 세 대를 바쳐서야 겨우 그렇게 제 엄마를 찾은 것이었다.

그로부터 열흘 후 삼촌이 전화를 걸어왔다. 오늘 퇴원을 한다는 것이었다. 아이들이라 회복도 빨랐던 모양이었다. 그런데 삼촌은 뒷말을 흐리다가 한참만에 엄마한테 외숙모와 함께 가도 되느냐고 물어왔다. 엄마의 대답은 흔쾌했다.

"그럼, 당연하지, 아픈 애가 있는데 애 엄마도 함께 와야지. 한

170

데 이제 애들과 함께 살겠다든?"

"오늘 밤만 자고 돌아가서 정리한 뒤 들어오기로 했습니다."

"잘됐구나."

엄마는 전화를 끊은 뒤 내게 더 상세한 이야기를 해주었다. 아이 다친 값으로 보험회사에서 배상금을 받았다, 그 돈으로 삼촌이 방을 얻을 생각이며 그래서 함께 살게 되었다는 것이었다.

"동우에게는 완전히 전화위복이네?"

나는 애 다친 돈으로 살림밑천을 삼는다는 게 그다지 흔쾌하지는 않았음에도 대답은 그렇게 했다. 엄마가 장바구니를 들고 나가면서 나에게 지시했다.

"나는 장 좀 봐올 테니 넌 그 동안 집안 청소나 해 놔라."

엄마의 얼굴엔 화색이 돌았다. 활기도 넘쳐 보였다. 두루 기분이 좋았을 것이다. 아이들은 엄마를 찾고 동생은 아내를 찾고 또 당신은 그 군식구들에게서 해방이 된다는 생각에 춤이라도 추고 싶었을 것이다.

엄마는 돼지고기를 볶고 나는 녀석들의 방까지 깨끗이 훔쳐내면서 흥겹게 손님맞이 준비를 했다.

마침 저녁준비가 다 되었을 때 그 집 식구들이 도착했다. 엄마는 손아래 올케였지만 정성껏 대접을 했고 외숙모도 먹은 자리를 치우고 설거지를 하는 등 그야말로 온 식구가 다 함께 화기애애했다.

동우의 팔엔 여태 깁스가 채워져 있었지만 그 얼굴은 그 어느 때보다 더 왕자 같았고 그 늠름함이 오만스러워 보이기까지 했

다. 찬우만 저녁을 먹은 뒤 자기들 방으로 가서 책을 읽었다. 그
것 역시 늘 하던 버릇이라 오히려 안정감을 주었다.

그날 밤 잠자리를 펼 때 외숙모는 우리들 방에서 자겠다고 했
다. 엄마나 외숙모나 서로 하고 싶은 얘기도 많을 것이었다.

전기를 끄고 자리에 눕자 외숙모가 먼저 이야기를 시작했다.
그간 어떻게 살았느냐거나 아이들 키워주느라 고생이 많았다는
이야기는 한마디도 없었다. 주로 자기 여동생과 제부의 이야기였
고, 제부는 돈도 잘 벌어다주면서 아내를 금쪽같이 챙긴다는 사
연이었다.

그런 이야기에도 어찌나 문자를 써대던지 나는 다 알아들을 수
도 없었다. 더욱이 그때 나는 다가오는 졸음과 희롱을 하고 있던
참이었다. 숙모가 내 쪽으로 고개를 돌리며 불쑥 이런 말을 했다.

"이건 완전 동상이몽이잖아."

"응, 그럼, 다 그렇게 서로 통하는 거지."

나는 얼결에 그렇게 대답했다. 숙모가 고개까지 들고 나를 내
려다보며 말했다.

"동상이몽이 서로 통한다는 뜻이라구?"

"응, 그럼요."

설령 졸음이 오지 않았다 해도 내 어휘실력은 그 정도였다. 애
초 국어 점수도 좋지 않은데다 또 졸업 후 2년 동안 번역투 언어
와만 씨름하느라 우리의 어휘를 음미하고 깨달을 여유도 없었다.
한데 숙모는 대뜸 이렇게 나를 무시하는 것이었다.

"대학 헛 나왔구먼."

172

그때 모멸감이 느껴져 잠이 휙 달아나 버렸다. 솔직히 내 무식에 낯도 뜨거웠다. 하지만 외숙모는 전에도 그랬지만 필요 이상으로 시사에 밝았고 또 문자를 많이 썼다. 그래도 별 생각 없이 그냥 지나쳤는데 그날 밤은 이상하게 마음이 꼬였다. 중학교 중퇴자보다 내가 무식하다는 것과 그런 사람에게 내가 당했다는 수치심이었다.

"음, 그래요……."

나는 비위가 상해 돌아누우며 시큰둥하게 대답했다. 그리고 속으로 '아, 그처럼 잘난 사람이 왜 그렇게 살고 있지?' 하고 비웃어주었다.

정말 외숙모는 왜 그런 태도가 필요했을까? 그런 태도가 아이들을 키워줘서 고맙다고 우리들에게 감사하는 것보다 훨씬 중요했을까? 자기 주변을 제대로 정리하는 것보다 더?

내가 날마다 조금씩이라도 공부를 하는 이유는 내 지식이 부족하기 때문이었다. 쓸 곳은 너무도 많은데 내 속에 고여 있는 것은 언제나 미천한 바닥인 탓이었다. 나는 필요에 의해 주워 담아야 한다면 숙모의 일상생활엔 그런 문자들이 어디에 소용되는 걸까? 단지 말을 고상하게 하기 위해 식자 흉내를 내야 한다면 그것도 인생살이에 이익이 되는 것일까? 그런 것은 삶의 낭비가 아닐까. 혹시 숙모는 아직도 뜬구름을 잡으며 살고 있는 게 아닐까. 자신은 미인이라는 그 허위에 속아서 진짜 알맹이의 삶은 다 하찮은 것일까. 결혼하고 애를 낳았던 일조차 그녀에게 별로 중요하지 않고 어디엔가 있을 그 허위의 망루를 쫓고 있는 것일까.

그날 내가 느낀 감정들은 그런 것들이었다.

하지만 지금 생각해보면 숙모의 그런 태도도 이해할 수가 있었다. 그녀는 학벌에 대한 열등감이 있었다. 더욱이 그녀가 했던 첫사랑의 남자도 자기 학벌 때문에 놓친 것이었다. 학벌 때문에 차선으로 택한 남편은 무능력했다. 자기에게 맞는 남자는 첫사랑 같은 남자며 그러자면 자신은 언어로라도 고상해야 했다. 그러고 보니 숙모는 신문도 놓치지 않고 보았던 기억이 난다. 자신은 미모를 가졌지만 다른 것은 가지지 못했고, 그래서 그걸 채우기 위해 숙모는 나름으로 애를 썼던 것이었다.

그 일주일 후 그들은 방을 얻어 이사를 나갔다. 전 식구들이 행복해 보였다. 그 행복은 어떻게나 단단해 보이던지 절대로 깨어지지 않을 것처럼 보였다. 설령 신이라도 이제는 두 번 다시 깨트릴 수 없을 것 같았다.

그러나 우리가 믿고 확신했던 그 행복의 양태조차도 실체가 아니었다.

그들이 살림을 나간 두 달 후 외삼촌이 술을 마시고 찾아왔다. 아주 많이 마신 것 같지도 않았는데 삼촌은 엄마 앞에서 울음부터 터뜨렸다.

"너희들 또 무슨 일이 있었구나?"

나는 가슴이 철렁했고 엄마도 놀랐던지 더듬거리며 물었다. 삼촌은 한참이나 더 운 뒤 눈물도 닦지 않고 말했다.

"누님, 내 인생이 참말로 왜 이렇습니꺼. 나는 왜 이렇게 사람 복도 지지리 없습니꺼?"

엄마가 침착하게 물었다.

"찬우 에미 또 집 나갔냐?"

"예……."

"그렇게 나갈 거면 애초에 와 들어왔다노?"

엄마가 버럭 역정을 냈다.

"그게, 글쎄, 그게……."

"자초지종 말이나 해봐라. 싸웠더나? 니가 또 손찌검을 했더나?"

"그렇게라도 해서 나갔다면 이렇게 분하지는 않을 것입니다. 그 여자는 참말로 사람이 아닙니더……."

그러니까 아이가 받은 배상금으로 방을 얻긴 했는데 그것은 흑석동 비탈동네 허름한 셋방이었고 그 나머지 돈은 저축해두었다는 것이었다. 아이가 다친 값으로 방을 얻은 것만도 너무 죄스럽고, 또 지금은 퇴원했지만 다시 어디가 아플지도 알 수 없는 일이라 아이 몫으로 삼만 원을 저축해서 통장과 도장을 숨겨두었는데 외숙모가 그 돈을 찾아서 달아났다는 것이었다.

나는 그 말을 듣자마자 벌떡 몸을 일으켰다. 삼양동 이모 집으로라고 가서 솔직히 사기나 절도죄로라도 고발하고 싶었다. 하지만 엄마가 말렸다.

"가봐야 소용없다. 일을 이렇게 만들었으면 이미 조치를 다 취해두었을 것이다."

"그런다고 가만 있어?"

"우리도 똑같이 굴어서는 안 된다. 그러면 그것들 사람을 더 우습게 여긴다. 그러니까 이제 우리가 할 수 있는 일은 완전히 끝났다고 단념하는 길밖에 없다."

삼촌도 어느 정도 체념을 했는지 눈물을 거두었다. 엄마가 그런 삼촌에게 조용조용 말을 이었다.

"찬우 애비야, 지금은 이상하게 들리겠지만 말이다. 그런 여자 떼버려서 다행이라고 여겨라. 그러니까 오늘 이런 일은 그 대가라고 생각해라."

삼촌이 대답 대신 몸을 일으켰다. 엄마가 또 얼른 덧붙였다.

"아이들 데리고 다시 들어오너라."

삼촌은 대답 없이 현관으로 나갔다. 엄마가 그 등을 향해 재차 물었다.

"들어올 거제?"

"생각해보지요."

그리고 삼촌은 나가버렸다.

나중에 알아본 결과 숙모는 그 사이 다른 남자와도 살림을 산 이력이 있었다. 그러니까 다방이나 공장에 나가지 않고 집안에만 있었던 모양이었다. 우리는 그 이야기를 들었을 때 더 깊은 내막은 알아보지도 않고 대뜸 숙모의 험담부터 늘어놓았다. 그것은 험담보다도 더 악랄한 추측이었다.

"그년 우리 집에 왔을 때 얼굴에 낀 기미를 생각해봐라. 그 즈음 살던 놈의 애를 떼거나 나았던 거야."

"그런 사람이 어떻게 다시 들어왔지?"

다음부터 우리의 험담은 불에 기름을 끼얹은 듯 타올랐고 나중엔 걸신들린 듯 이것저것 마구잡이로 끌어오며 지껄여댔다.

"그 돈을 가져가서 그 놈과 쓰려고 그랬던 거야."

"애초에 들어온다고 할 때도 나갈 궁리부터 세워두었던 거다."

"살던 놈하고 짜고 그런 일을 꾸민 거야."

"아니야, 살던 놈이 니 외숙모한테 그렇게 하라고 꼬드긴 거다."

"흥, 돈 삼만 원이면 한 달은 잘 살겠네. 손 하나 까딱하지 않아도 잘 살겠네."

"새끼 다친 값을 훔쳐 다른 놈하고 아랫목에 배때지 깔고 있으면 그 재미가 오진가? 돈 삼만 원에 그 재미는 영원한가, 골수 빠진 년!"

그러다가 우리는 기운이 다 빠졌을 때야 이성으로 돌아왔다. 아니 엄마가 먼저 정신을 차렸다.

"우리 지금 뭐 하는 짓거리고? 아이고, 죄받겠다 그만 하자."

"우리가 왜 죄받아?"

"제 눈으로 보지 못한 일은 추측으로도 하는 게 아니다. 모르고 지껄이는 것도 다 죄받을 일이지."

그리고 뒤이어 '천지신명이시어, 우리를 용서하소서' 하고 빌었다. 새아버지가 돌아가신 뒤 엄마의 짝은 천지신명이었다.

엄마의 말이 옳고, 우리가 그저 추측만 가지고 험담을 했다 해도 한 가지 확실한 것은 숙모가 아이의 돈을 가져간 것만은 분명하다는 사실이었다. 그러니까 숙모는 자기의 삶을 위해 아이의 보상금을 횡령해간 것이나 마찬가지였고 설령 어떤 다급한 일이 있어 그랬다 치더라도 그건 결코 용서될 일이 아니었다.

그 뒤 나는 마음놓고 숙모를 증오했다. 엄마는 그런 것조차 죄 된다고 했지만 나는 그런 유형의 어머니가 한 사회에 존재한다는 사실조차 징그러웠다. 세상에 아무리 눈이 뒤집혀도 다친 아이를 두고, 그 아이가 받은 보험금까지 챙겨 달아나는 어미가 대체 어디에 있단 말인가.

세월이 흐르고 나이가 들어가면서 나도 많은 경우를 보았고 그만큼 이해의 폭도 넓고 깊어졌지만, 그래서 아내나 남편이 바람이 나서 달아나도 다 그만한 사정이 있었겠지, 하고 생각할 수도 있었지만, 또 숙모의 마지막 가출조차 '오래 헤어졌다가 다시 만나 살다보니 어색해서 다시 떠났을 수도 있었겠지' 하고 생각을 하다가도 아이의 보험금을 챙겨간 기억에만 이르면 그만 절로 도리질이 되는 것이었다. 그 문제만은 아직도 나에겐 이해도 용서도 되지 않은 부분이었다.

그럼에도 두 아이들은 얼마나 훌륭하게 자라주었는가. 그것은 기적이 아닌가. 아니다. 기적이 아니다. 삼촌이 그 아이들을 그렇게 키운 것이다. 부족한 물질 대신 2백 배의 정성으로 그 아이들을 키워낸 것이다.

아, 그래, 여태 그걸 괘념치 않았구나. 삼촌에게도 성공한 것이 있다는 것을. 아이들을 잘 키운 것이 인생에서 가장 큰 성공이거늘 나는 늘 가난하고 초라한 삼촌의 껍질만 미워했구나.

그늘도 깊어라

삼촌과 함께 강가 벤치에 앉는다. 해가 다리에 걸렸는데도 물에는 아직 보트객들이 많다. 오리 모양의 물놀이 기구, 그 뒤로 서핑 보트가 쾌속으로 지나간다. 눈앞의 모든 것은 그저 시원해 보이는데 살갗에 닿은 바람은 여태도 후텁지근하다.

오늘도 몹시 더웠다. 전국이 찌는 더위라니 바닷가에 간 찬우네는 날짜를 잘 잡은 셈이다. 문득 감옥에 있는 남편이 생각난다. 그곳은 더 많이 더울 것이다. 운동 뒤 벼락치기 등목은 할 수 있다지만 그래도 이 여름날 좁은 데서 갇혀 있자면 답답도 할 것이다. 하지만 어쩔 것인가. 다 그렇게 주어진 일인데.

그래도 이번 겨울이면 만 3년, 출소할 수 있을 것이다. 그땐 자기 고향에라도 가서 정양도 할 겸 쉬도록 해야지. 거긴 바닷가니까 진종일 툭 터진 바다를 바라볼 수도 있고 그러면 깊이 고여 있던 답답함들은 다 씻어낼 수도 있을 것이다.

다시 삼촌을 살펴본다. 삼촌은 여태도 강물만 보고 있다. 이 사람도 어디론가 흘러가고 싶은 모양이다. 중도에서 걸리거나 샛강으로 빠지는 일도 없이 그저 큰 물길만 따라 훨훨 흘러가고 싶겠지. 자기 인생길은 구비마다 샛길 투성이었고 그 샛길조차도 평지보다 가시밭길이 더 많았으니까.

나는 삼촌과 이른 저녁을 해먹고 아이 도시락까지 챙겨 독서실에 가져다준 뒤 한강으로 나왔다. 역시 한강으로 나오길 잘한 것 같다. 강은 여름이 아니어도 사람에게 숨통을 트이게 해준다. 특히 이 한강은 서울 시민들에겐 더할 수 없는 위안거리다. 언론에서는 수질만 가지고 왈가왈부 하지만 수도에서 이만한 크기의 강을 가졌다는 것을 축복으로 알아야 할 것이다. 더욱이 굼실거리며 흘러가는 저 자태는 보기에도 얼마나 시원한가.

한강의 기적, 한땐 그런 말이 통했다. IMF 전까지, 우리가 완전히 도산하기 전까지는 나는 그 말의 신봉자였다. 서독에선 에르하르트가 라인강의 기적을 이루었다면 한강의 기적은 박정희 대통령이 이룬 거야.

그 말을 했다가 찬우한테 얼마나 당했던가. 웃음이 미어져 나온다. 녀석이 운동권이 되고부터 당한 일이 한두 가지가 아니었다. 공박할 거리가 없으면 케케묵은 일까지 꺼내어 시비를 걸었다.

"누나가 나한테 꼭 읽으라고 보내준 책, 〈영광의 탈출〉인가 하는 것도 그래. 그게 어디 영광의 탈출이야? 피비린내 나는 강점이지."

그리고 일장 연설을 했다. 조국을 빼앗긴 팔레스타인 사람들의 처지를 아느냐, 그들의 피의 고백을 들어봤느냐, 단 6일 동안 제 땅으로부터 깡그리 쓸어내어진, 멀쩡한 조국에서 청소 당해진 그들의 통한을.

"〈영광의 탈출〉을 읽고 감동했다고 편지를 보낸 것은 언제고?"

"그때야 중학생이었으니까."

다시 내 입에 웃음이 물린다. 이상한 것은 그 애들이 미워본 적이 없었다. 나 역시 자식을 키워보았지만 내 자식이 고집을 피울 때는 정말이지 흠씬 때려주고 싶을 만큼 미웠는데 찬우나 동우에겐 그런 감정이 단 한 번도 일어나지 않았다. 한집에서 살았던 세월이 고작 2, 3년에 불과하고 그래서 그 아이들의 미운 점을 다 파악하지 못한 탓도 있겠지만 그래도 그 아이들은 크게 나쁜 짓을 하지 않았다.

아니다. 솔직히 한때 나는 그 녀석이 아주아주 미웠던 적이 있었다. 나를 심판하러 왔을 때, 그것도 부족해 검사 앞으로 나를 출두케 했을 때……. 나는 천천히 고개를 젓는다. 아니야, 그렇게 생각할 것만도 아니었어.

쾌속 보트가 시끄러운 엔진 소리를 끌고 우리 앞으로 지나간다. 물길이 흰 거품으로 좍좍 갈라지는 것이 그렇게 시원해 보일 수가 없다.

"삼촌, 우리도 저 쾌속 보트 한번 타볼까?"

내가 물어본다. 저 아래에 보트장이 있으니 차례만 밀려 있지 않다면 당장 타볼 수도 있을 것이었다. 그러나 삼촌은 고개를 젓는다.

"왜?"

내가 거절하는 이유를 알고 싶어 다시 반문해본다.

"위험하다, 안 된다."

"그럼 저기 저 오리 보트는 어때? 발로 젓기만 하면 될 것 같은데?"

"타고 싶으면 니 혼자 가서 타고 온나."

그리고 다시 강을 바라본다. 비둘기가 주변에 날아와도 관심이 없다. 나는 서쪽으로 고개를 돌린다.

해가 한강교 고깔 속으로 끼어든다. 서울에서 보는 낙조는 거의 노을이 없다. 공기가 오염된 때문이라고 한다. 그래서 해는 스스로만 몸을 빨갛게 달구다가 어느 순간 사라져버린다. 지금 남아 있는 햇살이 지상을 향해 마지막 희롱을 한다.

그 햇살이 삼촌의 머리카락을 만진다. 넓은 이마로 몇 가닥 흘러내린 흰 머리칼이 바람을 불러 자기 몸을 흔들어가며 그 햇살에 응답한다. 머리카락이 바람에 젖혀질 때면 넓은 이마만 빈 운동장처럼 남는다.

삼촌은 젊었을 때 인물이 좋다는 소릴 들었다. 외숙모 모친도 삼촌의 이마가 훤해서 딸을 준다고 했다. 얼굴이 희면 선비형이고 이마가 넓으면 공부복이 있다는 말이 있다. 그렇다면 삼촌은 숙모가 바라던 것은 두루 갖춘 셈인데 왜 타고난 그 관상의 자리에까지도 이르지 못했을까. 마흔도 되기 전에 삼촌의 넓은 이마는 갑자기 대머리가 되어버렸고 반 곱슬이라 넘겨도 자연스럽다는 머리카락은 그만 백발로 변해갔다. 익어보지도 못하고 물러버린 과일 같은 인생이었던가.

나는 삼촌의 손을 내려다본다. 무릎에 얌전히 놓여 있다. 나는 그 손 위에 내 손을 포개 놓는다. 괜히 가슴이 아려진 탓이다.

숙모와 마지막 이별을 한 뒤 삼촌은 서울이라면 진저리를 쳤다. 그리고 빠져나갈 궁리를 했다. 그러던 중 삼촌은 어느 지방 신문에서 5급 공무원 시험 공고를 발견했고 그날부터 책을 사다 공부를 시작했다. 응시 날짜에도 삼촌은 몰래 대구까지 가서 시험을 치렀고 이윽고 합격을 했다.

삼촌이 발령받은 곳도 대구의 어느 동사무소였다. 그 동사무소가 생애 처음으로 잡아본 정식 직장이었다. 삼촌 스스로 찾고, 또 그렇게 통과해 들어간 관문이었다. 그때 엄마는 말했다.

"이제야 제 바닥을 찾았구나."

무엇보다도 엄마가 안심을 한 것은 대구엔 보야 삼촌이 있었던 때문이었다. 이삿짐 트럭이 출발할 때 엄마는 아이들에게 말했다.

"이제 가서 큰집 식구들까지 만나면 영락없는 대구 도련님들이 되겠구나."

그 동안 할머니와 보야 삼촌도 고향을 떠나 대구에서 살고 있었다. 군에서 제대해온 보야 삼촌 역시 더 이상 촌에서 살고 싶어 하지 않았고 그래서 논밭전지 다 팔아 대구로 나갔던 것이었다. 그러나 객지 살림이라는 게 목돈 헐어먹기에 딱 알맞은 곳이었다. 아이들은 커가고 전셋집마저 줄여야 할 처지가 되었을 때 보야 삼촌은 택시 운전으로 뛰어들었고 그럼에도 다섯 식구는 허덕거리며 살아야 했다.

그 시절 보통 사람들은 다 그렇게 가난했고 그들이 가난해야 할 이유는 너무도 많았다. 70년대, 사회수준이 조금씩 나아지고 있다는데도 그랬다.

사람들은 말한다. 5, 60년대는 모두 전쟁을 치르듯이 살았다고. 그렇게 살지 않았으면 굶어죽었노라고. 전쟁의 공포에서 막 벗어나고 있을 때 거기에 도사린 것은 폐허와 가난뿐이다. 살아남은 자는 곧 다시 생존이란 다음 전쟁터로 투입되어야 했다. 그 전쟁도 만기가 있는 것이 아니었다. 하나를 넘으면 다음 전투장이 기다렸다. 생존전쟁은 그처럼 계속해서 치열하게 이어졌다.

그러고 보면 전후의 우리 역사는 전투 실험장인 것 같다. 모습과 형식이 조금씩 변형해간 전투장…… 언젠가 찬우는 말했다. 80년대는 민주화 투쟁을 정착시키는 시대였다고. 날마다 최루탄 가스로 자욱하던 서울, 학생들 데모로 걸핏하면 길이 막히던 거리…… 그것 역시 전쟁이었다. 수많은 사람들이 죽고 다치던 시절, 어쩌면 그 당시 학생 세대에겐 그거야말로 가장 격렬한 전쟁이었는지도 모르겠다.

그리고 얻은 것이 약간의 민주화, 그러나 그 뒤에는 더 처절한 전쟁이 기다리고 있었다. IMF, 그것은 갖은 전쟁을 치러가며 막 올라선 중산층, 그 지대까지 깡그리 무너뜨린 강도 높은 충격 전이었다.

사람들은 구멍난 국고를 채우려고 아이들 돌반지까지 갖다 바쳤고 텔레비전 연속극은 다시 6·25 전쟁 당시로 돌아갔다. 화려한 무대와 화려한 사람들의 이야기, 온통 천연색으로 범람하던 브라운관이 순식간에 50년대, 그 흑백 영상으로 돌아간 것과 같았다.

그래, 그랬다. 나에게도 IMF는 제2의 6·25 전쟁이었다. 부도 때문에 남편은 도망을 다니고 아이는 낙방으로 허덕이고 나는 그 충격을 이겨낼 수 없어 날마다 거리나 헤매고 다녔다.

나는 그만 고개를 젓는다. 나오던 입 속 한숨도 도로 삼키고 얼른 삼촌을 돌아본다. 그래, 그래도 난 이 삼촌보다 나았어. 내가 겪은 것은 남들도 다 겪은 전쟁이었지만 이 삼촌은 그보다 더 참혹한 것들이었어.

대구로 내려간 삼촌은 다락이 낀 좀 넓은 방을 얻었다. 다락은 자신이 차지하고 방엔 아이들 책상을 놓았다. 그리고 외할머니를 모셔왔다. 찬우, 동우를 거두어줄 사람이 필요했던 때문이었다.

할머니는 천성대로 아이들을 정갈하게 거두었고 그 아이들은 무럭무럭 자랐다. 이제 모든 식구들이 안정되어 갔다. 찬우는 도서관 신세를 지지 않아도 맘껏 책을 읽을 수 있었고 동우는 대구 아이들과도 금방 친해져 산으로 도심지도 내키는 대로 돌아다니며 열심히 새 지역 탐구놀이를 했다.

그 한두 해 동안 우리는 서로 만나지 못했다. 그러다가 외갓집 전 식구를 보게 된 것은 내가 결혼할 때였고 그때 대구에서도 모두가 몰려왔다. 할머니, 보야 삼촌 내외 그리고 찬우네 전 가족이었다.

그 중에도 찬우네 식구들은 모두 신수들이 훤했고 옷차림 또한 일행들과 어울리지 않을 만큼 세련되어 보였다. 특히 삼촌의 양복은 난생 처음으로 입었을 성싶을 만큼 고급이었고 그 어깨 또한 빳빳하게 각이 서서 나는 삼촌이 아닌 전혀 딴 사람이 집에 들어오는 줄 알았다. 엄마도 그랬던지 첫말부터 농담을 던졌다.

"난 또 다른 새신랑이 들어오는 줄 알았네."

결혼식 후 눈 때문에 신혼여행길이 막혔고 그래서 집으로 돌아왔을 때 남편은 삼촌과 함께 술상을 마주해야 했다. 그때도 삼촌은 어떻게나 점잔을 떨었는지 잠깐 밖에 나온 남편이 '당신 막내 외삼촌 직업이 교수냐' 고 묻기도 했다.

엄마는 삼촌의 그런 태도가 좋은지 두둔하는 표정이었으나 나는 속으로 킥킥거렸다. 그럼에도 자기 품성대로 살 수 있는 삼촌의 지금 처지가 고맙다는 생각은 했고 제발 그것이 영원하기를 빌기도 했다.

하지만 그것도 5년을 넘기지 못했다. 이젠 자기 터전을 찾고 안정되어간다 싶었는데 그것조차도 삼촌의 운이 아니었던지 그만 또 쫓겨나고 말았다.

그 즈음 우리는 화곡동에 살았다. 박정희 대통령이 덴마크인가에 가서 보고 우리나라에도 짓게 했다는 시범주택이었다. 25평이지만 아래 위층으로 되어 있고 지붕이 빨간, 예쁘고 깨끗한 연립식 주택단지였다.

그 집을 알게 된 사람은 남편이었다. 자기 출판사에 오는 가난한 시인이 꿈에라도 살고 싶어하는 집이 있다면서 어차피 엄마와 함께 살아야 할 처지라면 그런 집에 사는 게 좋을 거라고 했다.

그 말을 들은 엄마는 먼저 집이나 보러 가자고 했고 우리는 다 함께 그 집으로 몰려갔다. 이층에 큼직한 방이 두 개, 아래층엔 부엌과 거실 안방이 딸려 있었다.

집을 돌아본 뒤 가장 마음에 들어 한 사람은 엄마였다. 그러니까 엄마는 자기 혼자서 아래층을 다 쓸 수 있다는 것 때문에 흑석동 집 판돈을 다 내놓았고 차액은 남편이 보탠 것이었다.

우리는 그 집에서 행복했다. 남편은 소원이던 자영 출판사를 열게 되었고 나는 집에서 번역을 하며 출판사 일을 도왔다. 그 즈음엔 나도 번역가로서의 이름도 좀 알려져 있었고 또 내가 선택하고 번역한 텍스트는 별로 실패하는 일이 없었다. 그러니까 남편이 출판사를 일으키는 데는 나도 개국공신 역할을 톡톡히 한 셈이었다.

그날도 나는 번역을 하다가 졸음이 와서 잠시 환기도 할 겸 은수를 데리고 놀이터로 나갔다. 나는 아이를 그네에 올려놓고 힘껏 밀어댔고 아이도 신나는지 깔깔거리고 웃었다.

"엄마, 엄마, 내 신발……."

내가 너무 높이 밀었던지 아이의 신발이 모래바닥에 떨어졌다.

"그래, 주워주마."

내가 신발을 주워 아이에게 신긴 후 막 몸을 일으킬 때 맞은 편 길에서 웬 남자가 지나가고 있었다. 풍채는 눈에 익은데 검은 뿔테 안경에다 머리가 긴 것이 낯선 사람이었다. 나는 일별하고 그네 줄을 잡았으나 무엇 때문인지 다시 그 남자를 살피게 되었다. 작달막한 키에 양복차림의 뒷모습, 막내 삼촌이 틀림없었다.

나는 아이를 그네에서 내린 뒤 그 손을 끌고 서둘러 놀이터를 나갔다. 역시 삼촌이었다. 그는 저만치 앞에서 손에 든 주소를 보며 호실을 확인하고 있었다. 우리가 그 집으로 이사를 한 뒤 외삼촌의 방문은 처음이었다. 나는 반갑기도 하고 또 놀려주고 싶기도 해서 이렇게 소리쳤다.

"뭘 찾으시나요?"

내 목소리가 아주 높았던 것도 아닌데 삼촌이 주저앉을 듯이 놀라는 것이었다. 삼촌이 그렇게 놀라는 모습은 또 처음이라 오히려 내가 더 머쓱해졌다.

"우리 집은 그 다다음 집이에요."

삼촌은 비로소 안심을 하고 내 옆으로 다가들었다. 그리고 나직이 그야말로 속삭이듯이 물었다.

"그새 별일 없었제?"

"있지."

그때도 나는 농담으로 응했다. 한데 삼촌은 바짝 긴장을 하며 되물었다.

"무슨 일?"

"은수가 말문이 터졌다는 것⋯⋯."

그리고 나는 깔깔거리고 웃었다. 삼촌은 따라 웃지도 않고 천천히 엄마 안부를 물었다.

"누님은……?"

"요샌 당신 방에 신주단지까지 차렸어. 천지신명도 허공에 있으면 외로울 거라나. 그래서 가까이 모셔주는 거래."

전 같으면 '아이고, 그 천지신명님, 고만에 누님한테 잡히셨네' 라는 등의 익살을 펼쳤을 텐데 그날은 내 말은 귓전이고 자꾸 뒤만 돌아보았다. 게다가 엄마가 문을 열어주자마자 어린애도 있건만 서둘러 자기 먼저 안으로 들어가는 것이었다.

그래도 나는 속으로 이런 생각을 했다.

'오늘은 무슨 깜짝쇼를 하시려고 검은 뿔테 안경까지 끼고 오셨나요.'

내가 그런 생각을 한 것은 그가 본래 그런 사람이기도 했지만 그의 실직 따위는 상상조차도 못했던 때문이었다. 인생살이란 한때 곤란한 일을 겪더라도 일단 제 자리만 찾으면 그때부터는 안정권이라는 것이 내 믿음이었다. 그러나 엄마는 달랐다.

"아니, 찬우 애비가 우찌 별안간 연락도 없이 이렇게……."

동생을 맞아들이는 엄마의 목소리가 겉돌고 있었다. 불쑥 나타나서 놀라기도 했지만 뭔가 예감이 좋지 않았던 모양이었다.

"누님 방은 어딘기요."

"응, 이 아래층은 다 내 차지다."

"방으로 들어가입시더."

방에 들어가서야 삼촌은 비로소 안경을 벗었다. 그때 엄마가 걱정스레 물었다.

"니 눈이 나빠져서 안경을 끼나?"

"아입니더. 오다가 하나 샀습니더."

"눈도 안 나쁘다면서 와?"

"잡힐까봐요."

"잡히다니?"

엄마의 목소리가 별안간 툭 튀어올랐다. 삼촌이 대답했다.

"서울로 도망 올라꼬 고속버스 터미널로 나오는데 뉴스 방송에 내 이름하고 인상착의가 나온다 아닙니꺼. 그래서 안경부터 사 쓴 깁니더."

"방송에 니 이름하고 인상착의가? 도대체 니 지금 무슨 말을 하고 있노?"

"지가 마 지명수배자가 되었습니더."

"뭐, 뭐라꼬? 멀쩡한 동사무소 직원이 우찌 지명수배자가 된단 말이고?"

"이야기하자면 깁니더."

엄마가 눈치를 보냈다. 마실 것이라도 가져오라는 뜻이었다. 그 삼촌 일이라면 나도 엄마만큼 궁금했던 사람이라 얼른 우유 잔을 가져다준 뒤 벽에 기대앉았다.

삼촌은 달게 우유를 마신 뒤 자초지종 이야기를 시작했다. 수배된 죄명은 '공문서 위조'와 '범법자 은닉'이었다.

삼촌의 동 관할에서 군인 차와 민간인 차가 충돌을 했는데 가까이 파출소도 없고 해서 운전병이 동사무소로 찾아와 '현장검증'을 요청했다. 요지는 과실이 트럭 운전사에게 있으니 그걸 살펴보고 확인서를 작성해달라는 것이었다. 마침 모두가 바빴고 삼

촌만이 막 일손을 놓고 담배를 빼물던 참이었다. 계장이 삼촌을
지목했다.

"한 주사, 좀 나가보소."

그래서 삼촌은 토시도 벗지 않은 채 줄레줄레 운전병을 따라갔
다. 현장은 동회로부터 2백 미터 이상 떨어져 있는 왕복선 차도였
다. 거긴 지나다니는 차보다 서 있는 차가 더 많은 곳이었다.

저만치 앞에서 트럭과 지프가 세워져 있고 대위가 목소리를 높
여 트럭 운전사를 닦아세우는 중이었다. 트럭 운전사가 고개를
숙이고 있는 것이 한 번만 봐달라고 사정하는 것 같았고 그럼에
도 대위는 품위도 없이 쌍욕지거리로 몰아세우고 있었다. 삼촌은
거기서부터 기분이 나빴다.

"아, 가만가만……."

삼촌은 먼저 대위 입부터 막아놓고 충돌 부위를 살펴보았다.
지프는 앞 헤드라이트가 나갔고 트럭은 운전석 앞쪽 범퍼가 조금
찌그러져 있었다. 그러니까 트럭이 마주 오는 지프차 앞 귀퉁이
를 받은 모양이었다. 정황을 살펴보아도 트럭 운전사의 과실이 70
프로쯤은 될 것 같았다.

"당신이 잘못했구먼."

삼촌이 트럭 운전사의 잘못을 인정해주자 대위는 비로소 운전
병과 지프에 올랐다. 그리고 고개를 휙 돌려서는 명령조로 말했
다.

"데려가서 확인서 다 받아놓으시오. 우리가 공문서를 띄울 테
니 그때 그 확인서를 첨부해서 다시 올려 보내주시오."

"보소, 동직원은 군인들 시다바립니꺼?"

삼촌은 그 말이 울컥 치미는 것을 가까스로 삼키고 트럭 운전
사에게 말했다.

"당신도 차에 시동을 한번 걸어보시오."

차는 시동이 걸렸고 삼촌은 조수석에 올라타며 동회 앞으로 가
자고 말했다.

"옆에 차가 세워져 있어서 그랬습니다. 그 차에서 별안간 사람
이 내리는 바람에 그걸 피하려고 핸들을 꺾고 보니 바로 앞에서
지프가 오고 있었습니다."

운전사는 차를 몰면서도 계속해서 자기변명만 늘어놓았다.

"그럼 차를 세워야지……."

운전에 대해 잘 모르면서도 삼촌은 그렇게 나무랐다.

"세웠습니다. 하지만 너무 늦었습니다."

"아무튼 들어가서 확인서나 쓰시오."

동회 앞에 도착한 뒤 삼촌은 운전사를 앞세우고 안으로 들어갔
다. 삼촌은 먼저 양식서를 만들어 운전사 앞에 내밀었다.

"거기 시간, 날짜, 사건 개요, 이름, 주소 모두 쓰고 지장을 찍
으시오."

그때 새로 온 동직원 신참이 삼촌에게 도움을 요청했고 삼촌은
그 일을 봐주느라 운전사가 확인서를 쓰는 동안 참관하지 못했
다.

"여기 다 썼습니다."

한창 일을 도와주고 있을 때 운전사가 확인서를 다 썼다고 알

려왔다.

"거기 두고 가시오."

삼촌은 봐주던 일을 마저 끝내고야 확인서를 살펴보았다. 아뿔싸, 그 기록엔 빠져 있는 부분이 많았다. 차도 기종만 적혀 있고 넘버는 쓰지 않은 것이 의도적인 것 같았다. 면허증 기재 사항도 누락되어 있었다. 아차, 당했구나 싶었다. 순진해 보이던 운전사한테 당했다는 것이 더 괘씸했다. 삼촌은 재빨리 주소란을 살펴보았다. 다행히 주소는 기재되어 있었고 게다가 자기 관할 지역이었다.

삼촌은 상의를 걸치고 당장 주소지를 찾아 나섰다. 하지만 삼촌은 반신반의했다. 차 넘버까지 의도적으로 누락시켰다면 집 주소도 가짜일 확률이 컸다.

이때 엄마가 불쑥 끼어들어 물었다. 속이 타서 자초지종 듣고 있을 수 없다는 표정이었다.

"그러니까 그 망할 놈의 트럭 운전사 때문에 일이 이 지경이 되었단 말이가?"

"아입니더. 주소는 확실했고 또 집에 가니 그 사람도 거기 있었습니다."

"그런데 우째서……."

트럭 운전사는 집에도 들어가지 않고 그 앞에 쭈그리고 앉아 있었다. 집이라고 해야 빈민촌 지대 끝머리에 블록만 몇 장 올려 천막을 씌운 것이 완전 움막 같았다. 삼촌은 먼저 트럭부터 찾았다. 한데 트럭이 보이지 않았다. 그새 어디론가 빼돌린 게 틀림없었다. 삼촌이 다그쳤다.

"당신 트럭은 어디에 있소?"

"주인집에 갖다 났심니더."

"거긴 어디요?"

"쌀가겝니더."

"그럼 함께 가봅시다. 차 남바를 확인해야 되니까."

그러자 운전사는 별안간 삼촌의 옷자락을 잡고 애원하기 시작
했다.

"구마 내가 잘못했심니더. 날 잡아가시더라도 거긴 가지 마입
시더."

"이 사람 이거 순 억지잖아. 어서 일어나시오!"

"참말입니더, 내 이렇게 사정할끼요, 거긴 가지 마입시더."

그러니까 그 운전사는 오랜 실직 끝에 겨우 그 쌀가게에 취직
을 했고 자기가 하는 일은 시골에 가서 쌀을 실어 나르는 것이었
는데 그날도 영천으로 쌀을 실으러가던 도중 그렇게 되었다는 것
이었다. 운전사가 덧붙였다.

"오늘이 겨우 두 파수쨉니더. 그란데 구마 이런 일이……."

"그런 일 하고 차번호 확인하고 무슨 상관이란 말이오. 갑시다.
난 차번호만 확인하면 되니까."

"안 됩니더. 그러면 다 들통납니더."

운전자는 무면허자였다. 군에서 잠깐 배운 기술로 차는 끌지만
정식 면허증은 취득한 적도 없었다.

"이제 어차피 다 알게 되어 있잖소, 그러니 이참에 가서 다 애

기하시오."

"안 됩니더."

"당신이 뻗댄다고 해서 될 일이 아니오. 나도 바쁜 사람이니 어서 가서 확인합시다."

"주인이 트럭 상한 걸 알면……."

그 지경에도 운전사는 지프차보다 자기가 몰았던 트럭 파손을 더 우려했다. 그러니까 트럭 앞 범퍼가 찌그러진 것을 주인이 알면 출근 첫날 선월급조로 받은 쌀 두 말마저 도로 가져 오랄까봐 차만 몰래 가져다 놓고 이렇게 와 있다는 것이었다.

"당신 정말 어리숙한 사람이오. 그런다고 주인이 영영 모르겠소?"

삼촌이 말하자 운전사는 자기 머리를 잡아뜯으며 대답했다.

"그러면 노모님이랑 내 아들놈 다 굶는데 우짭니꺼!"

그때 방안에 누워 있던 병든 노모가 그 쌀자루를 끌고 나왔다.

"여기 있심더. 아 아범이 뭘 잘못했거들랑 이걸 다부 가져 가이소."

노모의 모습을 떠올리자 다시 가슴이 막히는지 삼촌은 내게 물 한 잔을 더 청했다. 내가 물을 떠오자 엄마가 구시렁거렸다.

"아들도 있다면서 그 집 각시는 뭐 하고? 요즘은 아녀자들도 도라지 까는 일이나 장갑 코 꿰는 일을 많이 한다던데, 그 일만 해도 정부미 값은 번다는데?"

"그 집 각시도 빠다야끼 타고 멀리 갔습디더."

그러니까 미끄러운 버터 바닥을 타고 달아나 버렸다는 이야기였다.

"그럼, 참말로 아이는 있고?"

어느새 엄마도 운전사가 만든 사건보다 딱한 사연에 휘말려들어 그렇게 묻고 있었다.

"예, 눈이 머루같이 까만 놈이 아빠 과자 사왔느냐고 졸라댑디더."

그리고 삼촌은 입을 다물어버렸다. 엄마도 더 이상 말이 없었다. 나는 그저 잠든 아이 머리카락만 만지작거렸다. 한참만에 엄마가 다시 물었다.

"그래서 그만 그 운전사를 놓친 것으로 서류를 꾸몄더란 말이제?"

"예……."

"그럼 그 운전사는 잘 달아난 것으로 처리되었고?"

"세상일이 그렇게만 되면 그래도 살맛나는 구탱이가 있겠지만도……."

"그럼 또 뭐가 잘못됐단 말인데?"

삼촌은 그날 돌아오면서 혼자 각오를 했다. 확인서를 똑바로 받지 않았다는 문책은 감수하겠노라고. 그렇다 해도 할말은 있었다. 세상 어떤 동직원이 그런 확인서까지 일일이 가르치거나 감시를 하면서 받아낸단 말인가. 더욱이 그건 자기들 소관도 아니었다.

하지만 삼촌은 여기서 한 가지를 놓치고 말았다. 그러니까 운전사에게 확인서를 다시 쓰게 하거나 아래에 적힌 주소를 미리

지워두었어야 했으나 그걸 잊은 것이었다.

그 일주일 후 공문서가 온 것이 아니라 대위가 직접 찾아와 확인서를 내놓으라고 했다. 그제야 자신의 방심을 알아차린 삼촌은 급한 김에 운전사가 쓴 주소를 지우고 그 밑에 자기 집 주소를 썼다는 것이었다.

"니 우째 그런 짓거리를 다 했단 말이고?"

엄마가 한탄을 했다.

"생각해보이소. 무면허면 보통 1년 이상은 삽니더. 상대는 더 군다나 원리원칙대로만 하는 군인 아닙니꺼. 그러면 그 노모캉 아들놈은 우찌됩니꺼?"

"그러면 진작에 주소까지 없는 것으로 해놓던지……."

"내 말이 그 말입니더. 그런 일이 생기면 꼭 귀신이 보자기를 씌운 듯이 온 정신이 덜렁덜렁 시소를 타니……."

"그러면 니가 그 지프차 박치기한 사람이 되었단 말이가?"

"아입니더. 지프 운전병이 미리 트럭 넘버를 다 적어놨습디더. 그래서 저그들이 트럭 찾고 사람 찾고 다 해뿌린 거지요."

"그래서?"

"그래서 결국 운전사도 잡혀가고 나는 또 무면허 운전사를 뺑소니 시킨 데다 그 주소까지 위조한……, 하여간에 죄명이 어마어마합디더."

"아이구, 무슨 놈의 팔자가……."

엄마가 거듭 탄식을 하자 삼촌은 또 아주 심각한 목소리로 이렇게 대답했다.

"맞십니더. 이런 운도 다 내 손바닥에 적혀 있었을 낍니더. 아니면 우찌 하는 일마다…….."

그때 아이가 깨어났고 나는 그만 저녁식사나 하자고 분위기를 돌렸다.

삼촌의 머리가 내 쪽으로 기울어져온다. 또 조는 모양이다. 앉아만 있으면 조는 것이 아이들 같다. 나는 깨워서 걷기라고 할까 하다가 그만두고 어깨를 좀더 편히 대준다.

강은 그새 한산해져 있다. 서핑 보트도 없고 오리형 물기구 두 대만 보트장으로 가는 중이다. 목덜미에 감겨오는 바람도 훨씬 선선해졌다. 나는 삼촌 이마에 머리를 걷어준다. 머리카락 속으로 송글송글 땀이 맺힌 때문이다.

그래, 피서하기에도 참 좋은 시간이야. 열대야가 시작되면 많은 시민들이 여기로 나와 밤잠을 청한다. 그리고 밤이고 낮이고 울어대는 매미소리. 그런 이변은 기후변동이나 공해 때문이라지만 강바람은 그래도 시원하다.

슬며시 또 대학동창이 떠오른다. 그는 지금 환경운동의 지도자다. 가끔 동창들에게도 유인물을 돌려 동참하라거나 사인을 하라고 했지만 나는 여태껏 보류해오고 있다. 만약 IMF 전 같았으면 내가 바로 그런 식품만 선호해왔으므로 무조건 찬성을 했을지도 모른다. 그것이 아무리 비싸도 상관없었다. 나만 먹을 수 있으면 되었고 또 먹을 수 있는 처지에 이르러 있었다. 하지만 내가 다시 서민의 위치로 떨어졌을 때 농약을 사용하건 말았건 싸게만 구입

할 수 있으면 되었다.

그랬다. 주린 창자는 고급을 고집하지 않는다. 우선은 먹고 연명하는 것이 당면과제였다. 비록 작은 독이 숨어 있다 해도 먹을 것이 그것밖에 없다면 먹어야 한다. 전쟁 직후 나우리의 필례 엄마도 그랬다. 그녀는 전쟁과부였고 남편은 머슴을 살다가 전쟁터에 나갔으므로 두 모녀에게 남겨진 것은 아무것도 없었다. 그들은 거의 굶다시피 했고 겨울이면 버려진 무청이나 무, 여름이면 이웃집에서 쉰 꽁보리밥을 얻어다 그것을 물에 씻어서 먹으며 하루하루를 연명했다. 그리고 결국은 살아냈다.

문제는 전에는 내가 이걸 염두에 두지 못했다는 것이다. 찬우가 집에 쳐들어와서 '절대빈곤자가 80만이나 되고, 좁은 단칸방에서 키 잠을 자는 사람들, 라면도 제대로 먹지 못하는 민중이 수없이 많은데도 누나는 호화 아파트에 살면서 죄의식은커녕 이것도 적당한 것이라느냐' 라고 홀닦았을 때도 '각자가 사는 방법이 다르다. 이게 내 인생이라면 가난한 사람들은 또 그들의 인생인 거다' 라고 큰소리를 쳤던 것이다.

그래, 나는 그런 사람이었다. 사람의 삶이 언제 어떻게 바뀔지 예상조차 못했고 따라서 어떤 계층이든 함께 살아야 한다는 찬우의 말 따위는 그야말로 풋내기의 염불로 들렸던 것이다. 그러다가 내 자신이 바닥으로 떨어졌을 때야 겨우 깨닫게 되다니.

인생이란 광장이 삶의 실행이 아닌 삶을 배우는 장소라고 그 누가 말했던가. 나는 어찌하여 주어진 상황을 배워서 행하지 않고 그저 누리려고만 했던가.

나는 천천히 고개를 돌려 강 건너편을 바라본다. 그곳은 흑석동이다. 얕은 산 뒤에는 찻길이 가로놓였고 그 너머 어디에 우리 집이 있었다. 그곳에서 떠나온 뒤 나는 한 번도 다시 가보지 않았다. 그런데 찬우는 서울로 되돌아오자마자 먼저 찾아가본 곳이 흑석동 그 집이었다고 했다.

"누나는 모르지? 집 부근 가게에서 우리가 과자를 훔쳤던 일을. 그것도 내가 망을 보고 동우를 시켰던 일을……."

전혀 상상도 못했던 고백이었지만 별로 충격적이지도 않았다. 왜냐하면 이미 내 아들 은수에게도 그런 비행을 본 탓이었다. 양친부모에다 외할머니의 사랑까지 받고 자란 은수도 다섯 살이 되자 아이들과 함께 가게의 과자를 훔쳤다. 은수에게 훔치도록 시킨 아이 역시 남의 집에 얹혀 사는 결손아동이었다.

문제는 그것을 양친이나 어른이 알게 되면 바로잡아줄 수도 있겠으나 그렇지 않고 방치되면 상습적이 될 것이었다. 하지만 우리는 어떤 가게 주인이나 이웃으로부터도 찬우나 동우의 비행을 항의받은 적이 없었다. 그렇다면 이 애들은 상습적으로 그런 짓은 하지 않았다는 증거다. 그 역시 얼마나 대견한가. 어린것들이 스스로 판단해서 자제해줄 수 있었다는 것이.

그래서 그때 나는 찬우의 그 고백을 이런 식으로 되받았다.

"그럼 비행 현장을 확인하기 위해서 흑석동에 갔더란 말이냐?"

"아니. 왠지 우리에겐 아직도 그 시절의 기억이 가장 강하게 남아 있어서……."

그랬겠지. 어미도 없이 고모나 누나의 집에 얹혀 살면서 날마다 겪었을 정신적 굶주림, 그리고 수없이 저지르고 싶었던 **비행**을 스스로 달래고 억제하느라 그 어린 감성들이 얼마나 뜨겁게 끓어댔을까.

그럼에도 마침내 대학까지 장학생으로 붙어주었다. 청소년기에는 애비마저 도피중이라 곁에 없었는데 그들 스스로 인생의 기초를 그렇게 잘 닦아준 것이었다. 게다가 찬우는 동우까지 잘 보살피는 어진 형이었다.

"누나야, 동우 글마 우짜는 중 아나? 어느 날 여식아와 놀아야겠는데 돈은 없고 하니 내한테 돈 백 원만 차용해 달라카는기라. 빌려달라는 것도 아니고 차용해 달라카이 내가 속으로 얼마나 우서웠겠노. 그래 내가 그게 무슨 뜻이냐고 물었더니 글마 하는 말이 언제 갚을지 자기로선 장담할 수 없으니 차용하는 거다, 이러더라카이."

나는 그때 속으로 이렇게 생각했다. 그 녀석도 제 엄마를 닮아 문자를 좋아하는군. 그러나 나는 그 녀석이 하는 행위는 전혀 밉지가 않았다. 삼촌이 우리 집에 숨어사는 동안에도 녀석은 제 형한테 당당하게 의지하면서 살았던 것이다.

형벌도 삶의 대가

그 다음날부터 삼촌의 숨어살기 놀이가 시작되었다. '놀이'라고 표현한 것은 삼촌의 숨어살기가 참 유별났던 때문이었다.

삼촌의 공포 노출은 극심해서 누가 벨을 누르기만 해도 깜짝깜짝 놀랐다. 늘 같은 시간에 오는 야쿠르트 아줌마의 기척에도 부리나케 이층으로 달아나곤 했다. 이층으로 와봐야 하늘로 솟아날 구멍이 있는 것도 아닌데 그랬다.

게다가 삼촌은 또 내 엄마와 떨어져 있는 일도 아주 싫어했다. 엄마가 시장에만 나가도 안절부절이었다. 마치 엄마의 치마꼬리만 놓쳐도 곧 정서불안에 빠져드는 마마보이 같았다. 그 증세가 좀 억지 같다 싶어 내가 물어보았다.

"삼촌, 엄마가 달아날까봐 겁나서 그래?"

"아니다. 그새 누가 올까봐 그렇지."

"내가 있잖아?"

"니는 이층에 있잖노. 니가 내려오기도 전에 그 사람들이 문을 따고 들어올지도 모를 일이고……."

"그럼 엄마가 없을 땐 이층에 와 있으면 되겠네."

그 말을 들었을 때 삼촌은 과장을 위해 그런 태도를 보인 것은 아니라는 생각이 들었다. 삼촌은 실제 초조와 불안 속에 살고 있었던 것이다.

어느 날이었다. 엄마가 연탄광에서 길다랗게 만들어둔 노끈을 발견했다. 그 노끈은 이사 올 때 책 박스를 묶었던 것으로 한데 뭉쳐 구석에 처박아둔 것들이었다. 한데 그것이 여러 가닥으로 꼬아져 긴 밧줄이 되어 있었다.

그걸 처음 발견했을 때 엄마는 소스라치듯 놀랐다. 삼촌이 목을 매달려고 그것을 만들어두었나 해서였다. 하지만 그것은 도주할 때를 대비해 그렇게 새끼줄처럼 엮어둔 것이었다. 만약 형사가 찾아오면 삼촌은 이층 뒷방 창으로 해서 그 밧줄을 타고 도망갈 참이었다.

엄마는 그런 삼촌이 딱하고 또 더 이상 그대로 내버려두면 안되겠다 싶었던지 점심식사 후 이렇게 물어보았다.

"용한 도인이 있다는데 내 거기에 갔다오까?"

"와요?"

"니가 언제까지 이렇게 숨어살아야 하는지 또 언제쯤 풀릴 것인지 좀 알아라도 보면 속이라도 시원할 것 같아서 말이다."

삼촌은 당장 고개를 저었다.

"갈 필요 없심니더. 내 이미 팔공산 도사한테도 들렀다 왔심니더."

"팔공산 도사한테? 니가 언제 거기까지 갔더란 말이고?"

"서울에 오기 전에요."

"그래, 그 도사는 뭐라 카더노?"

엄마는 삼촌들만 만나면 그저 사투리였다.

"그 말은 차마 맨입으로는 못 합니더."

"맨입으로 못 한다고? 어째서?"

"너무도 기가 막혀서요."

"그럼 술이라도 마시면 입이 열릴 것 같나?"

삼촌의 표정이 하도 심각해서 엄마가 그렇게 물어보았다.

"예, 그럴 것 같심니더."

엄마가 나한테 가서 소주 한 병 사오라고 일렀다.

"대낮에 무슨 술이야?"

그것도 숨어사는 주제에? 그 뒷말을 가까스로 삼켰다.

"가서 사 온나. 저도 집에만 있자니 얼마나 갑갑하겠노."

흥, 그러니까 술이 마시고 싶어서 팔공산 도사까지 들먹였단
말이지?

술을 사러 나가는 내 입에서는 욕지기가 절로 나왔다. 사실 그
즈음 삼촌이 불편하고 귀찮아지던 참이기도 했다. 남편 보기도
미안했다. 눈치가 있는 사람이라면 좀더 조신하게 굴어줘야 하거
늘 대낮에 술이나 챙기다니 그게 출가한 생질녀한테 삼촌으로서
할 태도인가 싶기도 했다.

어쨌든 나는 소주와 새우깡 한 봉지를 사다주었다. 엄마는 작
은 소반에 술상을 차리고 당신 방으로 들어갔다. 벨소리만 나도
놀라는 사람이라 방안에서 안심하고 마시라는 뜻이었다.

"니도 들어온나."

내가 머뭇거리자 삼촌이 그렇게 말했고 그다지 내키지 않았지만 나도 따라 들어갔다. 삼촌은 술 두 잔을 거푸 마신 뒤 나를 지그시 바라보며 말했다.

"보래, 내 니한테 미안케 됐다. 백서방 보기도 그렇고……."

마치 내가 자기를 못마땅하게 여겼다는 것을 알고 있기라도 하듯 그렇게 말했고 또 뒷 사설도 길었다.

"니 내가 밉겠지만 쫌만 참아도고. 우짜겠노. 나도 니 신세를 지기가 미안스러바서 여기 오기 전에 절에도 가봤다. 그란데 그 중들도 못 믿겠더라. 혹시 지서에 내려가서 나를 일러바칠지도 모르고……. 그래서 여기에 왔는데……. 니도 마, 니 팔잔기라 여겨라."

팔자라구? 그게 왜 내 팔자야? 삼촌은 나직이 한숨까지 쉰 뒤 뒤를 이었다.

"안 그렇겠나. 만약에 니 팔자에 이 아재비가 없으면 뭣 땀세 이 귀찮은 아재비를 자꾸 만나지겠노 말이다. 사람의 만남도 팔자에 없으면 안 생기는 일이고……."

흠, 술을 사오라고 한 것이 그 기운을 빌어 미안하다는 타령을 하려고 그랬구나, 그러니까 도사 이야기도 말짱 허풍이고, 응? 내가 그런 생각을 하는데 엄마가 삼촌 타령을 딱 잘라버렸다.

"쓸데없는 소리 그만하고 어서 그 이야기나 해라. 그래, 팔공산 도사가 뭐라 카더노?"

삼촌은 술 한 잔을 더 마시고도 다시 뜸을 들였다.

"누님요, 그 도사 참말로 용합디더."

"그래, 우찌?"

"내 사주팔자를 보더니 깜짝 놀랍디더."

"와? 뭐가 잘못 돼서 놀랜단 말이고?"

삼촌은 거듭 뜸만 들였고 엄마는 훈김이 달아 또 그렇게 보챘다.

"나는 살아 있는 사람이 아니라 캅디더. 벌써 죽어야 할 팔자였는데 살아 있다고……."

이때 엄마는 마뜩찮은지 자세를 틀었고 삼촌은 한탄조로 뒤를 이었다.

"그래서 내가 아무리 살아 있는 사람들 흉내를 내서 아등바등 살아보려고 애를 써도 그게, 글씨, 동티란 놈이 늘 튀어나와 딴죽을 건다 캅디더."

그 말은 진실이었을지도 몰랐다. 그러나 엄마는 무척 기분이 나쁜지 화부터 냈다.

"그 도사 참 방정맞네, 우찌 산 사람한테 그런 말을 다 하노."

"그 도사 말 다 맞심니더. 왜냐하면……."

다시 뜸을 들였고 우리는 숨을 죽였다. 마침내 삼촌이 본론을 툭 털어냈다.

"……내는 벌써 전쟁 때 죽었을 목심이었습니다. 그때 내가 안내자로 따라갔을 때…… 참말입니더, 그때 도저히 살아올 수 없었는데……."

엄마는 입을 다물었고 삼촌은 술잔을 기울였다. 한참만에 엄마가 물어보았다.

"그라믄 언제까지 숨어 있고 언제 풀릴지도 모른단 말이네?"

그때 삼촌이 손바닥을 내밀며 대답했다.

"그 도사가 이 손금을 보자 캅디더."

"손금은 또 와?"

엄마의 목소리엔 지레 겁이 묻어 있었다. 또 무슨 엄청난 이야기가 손금으로 튀어나올지 몰랐던 때문이었다.

"사주에 없는 것이 손금에는 있을 수 있고, 손금에 없으면 족금에서도 찾아보는 게 도사가 하는 일이라 캅디더."

"족금이라카믄 발바닥 말이가?"

"예, 거기도 팔자 금이 있다 캅디더."

"그래서?"

"하여간에 그 도사가 내 손금을 구석구석 훑어봅디더."

"그래, 팔자에는 없는 것이 그 손금에는 좀 있다 카더나?"

엄마는 삼촌의 운이 아니라 이제 그 운세 보는 방법에 홀려드는 것 같았다. 그래서인지 얼핏 보기에 삼촌이 운세를 봐주는 도사고 엄마가 그걸 물으러온 사람 같기도 했다. 게다가 삼촌은 입맛까지 쩝 다시며 대답했다.

"예, 곳곳에 사신이 발동하지만 그래도 살아는 진다 캅디더. 그러이까 잘만 숨어 있으면 아주 가늘지만 그래도 살 귀퉁이는 만나진다 캅디더."

엄마는 안도의 숨을 쉬었다. 삼촌도 따라서 한숨을 쉬며 덧붙였다.

"우짜겠습니꺼. 내한테 새끼들이 있는데 실낱같은 것이라도 부여잡고 봐야지요, 안 그렇습니꺼, 누님."

"……."

"그러이 누님, 이 동생이 성가시더라도 쫌만 참아 주이소."

"누가 니를 성가시다 캤나?"

엄마가 얼른 대답했다. 그때쯤 나의 욕지기도 거짓말처럼 사라졌다. 참 이상했다. 삼촌이 한 번씩 그런 말을 할 때마다 마음의 찌꺼기는 깨끗이 녹아버리는 것이었다. 흑석동에 살 때 아이들 곁에서 새우잠을 자는 것을 보고 그간의 경멸감이 지워져갔듯이 그때도 미운 생각이 그렇게 사라져버렸다.

어쨌든 삼촌은 이야기를 끝내고 술병을 들었다. 술은 바닥에 차 있었다. 삼촌이 그 술병을 통째 입으로 가져 갈 때 현관에서 벨 소리가 울렸다.

삼촌은 깜짝 놀라더니 술병을 놓고 부리나케 엄마의 장롱 문을 열었다. 여차하면 안으로 들어갈 태세였다. 엄마가 서둘러 현관으로 나갔다.

"또 고지서네요."

엄마가 좀 높은 목소리로 그렇게 말했다. 그 말은 방문자가 집배원이니 안심하라는 신호였다. 그제야 삼촌도 장롱 문짝을 도로 닫고 제자리에 와 앉았다.

그 동안 삼촌은 방문자가 있을 때마다 장롱 속으로 들어갔던 모양이었다. 엄마는 또 현관에 나가 크게 말하는 것으로 방문자의 안전 유무를 알리면서 서로 신호를 주고받았던 것 같았다. 엄마가 집에 없으면 삼촌이 그처럼 불안해했던 까닭도 거기 있었다. 우리에겐 무심히 흘러가는 시간도 삼촌에겐 공포와 초조의 연속이었던 것이다.

그럴 수도 있었을 것이다. 삼촌이 진실로 자신의 삶이 산 사람의 흉내를 내고 있는 것으로 믿었다면, 그 흉내에도 늘 동티가 따른다고 단단히 믿고 있었다면 매 순간 초긴장 속으로 자신을 그렇게라도 몰아넣어야 했을 것이다. 다른 사람 눈에야 어떻게 보이든 말았든 그 역시 당신의 방법이었을 것이다.

삼촌의 그런 불안증으로 인해 고달파진 것은 엄마였다. 대구 아이들이 궁금해도 절대로 집에서 전화 거는 일이 없었다. 꼭 엄마를 시켜 우체국 전화를 이용했는데 그 이유는 대구 자기 집엔 도청장치가 되어 있을지도 모른다는 것 때문이었다.

내가 이 말을 남편에게 들려주었을 때 그는 '동직원의 부정행위로 그 집에 도청장치를 할 만큼 우리나라가 한가하지도 부자도 아니다' 라고 말한 후 픽 웃었다. 그러니까 삼촌은 과대해석증 환자라는 뜻이었다.

이상한 것은 남편이 그렇게 평가할 때면 나도 당장 그 편이 되어 '삼촌은 별로 큰일도 아닌 것을 가지고 스스로 그 공포의 바위를 부풀리고 또 그걸 밀어 올리느라 낑낑거린다' 고 단정해버리는 것이었다.

이렇듯 삼촌에 대한 나의 감정은 수시로 잘 변했지만 그러나 엄마는 전혀 그렇지가 않았다. 언제나 그 시중을 들어주었고 날마다 더 지극정성이었다. 대충 무시할 수 있는 부탁도 그냥 넘어

가는 법이 없었다. 그저 시키면 시키는 대로 그 요구를 다 받들어 주었다. 마치 늦게 난 막둥이 아들 시중드는 격이었다.

"누님, 어서 우체국에 갔다오이소."

그러면 엄마는 곧 우체국으로 나가 전화를 걸고 돌아왔다. 삼촌은 엄마가 현관으로 들어오자마자 '뭐랍디꺼?' 하고 물었고 엄마는 '어제도 형사가 다녀갔다더라' 라고 대답했다.

"아이들은요?"

"걱정마라더라. 니 형이 잘 보살피고 있다고."

이젠 보야 삼촌이 그 아이들 생계를 떠맡고 있었다. 엄마는 '할머니가 그새 모아둔 돈으로 아이들 학비는 대고 있다더라' 고 내게 귀띔을 해주었지만 그 돈도 오래 가진 않을 것은 누구라도 짐작할 수 있는 일이었다.

엄마는 그저 삼촌을 안심시켜주고 싶어했지만 나는 그렇지 않았다. 숨어 있는 시간에 하다못해 도라지라도 까게 하는 게 생산적이라는 것, 아녀자들의 일이라 정부미 값밖에 못 번다 해도 그나마 안 하는 것보다 낫다는 생각이었다.

아무튼 두어 달 후 엄마가 우체국에서 물어온 소식엔 좀 변화가 있었다. 그날은 좀 상기된 얼굴로 돌아와서 대뜸 이렇게 말했다.

"보래, 요새는 형사가 아니 온다더라."

"기소가 중지된 것이지요."

삼촌이 다소 안심하는 얼굴로 대답했다.

"그럼 이제 괜찮다는 것 아니냐?"

엄마의 표정은 더 밝아졌으나 삼촌은 그저 덤덤하게 말했다.

"대구에서는 날 못 잡을 것 같으니까 기소를 중지시킨 겁니더. 하지만도 또 무슨 벼락이 떨어질지 알 수 없는 일이니 더 두고 봐야지요."

벼락은 다른 데서 떨어졌다. 그 며칠 후 대통령이 죽은 것이다. 그때가 1979년 10월 26일이었다. 삼촌은 여기에 더 겁을 먹었다. 엄마를 앞세우고 밤에 잠깐씩 나가던 산책도 아예 중단한 채 밤이고 낮이고 방에만 틀어박혀 있었다.

벽에 기대앉아 천장만 바라보는 그 모습 또한 가관이었다. 희끗희끗한 곱슬머리가 길 대로 길어 귀신 같은데도 이발소조차 가려들지 않았다.

그 사이 사회는 또 사회대로 제멋대로 돌아가고 있었다. 전두환 장성이 통수권자가 되면서부터 사회 전반의 흐름이 역류하기 시작했다. 그 역풍에 된서리를 맞은 곳은 특히 출판사였다. 아무 책이나 낼 수 없는 것은 물론 반드시 사전 검열을 받았고 그나마 출판시장마저 마비가 되어 군소 출판사는 문을 닫는 곳이 많았다.

내 남편도 피해가 컸다. 어려움이야 견디면서 버틸 수 있는 사람이었으나 엉뚱하게도 영업정지처분을 받은 것이었다. 그것도 남편이 출판사를 인수할 때 함께 받았던 지형 때문이었다. 내용은 나치와 싸우던 젊은이들이 처참하게 죽어간 이야기였다는데 우리는 그런 것엔 관심도 없을 뿐더러 훑어보지도 않았다. 그런데 어느 날 갑자기 창고 급습을 받았고 그들은 구석에 처박혀 있는 잔여분 몇 권을 수거해가면서 그런 처벌을 내린 것이었다.

"3개월이니까 괜찮아. 다시 시작할 수 있어."

남편은 그렇게 말했으나 3개월이 어디 하루 이틀인가. 그간 한 남자가 집안에 버티고 있는 것만도 숨이 막힐 지경이었는데 이제 두 남자가 각자 아래 위층을 차지하고 진종일 뭉기적대겠다는 뜻이다.

그 즈음 내 인내의 물잔도 한계선에 이르러 있었다. 언제나 단 한 방울의 물이 잔을 넘치게 한다면 출판사 영업정지처분은 열 방울쯤 되는 물이었다. 무엇보다도 나는 수입이 없다는 것을 견디지 못했고 출판사 영업정지는 곧 수입원이 끊겼다는 뜻이며 따라서 내 몸은 그 전체가 견딜 수 없는 기운으로 철철 넘치는 지경에 이른 것이었다.

나는 남편에게 걸핏하면 화를 냈고 짜증을 부렸다. 또 머리를 박박 쥐어뜯기도 했다. 공원으로 가든 어디로 가든 제발 좀 나가달라고 소리치기도 했다.

그러다가 어느 날 불쑥, 그렇게 나가줘야 할 사람은 남편이 아닌 삼촌이라는 생각이 술병 마개처럼 펑 터져나오는 것이었다.

'그래, 삼촌 당신이 나가야 해. 은수 아빠는 그간 힘들었잖아. 그러니 집에서 쉬게 하고 당신이 공원이나 산으로 나가, 거기서 시간을 보내다 와. 제발 내 눈에서 좀 벗어나 줘.'

나는 아래층을 내려갔다. 힘들지만 이젠 그런 이야길 해야 할 차례였다. 안면이 받치지만, 직접 그런 얘길 하기가 쉽진 않지만 그러나 더 미룰 수는 없어, 그렇게 마음을 다지기도 했다. 그래,

아주 나가라는 것도 아닌데, 외출만이라도 하라는 건데 삼촌도 크게 마음 상해하지는 않을 것이다.

내가 그런 생각을 다지며 계단으로 내려서는데 먼저 보인 것이 열려 있는 화장실 문이었다. 엄마가 삼촌을 변기 뚜껑 위에 앉혀 두고 머리를 잘라주는 중이었다. 머리를 자른다는 것은 외출하겠다는 뜻이지만 삼촌에겐 반드시 그렇지도 않을 수 있다는 생각에 나는 시큰둥하게 물어보았다.

"웬일이야, 머리를 다 자르고?"

"삼촌 일 나가기로 했다."

엄마가 대답했다. 일을 나간다? 외출도 아닌 일?

"무슨 일?"

내가 다시 물어보았다.

"포장마차 하기로 했다. 지금 나가서 리어카를 살 생각이다."

삼촌이 포장마차를? 점잔 좋아하는 사람이 어찌 그런 생각을 했지? 궁금해서 내가 또 물어보았다.

"그건 누가 생각해낸 아이디어야?"

"니 삼촌이 뭐든 하겠다고 해서 내가 먼저 남대문으로 나가보았다. 리어카와 장소까지 살 수 있더구나. 그래서 니 삼촌이 나가보고 마음에 들면 오늘 계약하기로 했다."

보나마나 엄마가 설득했을 것이다.

'이렇게 시간을 죽이느니 움직여라, 큰놈이 곧 대학을 가지 않느냐, 잡힐 때 잡히더라도 움직이는 것이 네가 할 일이다…….'

그리고 또 엄마는 말했을 것이다.

'장사 밑천은 내가 대마……'

그랬다. 엄마는 그날 그 계약금을 위해 당신의 비축금까지 헐어다 두었던 것이다. 그 돈은 흑석동 집을 팔았을 때 따로 떼놓으며 나에게 말했다.

"사람일은 알 수 없다고 만약 내가 큰 병에 걸리면 그때 이 돈을 써라. 또 만약 복을 받아 곱게 죽을 수 있다면 내 수의를 하얀 모시로 입혀라."

죽을 때는 깨끗한 옷을 입고 저승에 가고 싶었던 엄마, 이승에서 받았던 모든 궂은일들을 그렇게 다 떨어버리고 싶었을 텐데 이제 그 돈을 동생에게 내놓은 것이었다. 나는 괜히 심술이 나서 또 지싯거렸다.

"삼촌은 형사 무서워서 어떻게 밖에 나간데?"

"이제는 그런 것 안 무섭다. 또 이것저것 가릴 처지도 아니고."

뜻밖에도 삼촌이 그렇게 대답했다. 엄마가 뒤를 이었다.

"그럼 어쩌냐. 발등에 불이 떨어졌는데."

그 말은 이제 보야 삼촌이 더 이상 찬우네를 돌볼 처지가 아니라는 뜻이었다. 그 즈음 보야 삼촌 또한 사고를 내서 운전 정지를 당한 처지였다.

아무튼 그날 그들은 계약을 했고 이튿날부터 당장 장사를 시작했다. 처음은 도와 줄 생각만 했던 엄마는 아예 팔을 걷어붙이고 함께 나섰다.

이때 엄마는 정말 작정한 사람 같았다. 여기저기 문의해서 홍합 삶는 법을 배우고 스스로 창작까지 해가면서 음식 만드는 일에 전념을 다했다.

"홍합은 먼저 설 끓이다가 그 물은 버리고 다시 물을 부어 옅은 불에서 오래도록 슬슬 끓여야 한다. 다진 마늘은 조개 밑에 깔아야 하고 그때 마늘을 넉넉히 깔수록 진하고 시원한 맛이 우러난다."

엄마는 자신이 터득한 조리법을 나에게 자랑하기도 했다. 말하자면 힘든 것보다 보람을 느끼는 듯했다.

어쨌든 두 사람은 열심히 그 일을 했다. 아니 완전히 일에 미쳐버린 사람들 같았다. 장사 시간을 연장하느라 번번이 막차를 놓쳤고 그러면 보관소 주차장에 구겨 자면서도 일에만 매달렸다.

낮에는 남대문시장 안에서, 밤 시간은 거리로 나와서 장사판을 벌였다. 아침 아홉 시에 집을 나가면 먼저 시장을 보고 그 다음 엄마는 바쁘게 감자와 오뎅 국물을 내고 김밥을 말았다. 그리고 점심때가 되면 삼촌은 멀리 있는 생선 좌판대까지 김밥이며 오뎅 국물을 배달했다. 장사가 끝나면 찻길을 건너 주차장에 리어카를 보관시켰고 막차를 타려고 시청 앞까지 뜀박질을 하기도 했다.

그들은 그렇게 합심을 해서 아이들 생활비를 보냈다. 내가 엄마 건강이 걱정이 되어 이제 삼촌에게 맡기고 손을 떼라고 하면 엄마는 대답했다.

"찬우 대학자금을 모으는 중이다. 그것만 되면 나도 쉴란다."

엄마의 사랑 방향은 막내삼촌일까, 아니면 찬우, 동우일까. 난 모르고 있었지만 내가 시골에서 자랄 때 삼촌에게 자전거를 사준 사람도 엄마였다. 삼촌을 고등학교까지 공부를 시킨 사람도 당신이었다.

내가 엄마는 영영 사라진 존재라고 믿고 있던 그 어린 시절 자기네들은 그렇게 서로 연락을 취하고 있었던 것이다. 그래서 두 사람의 관계가 형제라기보다 점점 부모 자식 같아졌는지도 몰랐다.

나는 이때서야 엄마라는 사람을 좀더 깊이 들여다볼 수가 있었다. 엄마가 자기 인생에서 가장 확실하게 터득해낸 것은 극복이고 극복해내는 힘이었다. 군인에게 그런 일을 당하고도 맞춤한 새 남편을 얻을 수 있었던 것도, 그 남편과 한가족으로 묻으면서 나를 끌어들인 것도 엄밀히 따져 극복 뒤에 얻어낸 결과였다. 그런데 삼촌은 그 극복의 방식이 너무 서툴고 혼자 버려두면 도저히 매듭이 지어질 것 같지 않아 엄마는 몸소 그렇게 삼촌의 삶 속으로 뛰어든 것인지도 몰랐다.

그해 겨울 방학 때였다. 찬우가 밤 열차를 타고 올라왔다. 그날 따라 삼촌과 엄마는 일찍 집을 나갔고 나도 일을 하기 위해 은수를 유아원에 데려다주고 막 돌아오는 길이었다.

웬 청년이 우리 집 앞에 서 있었다. 찬우였다. 처음 제 아빠가 그랬듯이 그 녀석 역시 연락도 없이 불쑥 나타난 것이었다.

"아니 이게 누구야?"

사실 첫 순간 나는 '무슨 일로 갑자기 왔을까' 하는 기우도 없지 않았다. 그러나 녀석은 그새 몰라보리만치 자라 완전 청년 모습인데다 빙글빙글 웃기까지 해서 내 걱정은 일시에 사라졌다.

"누나는 그새 내 얼굴도 잊아부렸나?"

말투까지 완전히 경상도 사투리였다.

"어쭈, 말씨도 그렇고 너 정말 많이 변했다. 아니 징그럽게도 컸다."

집안으로 맞아들이며 내가 말했다.

"내가 그렇게 징그러버 비나?"

녀석이 되물었다.

"말이 그렇다는 거지 뭐. 한데 온다면 온다고 미리 연락이라도 해야 하는 것이 순서가 아냐?"

"그러면 괜히 신경 쓰실 거 아이가."

"누가?"

"아부지가. 그래서 조용히 와서 만나 뵙고 가려고 그랬지."

그제야 나는 녀석이 무슨 일로 왔는지 궁금해졌다.

"너 이제 입시반 아냐? 그러면 하루가 아쉬울 텐데 이렇게 장거리 여행을 해도 돼?"

"그래서 왔다 아이가. 아부지랑 대학 문제를 상의하려고."

나는 '너 대학 학자금 적립중이다'라는 말을 할까 하다가 그만두었다. 녀석이 제 아빠와 상의하고 싶은 것은 등록금뿐만 아니라 대학 선택도 있을 것이었다.

"아빠는 자정에야 돌아오신다. 너도 밤차 타고 왔다면 피곤할 텐데 그새 좀 자둘래?"

녀석이 고개를 저었다.

"만나 뵙고 곧 가야 된다. 겨울방학 동안 절에서 공부하기로 약속을 해둬서……."

그리고 당장 아빠 일터로 가자는 것이었다. 나도 말만 들었지 가본 적이 없었다. 엄마가 만일을 대비해 가르쳐준 약도는 신세계 아래서 남대문로로 내려가면 육교가 있고 그 육교 건너편이 주차장이 있다. 거기가 보관소며, 장사는 남대문시장으로 좀 들어가면 신세계 뒤편에서 한다는 것뿐이었다.

"그래, 나도 잘 찾을 수 있을지 모르겠다만 하여간에 가보기나 하자."

버스를 타고 가는 동안 녀석은 동우와 할머니에 대한 야기를 했다. 할머니가 자주 편찮으시다는 이야기를 할 땐 소년의 얼굴이 늙은이처럼 심각해졌고 동우의 얘기를 할 땐 제가 무슨 아빠나 되는 듯이 흐뭇한 미소가 감돌았다.

"누나야, 동우 글마 어릴 때부터 여자 디게 밝혔다 아이가. 2학년 때 저그 여선생도 좋아하고⋯⋯. 근데 글마 4학년 때 우쨌는 중 아나? 어느 날 여학생을 집에 델고 온 기라."

"집으로? 흑석동에서 살 때도 그러더니."

"여학생은 집 앞에 세워놓고 나한테 와서는 돈 백 원만 차용해달라는 거라. 빌려달라는 것도 아니고 차용해달라카이 내가 속으로 얼마나 우서웠겠노."

"그래서?"

"그래서 내가 물었지. 차용해달라카는 것은 무슨 의미고? 그랬더니 녀석이 언제 갚을지 자기로선 장담할 수 없으니 차용하는 거다, 이러더라카이. 어디서 그런 말은 주어들었는지⋯⋯. 하여간에 내가 또 물어봤다 아이가. 백 원은 어디다 쓸라꼬?"

"그 여학생하고 쓸려고 그랬겠지."

내가 얼른 응수했다.

"그건 뻔하다만 하는 말이 또 '응, 데이트 자금이 필요하다' 이런다 아이가. 초등학교 4학년짜리가 말이다. 그넘아 보내놓고 내혼자서 배터지게 웃었다."

"그래, 돈은 줬구?"

"안 주면 우짜노? 여학생 앞에서 글마 체면은 세워줘야지."

찬우는 제 동생한테도 참 어진 형이었다. 스스로는 아까워 한 푼도 쓰지 못하면서 동생을 위해서는 늘 비상금을 비축해두기도 했다. 형은 동생들에게 다 그런 마음이라지만 찬우는 엄마가 없어서 더욱 그렇게 동생을 챙기고 싶었을 것이다.

우리는 버스에 내려 먼저 신세계 뒤편으로 가보았다. 너무 일렀던지 그 어떤 포장마차도 나와 있지 않았다. 다시 장터 골목을 빠져나가 육교를 찾아보았다. 30미터쯤 아래쪽에 육교가 있었다.

우리는 육교로 올라섰고 나는 곧장 앞서 걸어갔다. 한데 한참 가다보니 찬우가 따라오지 않았다. 돌아보니 녀석이 육교 중간쯤 난간에 붙어 서서 아래를 내려다보고 있었다.

녀석이 무엇을 보는지 궁금해서 나도 곧 난간으로 다가갔다. 아래를 내려다보니 차만 쌩쌩하니 달리고 있었다. 오른쪽으로 고개를 돌려보니 거기에 한 남자가 리어카를 밀며 지나가고 있었다. 삼촌이었다. 삼촌은 달려오는 차들을 피해 마치 곡예를 하듯이 뛰고 있었다.

반백의 긴 머리가 늙은 말의 갈기처럼 이리저리 바람에 따라

펄럭이고 누비 솜 잠바의 뒷등은 바람에 부풀어올라 흡사 곱추 같았다. 바짓가랑이조차 둥둥 걷어올렸고 그 사이로 내복도 없이 드러나는 맨살, 그리고 털럭거리며 끌리고 있는 검은 털신……. 독일 화가 콜비츠가 그려둔 '중국의 쿠리' 그 보다 절박하고 남루한 모습이었다.

나는 눈을 감아버렸다. 그 모습이 차마 눈뜨고 볼 수 없어서가 아니라 바로 그때 차가 위태하리만치 삼촌 가까이서 지나간 때문이었다. 다시 눈을 떴을 때 삼촌은 용케도 그런 차들을 피해갔고 그럴 때마다 마치 춤을 추는 사람 같기도 했다.

내가 손에 땀을 쥐고 있는 사이 마침내 삼촌과 리어카는 건너편 인도에 닿았다. 삼촌은 잠깐 멈춰 서서 머리를 쓸어 올리고 걷어붙였던 바지 가랑이를 내렸다. 그리고 앞을 한 번 살펴본 뒤 유유히 골목 안으로 사라져갔다.

나는 비로소 찬우 쪽을 돌아보았다. 그때 녀석의 등은 오열로 물결치고 있었다. 난간을 잡고 꼼짝없이 서서 찬우는 그렇게 울고 있었던 것이다.

나는 삼촌이 그간 그런 식으로 살아온 것이, 그 겹보가 날마다 그런 전투까지 치르고 있었다는 것만 그저 놀라웠는데 찬우는 그 사람이 제 애비라고, 제 아버지가 너무도 가엾고 불쌍해 보여 그렇게 절절히 울고 있었던 것이다.

내가 다가가 잔등을 토닥이자 녀석이 눈물을 거두고 말했다.

"누나, 나 이만 돌아가겠어."

"어디로?"

"대구로."

"그래도 아버진 만나보고 가야지."

"아부지한테…… 내 왔다는 말 하지 마라……."

녀석의 목이 다시 매였다.

"그래도 그러는 게 아니야. 아빠 얼마나 널 보고 싶어했는데……."

"누나도 그만 집으로 가거라. 그리고…… 저녁에 아부지가 오시더라도 내가 왔다는 이야기는 하지 마라."

그래 놓고 녀석은 휙 등을 돌렸다. 그런가 했더니 다시 돌아서서 당부했다.

"내가 아부지의 그런 모습 봤다는 이야기는 절대로 하지 마라. 만약 아부지가 그 사실을 알면 난 다시 누나 안 볼 끼다."

그리고 찬우는 등을 돌려 뛰기 시작했다. 녀석이 육교를 내려가 서울역 쪽으로 달려갈 때까지 나는 육교 위를 떠나지 못했다.

어둠이 묻어오고 있다. 나는 삼촌을 깨운다.

"삼촌 집에 가서 잡시다."

삼촌이 머리를 들며 말한다.

"여기가 시언타. 난 고만 여기서 잘란다."

"삼촌. 난 삼촌과 이야기가 하고 싶은데 삼촌은 잠만 자고 그래요."

내가 일부러 투정을 부려본다.

"으, 그럼 이야기해라. 내 자면서 들을꾸마."

삼촌은 잠을 너무 많이 잔다. 먹으면 자고 앉으면 잔다. 엄마도 돌아가시기 전에 끝없이 잠을 잤다. 그러다가 가끔씩 깨어나면 신주단지 앞에 가서 당신의 천지신명께 빌었다.

"노망들지 않게 해주소서. 반신불수 되지 않게 해주소서. 새끼한테 짐이 되지 않게 해주소서. 내가 잠들면 부디부디 그때 데려가소서……."

그리고 다시 자리에 가서 누웠다.

엄마는 엄마의 소망대로 잠결에 돌아가셨다. 그러나 그때 나는 모시 수의를 마련하지 못했다. 남편은 도망을 다닐 때였고 비축해둔 돈도 없어 장례비마저 아득할 때였다. 그때 이 삼촌이 달려왔고 그가 싸온 보자기 속에는 고운 모시 수의가 들어 있었다.

다시 가슴이 저며온다. 그래도 이 삼촌은 누님의 공을 갚았구나. 포장마차 장사 밑천이 되었던 그 수의 값을 정말로 수의로 갚았구나.

나는 삼촌을 두들겨 깨운다. 자지 마, 그렇게 자는 것은 죽음 연습이래. 엄마도 그러다가 영영 가버렸어. 삼촌은 아직 그 나이가 아냐. 엄마만큼이라도 살다 가야 해. 칠십은 넘겨야 해. 그래야 찬우 가슴에 못을 박지 않는 거야. 찬우가 어떤 녀석이라는 걸 삼촌이 더 잘 알잖아? 육교 위에서 제 아빠의 그런 모습을 보고 그 녀석이 해낸 걸 봐. 국립대학에 척 붙고 장학금까지 받았잖아? 다시는 제 아빠를 그런 위험한 일에 내몰지 않겠다고 이를 악물고 공부를 했다잖아? 제 엄마한테 문전박대를 당했을 때도 제 아빠 걱정을 했던 녀석이 아냐? 어떤 아들이 지 애비를 그토록 사랑

할 수 있어? 당신은 당신의 인생이 실패투성이고 건진 것이 하나
도 없다지만 그래도 사랑법 하나는 제대로 심어주었잖아. 그러니
까 찬우한테 어리광을 부려도 돼. 녀석은 그걸 기꺼이 받아들이
고 즐기기까지 해. 그러니 오래오래 살면서 가슴에 쌓인 얼음집
을 하나하나 녹이고 가. 아내가 없어 외로웠던 나날들, 남몰래 싸
였을 그 헛헛함도 이제 아들에게 어리광처럼 다 풀어내.

"삼촌 일어나라니까!"

나는 빽 소리를 지른다.

"야가 와 이리 성가시럽게 하노? 내 잠 좀 자자 안 카나?"

"삼촌, 저기 매점에 가서 커피 한 잔씩 하자. 아니면 시원한 맥
주도 있을 텐데, 응?"

삼촌이 마지못한 듯 부스스 고개를 든다. 나는 안심을 한다. 그
래, 아직 죽을 때가 가까운 건 아니야. 치매가 걸리고도 오래 사
는 사람도 많은걸. 더욱이 이 삼촌은 제 정신을 다 놓은 것도 아
니다.

나는 삼촌을 이끌고 매점으로 향한다.

흐르고 멈추는 물결

82년, 이 한 해 동안 네 건의 큰 일이 있었다. 두 건의 축복과 두 건의 죽음이었다. 성격이 전혀 다른 이 사건들은 한 가지씩 번 갈아가며 찾아왔고 그래서 마치 '멈춰야 할 것과 새로 흘러야 할 것'에 대한 인생 정의를 그렇게 내리는 것도 같았다.

먼저 터진 것은 영광의 축포였다. 그것은 찬우가 쏘아 올렸으며 정초 벽두를 멋지게 장식하는 일이었다. 녀석이 대학에 합격한 것이었다.

이때 삼촌은 환호를 지르지도 기쁘다고 울먹이지도 않았다. 그저 엄마의 신주단지 앞에 꿇어앉아 한 시간 동안이나 똑같은 말만 되풀이했다.

"고맙습니더. 고맙습니더."

천지신명도 부처님도 찾지 않았다. 오직 그 말만을 하더라고 엄마가 내게 귀띔해주었다. 장학금까지 받게 되었다는 그 소식은 가난한 아빠에겐 확실히 최상의 선물이었을 것이다. 그래서 삼촌은 그 누구도 아닌 아들, 직접 선물을 안겨준 그 아들에게 그렇게 감사를 하고 있었는지도 몰랐다.

나 역시 그때 찬우가 좋은 대학에 붙어주었다는 것에는 별로 감사하지 않았다. 대신 녀석이 자의로 큰 강을 선택했다는 것에 안심을 했다. 그 아버지의 첫 출발은 일부러 좁은 강을 선택했지만 녀석은 처음부터 순전히 자기 의지로 크고 넓은 큰 강을 선택한 것이었다. 이제 녀석이 올라선 궤도는 튼튼하고 안전해서 막힘 없이 흘러갈 것이다. 자기 의지대로, 바라는 대로 유유히 흘러갈 것이다. 제 아빠와 같이 이상한 여자도 만나지 않고 지겨운 가난도 미리미리 피할 수 있을 것이다. 그 어떤 구비에서도 수모를 당하는 일도 없이 화려하고 당당하게 흘러갈 것이다. 그래, 인생은 강이다. 이제 녀석은 가장 큰 강을 선택하고 거기에 자기 배를 띄운 셈이다.

내가 찬우의 합격을 성공의 열쇠라고 여겼듯이 다른 사람들의 생각도 나와 크게 다르지 않았던 모양이었다. 그간 코빼기도 비치치 않던 동직원들이 몰려와 동네잔치를 열어주었다고 했을 때 나는 속으로 그런 생각을 했다.

'역시 사람은 성공하고 봐야 해.'

동직원들뿐만 아니었다. 큰삼촌의 택시 조합에서도 금일금을 보내주었고 할머니는 덩실덩실 춤을 추면서 어서 나우리에도 이 사실을 알리라고 큰삼촌을 몰아댔다고 했다.

찬우가 서울에 와서 이 모든 이야기를 늘어놓을 때 삼촌이 불쑥 물었다.

"동직원들이 왔더라고?"

"예. 쌀 한 가마도 가져왔고요, 거기서 준비해온 떡과 술은 온 이웃이 다 나눠먹었는데도 남았습니더."

"그럼 배 주사도 왔더나?"

배 주사는 삼촌과 각별했던 사이였던가 보았다.

"예, 동장님도 오셨심니더."

"그래, 다른 말은 없고?"

"아부지보고 그거 말소됐으니 걱정마시라 캅디더."

그러자 삼촌은 대뜸 아이의 허벅지를 잡고 재차 물었다.

"참말이제?"

"예, 참말이라 캅디더."

"글믄 이번에 니가 대구에 내려갈 때 나도 같이 가도 되겠구나."

정말로 따라붙을 참인지 눈까지 반들거렸다. 엄마가 나섰다.

"야가 지금 무슨 소리 하노? 찬우는 서울에 방을 얻을라꼬 올라왔는데."

찬우가 대학을 굳이 서울로 정한 것도 제 아버지와 함께 살기 위해서였다. 그날 육교 위에서 제 아버지를 봤다는 것은 끝끝내 비밀로 지키면서 저 나름으로 그렇게 일을 진행시킨 것이었다.

"그럼, 이제 방 보러 나가자."

엄마가 나섰다.

"누님캉 다녀보이소. 난 장사를 해야 하니까."

삼촌은 또 그렇게 자기 의무를 엄마한테 전가시키고 있었다. 하긴 그새 왕소금이 되어 자기 입에 들어가는 것도 벌벌 떨었으니 하루 장사도 놓치고 싶지 않았을 것이다. 찬우는 그런 아빠를 보고도 별 말이 없었다.

그날 엄마와 찬우는 학교와는 좀 떨어진 곳에 계약을 하고 돌아왔다. 사글세방이긴 했지만 세 식구가 그럭저럭 살 만한 크기였고 이사는 한 달 후에 할 수 있다고 했다. 그리고 그날 찬우는 집에 와서 저녁을 지어먹자마자 또 서둘러 대구로 내려갔다. 아이가 떠난 뒤 엄마가 고개를 갸웃거리며 말했다.

"찬우 그 녀석 말이다. 방 얻고 난 후 저 애비 장사하는 데 가자니까 고개를 젓는 거라. 전 같으면 예, 가서 저도 좀 도와줄게요, 하고 얼른 나섰을 녀석인데 말이다. 컸다고 지 애비 하는 일이 초라해서 그런가……."

나는 재빨리 변명을 해주었다.

"찬우가 어린애야? 제 아빠가 초라하다고 도망가게? 저도 다 바빠서 그런 거지."

"그렇겠제? 나는 또 한참이나 고민을 했다. 녀석이 대학을 가도 저녁에는 지 애비 일을 도와야 그 식구들이 살아갈 수 있을 텐데……."

그 식구가 살아가자면 생활의 방편이 있어야 했고 그러자면 포장마차를 계속하는 수밖에 없었다. 엄마는 찬우가 제 아빠를 도울 것으로 여겼지만 나는 녀석의 대응이 궁금했다. 제 아빠에 대한 충격을 극복했다면 순순히 따를 테고 그렇지 않다면 다른 방도를 생각해낼 것이다. 아무튼 그 일은 그들이 이사를 온 이후에야 결정날 일이다.

엄마는 곧 허드레옷으로 갈아입고 삼촌 장사를 도우러 나갔고 나는 아이 잠을 재운 뒤 책상에 앉았다.

그날 이후 우리 식구는 모두 제자리로 돌아갔다. 삼촌과 엄마는 언제나처럼 아침에 나가 자정에 들어왔고 남편은 밤낮없이 출판사 일에만 매달렸다. 나는 나대로 문제를 비켜갈 수 있는 텍스트, 연애소설을 찾아 번역을 시작했다.

그런데 그 보름쯤 후였다. 내가 한창 일에 가속을 올리고 있을 때 찬우가 전화를 걸어왔다. 녀석의 첫말이 '누나야……' 라고 부르는 것이 왠지 예사롭지 않게 들렸고, 그것은 마치 어떤 당황스런 일을 내재한 것으로 느껴졌으며 그래서 나는 먼저 외숙모부터 떠올렸다.

'흠, 축포의 반향이 크긴 크군. 제 엄마까지 그 소식을 듣고 연락을 해온 것이지 뭐……'

만약 그게 사실이라면 그런 엄마한테는 냉정해야 한다고, 나는 그렇게 다짐을 줄 요량이었고 그래서 확인차 다시 물어보았다.

"왜? 무슨 일인데?"

"놀래지 마라. 할머니가 돌아가시려고 그래."

제 엄마가 아닌 할머니가, 그것도 돌아가시려 한다구? 나는 세차게 한 대 얻어맞은 듯 그만 머릿속까지 멍멍해졌다. 정말이지 나는 왜 그렇게 외숙모에 대해서 민감했는지 알 수가 없었다. 오래 소식조차 끊어버린 사람을 하필이면 그때 왜 또 생각했던 것일까. 솔직히 찬우가 합격했을 때도 나는 먼저 숙모를 떠올리며 이런 생각을 했다.

'당신도 이제는 달려오고 싶지? 당신이 버리고 간 아이들이 이렇게 승승장구하고 있으니 새삼스레 탐나기도 하지?'

내 속에 깃든 그 오만스런 복수심은 어디서 기인되었던 것일까. 그랬다. 그것 역시도 전쟁과 피난을 겪으면서 내 속에 굳어버린 그 인식이었다. '엄마는 절대로 아이를 버리지 않아야 한다' 는 절대적 소망, 그것이 찬우의 경우로 이입되면서 통쾌한 복수, 혹은 오만으로 대입된 것인지도 몰랐다.

"누나야, 니 내말 듣고 있나?"

내가 말을 잃고 있자 찬우가 재우쳐 물었다.

"응, 그러니까 위독하시다는 말이니?"

"그런 증세도 없었는데 오늘 새벽부터 별안간……."

"큰삼촌은?"

"큰아부지와 큰어무이도 아침부터 와 계신다. 하지만도 할머니는 고모하고 아부지도 보고 싶으시다고…… 그래서 기다리시는 것 같은데……."

그러니까 찬우가 막 강 상류에 발을 딛는 순간 할머니는 그새 강 끝머리에 닿아 있었던 것이다. 세대는 그렇게 해서 고별을 하는 모양이었다.

"알았어, 곧 내려가도록 할게."

전화를 끊자마자 나는 당장 코트를 걸치고 삼촌의 일터로 달려갔다.

"할머니가 위독하시대."

포장마차를 들치고 안으로 들어서자마자 내가 그 소식부터 알렸다. 오뎅 국물을 휘젓고 있던 엄마도 우동 박스를 올리던 삼촌도 동시에 일손을 멈추고 나를 바라보았다. 그들은 한참 동안 움직이지 않았다. 그래도 먼저 정신을 차린 사람은 삼촌이었다.

"누님, 당장 철수 하입시더."

"그래, 이 음식들은 이웃에 그냥 돌려라."

엄마와 삼촌이 음식들을 정리하고 포장마차를 철수하는 사이에 나는 남편에게 전화를 걸었다.

"할머니가 임종을 하신데. 그래서 엄마와 삼촌이 대구로 갈 참인데……."

"당신은?"

남편이 물어왔다.

"물론 가야지. 한데 차편이 문제야. 임종을 지키자면 빨리 가야 할 텐데……."

"지금 어디야?"

"남대문."

"그럼 집에 가 있어. 내가 택시라도 대절해서 갈 테니까."

"당신도 갈 생각이야?"

"그래야 무난하지 않겠어?"

"무리할 필요는 없어. 사업이 더 중하니까. 아무튼 집에 가서 기다릴게."

전화를 끊고 나자 엄마가 택시를 불렀다. 집에 빨리 가서 준비를 하기 위해서였다. 우리가 화곡동에 도착해서 각자 바쁘게 옷들을 갈아입고 있을 때 남편도 택시를 타고 도착했다. 그 택시로

230

대구까지 가기 위해 대절해 왔다고 했다. 우리는 모두 택시에 올랐고 차는 곧 출발했다.

택시가 경부고속도로로 접어들면서부터 엄마는 입 속으로 계속해서 빌기 시작했다.

"기다려주시소, 어무이요. 좀만 기다려 주시이소……."

하지만 우리가 도착했을 때는 이미 할머니는 임종을 하신 이후였다. 한 시간 전에 숨을 놓으셨다고 큰삼촌이 일러주었다. 그래서인지 할머니의 시신은 입은 그대로 방에 모셔져 있었다.

"장의사에는 연락했더나?"

임종을 못 봐서 서운할 텐데도 엄마는 먼저 그 말부터 물었다.

"서울 식구들 오면 하려고 기다렸습니다."

"그럼 어서 연락부터 해라. 염하는 시간을 많이 늦추면 좋지 않다."

새아버지의 주검을 겪어봐서인지 그런 일에도 역시 엄마가 어른이었다. 엄마는 찬우가 장의사에 전화하는 것을 지켜보다가 불쑥 큰삼촌에게 물었다.

"유언은 없으셨나?"

"있었습니다. 절대로 화장을 하지 말라고……."

"그럼 장지부터 알아봐야겠군요. 장례에 차질이 없도록 하자면……."

남편이 나서서 말했다. 일정에 대해 명확한 사람이라 우선순위가 중요했던 것이다. 그때 엄마가 중얼거렸다.

"이상도 하네. 전엔 당신은 불교 신자라 화장을 하고 싶으시다더니……."

"예, 저도 그렇게 알고 있었는데 오늘 아침 별안간 그러십디다. 장지 구하자면 돈이 들겠지만 그래도 반드시 무덤을 만들어달라고……."

"왜 그렇게 마음이 변하셨을까……."

"그래야만 혼령이라도 남아서 자손들을 계속 보살피실 수 있다고, 그래서 남아 계셔야 하신다고……."

그 말을 해놓고 큰삼촌은 북받친 듯 울었고 엄마와 작은삼촌의 눈에도 왈칵 눈물이 고였다.

할머니는 독실한 불교 신자셨다. 당신이 존경하는 스님들이 모두 화장을 하고 그래서 이승과는 연을 끊는 것을 설파하셨을 텐데도 당신께서는 당신의 해탈보다는 자손의 안녕을 선택하신 것이었다. 그러니까 무덤이라는 집이라도 이승에 있어야 당신의 넋도 머물 수 있다고 생각하신 거였다.

1천 8백년도 끝자락에 태어나 일찍이 남편마저 여의고 갖은 풍파 다 겪으며 살아왔을 텐데도 끝끝내 놓지 못한 끈이 또 자손이었다.

엄마는 슬피 울면서 넋두리를 늘어놓았다.

"어무이요, 우리들 생각은 이제 그만하시고 어무이나 좋은데 가시이소. 우리들 미련은 다 잊고 홀홀 가시이소. 이 못난 것들이 죄도 많이많이 지었습니다. 다 용서하시고 가쁜히 가시이소……."

그 순간 불쑥 동우가 나섰다.

"할매는 일부러 돌아가신 깁니더."

그때까지 구석에 가만히 앉아 있던 녀석이 비장한 목소리로 마치 신문고를 치듯 그렇게 말했고 엄마의 형제들은 모두 울음을 뚝 멈추고 동우를 주시했다. 동우가 더듬거리며 뒷말을 이었다.

"할맨…… 일부러 밥도 안 잡수셨습니더. 형아 합격 소식 듣고부터…… 밥 드시라 캐도 할매는 배가 부르다꼬, 형아가 과거 급제했는데 뭐 더 묵어야 하느냐고……."

찬우가 서울에 방을 얻으러 간 뒤부터 할머니는 조금씩 식사량을 줄였고 닷새 전부터는 아예 식음을 전폐하셨다고 했다. 그러니까 할머니는 당신 스스로 돌아가실 날짜까지 정하신 것이었다.

삼촌과 엄마가 다시 울기 시작했다. 이제 곡을 할 차례였음에도 각자가 할머니의 팔과 다리를 잡고 그저 서럽게 울어댔다.

한데 할머니는 정말 왜 그때에 딱 돌아가시고 싶으셨을까? 그 시기가 좋은 때여서 그랬을까. 아니면 동우 말처럼 찬우가 과거 급제를 해서 배가 고프지 않으셨다면 그것을 마지막 큰 선물로 꼭 부여안고 서둘러 이승을 떠나고 싶으셨을까. 자식들은 단 한 번도 큰 영광을 안겨드리지 못했지만 그래도 손자가 그걸 안겨드렸으니 그것이라도 챙겨 안고 그렇게 떠나고 싶으셨던 것일까. 아니면 찬우네가 자기들끼리 개운하게 서울로 이사 갈 수 있도록 죽음의 때를 일부러 그렇게 맞추신 걸까.

"그만하면 천수를 누리셨는데 그만들 하소."

음식을 준비하던 큰숙모가 들어와 그렇게 만류했음에도 울음을 그치지 않았다. 부모상을 당하면 불효자가 가장 많이 운다더

233

니 그 말이 맞았다. 엄마와 막내삼촌은 각자가 할머니에게 지어준 죄 때문에 더욱 울었을 것이었다. 85세 천수를 다 누리는 동안, 그렇게 오래 기다려주었건만 자신들은 그 긴 시간에도 그 어머니께 효도 한 번 제대로 하지 못했던 것이었다.

엄마는 나팔쟁이한테 미쳐 그 애까지 할머니께 짐으로 맡겼고 허락도 없이 선택한 두 번째 남편마저 자살하게 했다는 것이 큰 죄의식이었을 것이고, 막내삼촌은 늙으신 모친을 떠받들어 살지는 못할망정 끝까지 자기 아이들을 거두게 했다는 것이 사무치도록 한스러웠을 것이다.

나는 울지도 않고 할머니의 유언만 되새겼고 장의사에서 관을 들여올 땐 얼른 이렇게 빌었다.

'할머니, 귀신이 되어 자손을 보살필 수 있다면 나도 좀 거두어줘. 찬우네는 제길을 찾았으니 이제 백서방을 도와줘. 제발 백서방 사업 좀 잘 풀리게 해줘⋯⋯.'

아, 나란 사람은 얼마나 이악스럽고 또 이악스러웠던가. 아무 종교도 없으면서, 엄마의 신이신 천지신명도 부처님조차 믿지 않으면서 그렇게 얼른 혼령에게까지 지다위를 걸었던 것이다.

그 사흘 뒤 할머니를 공원묘지에 모신 날 우린 모두 밤 열차를 타고 돌아왔고 그 열흘 후 찬우네도 홀가분하게 대구 살림을 정리하고 다시 서울로 이사를 왔다.

사람의 인생이 정말 강과 같다면 할머니의 강은 길고 길었고 또 그렇게 끝이 났다. 할머니의 소망처럼 당신의 넋이 무덤이라는 집을 통해 이승에 남아 계신지 어쩐지는 알 수 없지만, 혹은 그날 바로 바다를 만나 저승이라는 다른 세상으로 훨훨 가셨는지도 모르지만 나에게 확실한 것은 내가 그 할머니의 넋 한 자락을 늘 부여잡고 있었다는 것이었다.

어쩌면 넋이 아닌 할머니의 그 약속이었는지도 모르겠다. 늘 자손을 돌보겠다던 그 말씀을 내 새로운 종교로 받아들이고 신봉했던 것……. 정말이지 나는 어찌하여 그렇게라도 출세하고 또 부자가 되고 싶었을까.

"삼촌, 맥주 하시겠어요, 커피 하시겠어요?"

매점 앞에 도착해서 내가 묻는다.

"응, 맥주 시원하나?"

삼촌이 술에 대한 관심까지는 잃지 않았다는 것이 안심이 된다. 맥주 한 잔씩 하면서 이야기를 시킨다면 기억을 일깨워낼 수도 있을 것 같다. 그러면 물어봐야지. '아직도 사랑하는 사람이 찬우엄마 뿐이에요?' 그런 질문이면 삼촌의 머리에 엔돌핀을 돌게 할지도 모르고 그러면 이야기들이 또 봇물처럼 터져나올지 뉘 알겠는가.

"캔 맥주 다섯 개하고 안주는 말랑말랑한 것이면 좋겠는데요."

내가 말하자 매점 남자는 훈제 오징어를 집어넣어준다. 나는 값을 치르고 돌아선다.

"삼촌, 다시 그 자리로 갑시다."

그 자리가 시원하고 좋았던지 삼촌이 얼른 그러자고 대답한다. 마침 그 자리도 여태 비어 있다.

나는 자리에 앉아 맥주 봉지를 가운데 놓고 먼저 하나를 따서 삼촌한테 내밀어준다. 삼촌이 맥주를 벌컥벌컥 마신다. 목이 말랐던 모양이다. 정말 술을 마셔도 괜찮을라나? 나는 좀 걱정이 되어 그 손에 오징어를 들려줘본다. 삼촌은 오징어도 얼른 입으로 가져간다. 안심이다. 이런 순서로 마신다면 술 때문에 탈이 날 일은 없을 것이다.

나는 다시 주변을 돌아본다. 밤바람을 쐬러 나온 사람들이 그새 더 많아졌다. 강둑을 따라 걷는 사람, 벤치에 앉아 있는 사람, 강둑에 주저앉아 강을 내려다보는 사람……. 그 너머 동작대교에도 불빛이 어른거리는 것이 한층 운치가 있어 보인다.

나는 깡통 하나를 따서 마시기 시작한다. 목구멍이 시원하게 펼쳐지는 것 같다. 그리고 슬며시 건너편 올림픽대로를 바라본다. 대로로 흘러가는 차의 불띠도 점점 더 화려해진다. 문득 처음 이곳에 이사를 왔을 때가 떠오른다. 17년 전 그때가…….

할머니의 장례를 치르고 돌아온 석 달 후였다. 마침내 우리에게도 대운이 터진 것이었다. 난 그때 단박에 할머니가 응답하신 것이라고 여겨졌다. 만약 그렇지 않다면 그와 같은 큰 행운이, 그것도 어느 날 갑자기 우리에게로 굴러올 리가 없었던 때문이었다.

그 행운을 잡아온 사람 역시 남편이었다. 내가 할머니 영전에서 말했듯이, 제발 백서방 사업 좀 풀리게 해주세요, 라고 빌었듯이 할머니 역시 잊지 않고 내 남편 손에 호박을 넝쿨째 쥐어준 것이었다. 그렇지 않다면 편집도 영업직원도 없이 오직 경리 한 사람만 데리고 악전고투를 하던 남편이 어떻게 그토록 큰 기회를 거머쥘 수 있었겠는가.

먼저 남편은 이렇게 그 박을 터뜨려 보였다.

"자그마치 20만 권이래!"

그러니까 남편은 며칠 전 어느 기관으로부터 그 건물로 와달라는 통지를 받았다. 하지만 당장 가볼 수가 없었다. 두려웠던 것이었다. 그 동안 아주 조심했음에도, 위험한 출판물 따위는 곁눈질조차 하지 않았음에도 왠지 이번에 가면 아예 출판사 등록을 취소시킬 것 같았던 때문이었다.

정말로 그런 통보라도 받는다면 그것은 남편에겐 사형선고와도 같았다. 아직 새파란 사람에게 빨리 죽어달라는 형벌일 수도 있었다. 출판사를 차리기 위해 시아버지의 통통배마저 팔았다. 만약 문을 닫아야 한다면 본가와 가족, 그리고 자신의 전 미래까지 압수당하는 일이었다.

남편은 호출에 응하지 않았다. 자기 발로 걸어 들어가 스스로 자신의 미래를 상납해야 한다면 차라리 당당하게 잡아가라는 심정으로 남편은 버텼다. 한데 그쪽에서 다시 전화를 걸어 '지금 오지 않으면 후회할 일이니 빨리 오라'고 통보해왔다. 상대의 목소리는 강압적이지도 않았고 꺼림칙한 뉘앙스도 없었다.

결국 남편은 자진출두를 하게 되었다. 가는 동안 숱한 생각들이 교차했고 만에 하나 문을 닫아야 한다면 다시 출판사 편집장으로 취직을 하겠다는 대안까지 자신의 손바닥에 쓴 약처럼 거머

쥐기도 했다.

한데 그 기관의 높은 사람이 내놓은 것은 불벼락이 아닌 '기회'라는 커다란 애드벌룬이었다.

"단도직입적으로 말하겠소. 약 20만 권짜리 출판물이오. 서류상으로는 출판대행이 되겠지만 대외형식은 당신 출판사의 사업이오."

20만 권짜리 출판 대행, 대체 어떤 것이기에 그렇게 많은 책을 기관에서 돈을 줘가면서 출판하겠다는 것인가. 남편은 먼저 그것이 궁금했다.

"대단히 구미가 당기는 일이군요. 한데 그 출판물이 어떤 것인지……."

"국가원수의 이야기요. 지금 몇 명의 작가가 각하의 이야기를 쓰고 있는데 당신이 맡을 것도 그 중 하나요."

그러니까 그것은 국가원수의 이미지 쇄신과 그 홍보작업의 일환이었다. 그런데 그 일에 몇 명의 작가가 달라붙는다는 게 좀 이상해서 남편이 되짚어보았다.

"몇 명의 작가가 같은 이야기를 쓰고 각기 다른 출판사에서 출판을 합니까?"

"내용은 다 다른 것이오. 당신이 맡을 것은 각계의 인사들이 각하에 대한 평이나 회고인 셈이오."

미화용 전기물은 아닌 모양이다. 그러나 군인 대통령에게 누가 그렇게 많은 평을 할 것이며 또 회고를 해준단 말인가. 남편은 궁금해서 다시 물어보았다.

"그럼 작가가 그 모든 자료를 수집해서 씁니까?"

"그것까지는 알 것 없고 당신은 돈이나 벌면 되요."

"그런데 20만 권이나 찍자면 출판사 자사 자금도 어느 정도는 있어야겠지요? 그렇다면 저는 자격이 미달입니다. 미리 대치할 자금이 전혀 없거든요."

"원고가 끝나는 대로 착수금 5만 부 값을 선불하겠소."

권당 정가를 2천 5백 원을 잡는다 해도 20만 권이면 못 잡아도 2억 이상은 떨어진다. 그 정도면 일확천금이며 당장에 우뚝 일어설 수가 있다. 한데 누가 나에게 이런 기회를 주었는가. 누가 나를 추천했는가. 작가?

작가일 확률이 컸다. 대학 때 어느 작가 교수도 청와대에 발탁되어 학생 데모를 잠재우는 소설을 썼고 어차피 국가에서 대량으로 사줄 책, 친구의 출판사까지 추천해 그 출판사를 일어나게 해 주었다지 않던가.

그런데 어느 작가가 나한테 이런 고마운 기회를 주었단 말인가? 남편이 자기를 살려준 그 작가가 누구인지 골몰하고 있자 상대는 그 표정이 흡족하지 않은 것으로 보였던지 뒷말까지 덤으로 붙여주었다.

"처음은 20만 권이지만 더 필요할 수도 있어요. 각 관공소는 물론 은행에까지 뿌릴 생각이니 말이오."

"아, 네, 그렇겠지요."

남편이 흔쾌히 대답했다. 그러자 상대는 또 자기는 출판시장의 내력이나 역사를 나름으로 연구한 사람이라는 듯 전후 출판물의 호황과 그때 재벌이 된 사람들 이력까지 줄줄이 열거했다.

"지금 굴지의 출판사 치고 혼자 자란 곳이 없어요. 다 국가의 보살핌으로 그렇게 성장한 것이지. 전후 우리 출판계가 그만큼 성장할 수 있었던 것도 다 국가 덕이었던 셈이고 재벌이 될 수 있는 사람도 다 그렇게 선택받았던 것이오."

"그렇겠지요."

그런 출판사는 여럿 있었다. 세상이 아무리 바뀌어도 끄떡없는 굴지의 출판사들, 정권의 비호 아래 혹은 정권선전물 대행으로 우뚝 서버린 출판사들, 자체의 건물은 물론 거대한 땅까지 가진 사람들……. 남편은 벌써 자신도 그 대열에 끼는 듯했고 얼굴에 화색까지 돌았다. 그렇게 흥분하고 감사해하는 남편이 미더워 보였던지 상대는 또 이런 이야기도 맛난 고명처럼 곁들여주었다.

"지금 우린 반공정신이 투철한 작가를 물색하고 있소. 뭐 물론 이미 정해졌고 또 내사도 끝냈는데 정말 천재적인 작가요. 우린 그 작가를 적극 밀 참이오. 그 대안 중 하나가 그 작가의 책을 대량으로 사주는 것인데……, 만약 당신이 이번 출판을 성공적으로 해낸다면 그 작가의 책 출판도 고려해보겠소."

"고, 고맙습니다……."

그 마지막 말이 남편에겐 가장 강도 높은 감격이었다. 사실 남편은 문학, 특히 국내 소설을 출판하는 것이 꿈이었다. 작가만 잘 잡을 수 있다면 꾸준히 독자를 확보해갈 수 있을 뿐만 아니라 한 권만이라도 베스트셀러를 내면 우뚝 일어설 수 있기 때문이었다.

남편은 인기 있는 천재작가까지 붙여주겠다는 말에 너무 감격한 나머지 수없이 절까지 하며 그 사무실을 나왔다. 사무실로 돌아가는 길에도 마치 발바닥이 하늘로 둥둥 뜨는 기분이었다. 무엇보다도 식구들에게 어서 그 사실을 알리고 싶어 입이 다 부르틀 지경이더라고 남편은 실토했다.

남편은 사무실에는 얼굴만 내밀고 곧 집으로 와 엄마와 나한테 모든 감격을 토로했다. 얼마나 가슴이 벅찼던지 말도 더듬거렸다. 나 역시 그 기분을 전이받아 당장 가슴이 벌렁거리는데 엄마의 얼굴엔 아무 내색도 드러나지 않았다. 그저 끝까지 묵묵히 사위의 이야기를 듣고 있을 뿐이었다. 엄마도 너무 감격스러워 그런가 싶어 내가 물어보았다.

"엄마도 너무 기쁘지?"

엄마는 내 말엔 대답도 않고 사위만 쳐다보며 물었다.

"백서방, 그거 보류할 수 없을까?"

내가 대뜸 엄마의 말을 되받았다.

"엄마, 그게 무슨 말이야? 수십만 권짜리 출판 대행인데. 우린 당장 부자가 될 수 있단 말이야. 사무실도 창고도 크게 늘릴 수 있고 차도 살 수 있고, 우리 집도 더 큰 데로 옮길 수 있는데."

"넌 이 집이 작냐?"

엄마가 나에게 물었다.

"그럼 은수도 커 가는데 애 방도 있어야지."

"너희 세 식구에 방 두 개를 쓰는데도 은수 방까지 있어야 한다고?"

엄마는 단칸방에 세 남자가 사는 삼촌을 생각했는지도 몰랐다.

하지만 사람은 각자 사는 방식이 다르다. 그들이 사글세로 전전하는 동안에도 우리는 늘 자택에서 살았다. 엄마와 둘이 살 때는 작은 방이 둘이었지만 결혼해서는 방 세 개로 넓혀왔다. 이제 은수가 커가고 있으니 아이의 방을 가져야 하는 것도 당연하다. 더욱이 이번 일은 남편의 사업이 아닌가. 그 사업 운이 막 터지고 있다는데 엄마는 무슨 심술로 저런단 말인가.

"엄마, 왜 재를 뿌리려고 그래? 백서방한테 격려는 못할망정 응?"

나는 엄마의 말이 서운해서 그렇게 투덜거렸다.

"내가 왜 너희들 일에 재를 뿌리겠냐? 세상에 어떤 부모도 자식의 밥에 재를 뿌리진 않는다."

"굴러들어온 복을 차라면 그건 재 뿌리는 게 아니고 뭐야?"

엄마는 나직이 한숨을 내쉬며 대답했다.

"넘치는 힘에 의존하거나 휩쓸리면 넘치는 낭패를 당할지도 모르기 때문이다. 자고로 남의 힘을 얻어 써도 갚을 수 있는 것이어야 뒤탈이 없는 법이고……."

엄마의 말이 지당하다 해도 그것이 반드시 지당하지 못할 때도 있는 법이었다. 우리가 그 물결을 기다리고 그 가까이 가 있는 이상 이미 그 물결은 피할 수 없는 것이었다. 그럼에도 엄마가 그 물결을 피하라고 한다면 벌써 시효가 지나버린 처방전과도 같을 것이었다.

우리는 엄마 말을 귀담아 듣지 않았다. 아니 고려조차 하지 않았다. 세상에 어느 바보가 제발로 굴러들어온 복덩이를 차낸단 말인가.

남편과 나는 물불 가리지 않고 그 기회를 깡그리 챙겼다. 엄마의 말처럼 그것이 '넘치는 힘의 물결'이든 뭐든 이미 우리에겐 상관이 없었다.

남편은 곧 성공하기 시작했고 우리는 돈을 벌었다. 그 기관에 남편을 천거해주었던 그 작가와도 더욱 돈독해졌고 그는 그 뒤로도 심심찮게 정부출판물을 물어다주기도 했다. 그는 애초 시인이었던 사람이다. 화곡동 시범단지에서 사는 게 소원이라던 바로 그 시인이었다. 그 시인이 남편에게 그런 혜택을 준 것은 자기 나름으로 마음의 부담감을 덜기 위해서였다.

그러니까 남편이 인수했던 전 출판사 사장이 시인의 친구였고 그 자신이 서로 인수인계하도록 소개했던 것이다. 그런데 남편은 출판사를 인수하자마자 지형 때문에 곤욕을 치렀으니 그의 마음도 편치는 않았던 모양이다.

무엇이 어찌 되었건 얼마나 고마운 사람인가. 그런 일을 마음에 담아두었다가 좋은 일로 되돌려줄 수 있는 사람이 이 세상엔 과연 몇 명이나 되는가. 사람들은 그 시인을 일러 훼절했다고 욕을 했지만 그게 무슨 대수인가. 춥고 가난한 시인이 등 따시고 배 좀 불러보겠다는데 그게 그토록 큰 반역인가. 이미 명성도 부도 다 갖춘 시인 작가들까지 국가원수를 일러 단군 이래 가장 선량한 어쩌구 하면서 주저 없이 발라맞추는데 그런 글귀 모아 편저를 했다는 게 그렇게나 대수로운 일이란 말인가.

따지고 보면 그 시인이 우리의 은인이었다. 그 시인이 모든 발판을 깔아주었고 우리는 그저 뛰기만 했다. 우리는 그 시인 덕에 돈을 벌었고 사글세이던 사무실을 전세로, 뒤이어 우리 건물로 올리면서 큰 나무처럼 쑥쑥 자랄 수가 있었다.

출판사 자산도 넉넉해져서 남들이 생각할 수 없는 것을 계약하고 또 기획도 했다. 하는 족족 모두 잘 되었다. 그 어떤 책이든 창고치레만 하는 애물단지는 없었다. 남편에게 기회를 준 그 기관의 사람이 말한 대로 천재작가의 작품까지는 얻어내지는 못했지만 대신 심심찮게 정부출판물도 맡았고 그것은 가장 좋은 조건으로 낙찰을 따내는 거나 마찬가지였다. 그리고 우리는 마침내 국정교과서 출판권까지 쟁취할 수 있지 않았던가.

그러니까 그 뒤부터는 우리에겐 모든 것이 황금알이었던 셈이었다. 남편은 새로 떠오르는 출판계의 거물이 되어갔고 나는 멋지게 살 줄 아는 부유층 아내로 변신해갔다. 그리고 남편이 출판사 빌딩을 세울 때 나는 한강맨션과 가장 넓은 평수의 아파트와 최고급 세단차를 구입하면서 회사와 집안의 호화 배치에도 균형을 잡았다.

하지만 엄마는 우리의 그런 생활을 즐기려들지 않았다. 그렇다고 딱 꼬집어 불만을 표시하는 것도 아니었다. 한데도 맨션으로 이사를 한 뒤 엄마는 나에게 너무도 엉뚱한 선언을 했던 것이었다.

"이제 나는 따로 나가서 살란다."

그건 내게 폭탄선언과도 같았다. 나는 단 한 번도 엄마와 따로 사는 일을 생각해본 적이 없었다. 그런 것은 익숙하지도 않았다.

나는 당신에게 무남독녀이고 철들면서부터 하루도 떨어져 산 적이 없으며 엄마가 관여하지 않는 내 살림살이는 상상도 할 수 없는 일이었다. 나는 심한 배신감을 느꼈고 부르르 떨기까지 했다.

"말도 안 돼! 내가 왜 이 아파트를 샀는데? 엄마랑 넓은 데서 살아보려고 그랬잖아? 그런데 엄마가 따로 나가겠다면 우린 어떻게 하라는 거야?"

"여태 살던 집은 내가 있어서 좁았더냐?"

엄마는 또 그렇게 반문했다.

"그런 억지소리 하지 마, 살림도 늘었잖아. 우리 식구에 55평이 뭐가 넓다고 그래? 다른 사람들 좀 봐. 어떤 고관대작은 두 식구 살면서도 압구정동 80평 아파트에 산다잖아? 뿐이야? 그들은 모두 별장까지 가지고 있어."

"나는 집 시중이나 드는 그런 생활은 싫다."

"어쨌든 안 돼, 엄만 따로 이사 못 가. 나도 엄마 없이 살아낼 자신이 없고."

이때 엄마가 냉정한 얼굴로 물었다.

"너 내 집을 사주기 싫어서 그러냐?"

"엄마가 왜 따로 집이 필요해? 그건 있을 수도 없는 일이야!"

"그럼 화곡동 집 살 때 보탠 내 돈 내놔라. 그 돈 이자까지 치면 이 부근 부흥아파트 하나는 살 수 있다."

"멀리도 아닌 이 근처? 그러면서 왜 따로 살겠다는 거야, 왜?"

"그럼 아주 멀리 가랴?"

엄마와 살면서 평생에 이렇게 싸워본 적은 없었다. 아무리 거절을 해도 아니 될 것 같았고 그래서 내가 다시 물어보았다.

"똑바로 말해봐. 찬우네 살게 하려고 그러지?"

"내 말하지 않았어? 내가 나가서 살겠다고."

"그러니까 외삼촌 명의로 사려는 거지?"

"너 자꾸 그런 억지소리 해도 소용없다. 집 봐둔 게 있으니 곧 돈을 마련해라."

"돈 없어. 이 집 사느라 돈 다 들었는데 무슨 돈이 있다고 그래? 그러니까 엄마는 절대로 이사 못 가."

내가 그렇게 잡아떼면 마지못해서도 주저앉아줄 것 같았는데 엄마의 결심은 이미 꺾을 수가 없었다.

"정말로 없다면 어디서 융통이라도 해라. 너희들 그런 능력은 있어."

결국 엄마는 28평형 부흥아파트를 샀고 거기서 혼자 살기 시작했다. 나도 엄마가 없으면 큰일날 줄 알았는데 그런 대로 잘 살아졌고 내 살림도 날로 더 윤택해져갔다.

휴, 그러나 그 부흥아파트마저 결국 우리가 차지하고 말았지. 빈털터리가 되어 오도 갈 데도 없을 때 엄마는 선뜻 그 집을 내놓으면서 '이게 네 집이야' 라고 말했다. 그때도 나는 엄마에게 고마워하는 대신 '일이 이렇게 될 줄 알았으면 좀더 큰 집을 사 주는 건데' 하고 반지빠른 생각이나 했다.

그랬다. 엄마는 우리의 승승장구가 영원하지 않다는 것을 점치고 있었다. 그래서 만일을 대비해 그 부흥아파트를 챙겨둔 것인데 미련한 나는 그것도 알지 못했다. 엄마가 돌아가실 즈음 그 집

246

명의가 은수 앞으로 되어 있다는 것을 알았을 때는 이미 모든 것이 너무 늦은 후였다. 내 수중에는 돈 한푼이 없었고 장의사조차 부를 수 없었던 것이다.

우리가 망한 경우가 엄마의 우려처럼 반드시 '넘치는 힘에 당한' 것은 아니라 해도 그 '넘침'에 넘어간 것만은 확실했다. 그 넘침이 외부에서 온 것이 아니라 내부, 즉 남편과 내가 스스로 그렇게 넘쳐버렸던 것이다.

삼촌은 맥주 캔을 한옆에 밀어두고 슬며시 벤치에 눕는다.

"아, 시원타."

"삼촌 자고 싶어 그러지? 그럼 집에 갈까?"

"여기가 시원타. 난 여기서 잘란다."

옆으로 웅크리고 눕더니 곧 잠잠해진다. 나는 삼촌이 마시던 캔을 집어 들어 흔들어본다. 반 이상이나 남아 있다. 김이 빠지면 맛이 없을 텐데…… 좀 있다 내가 마시지. 하지만 따지 않은 것도 세 개나 남았는데 지금 자면 이 맥주는 어쩐담. 식었던 것을 다시 냉장고에 넣으면 맛도 없어지는데……. 이야기 상대까지 잔다 싶자 별안간 무료해진다. 나는 삼촌을 내려다보며 묻는다.

"삼촌 꿈꿔?"

"응……."

잠결에도 대답은 곧잘 한다.

"꿈에 누가 보여?"

"응……."

"숙모가 보여?"

"......."

82년 초겨울, 그때 삼촌은 남편 출판사에 근무하고 있었다. 책 배달과 입고 등 창고 관리자였는데 엄마가 그렇게 하도록 강력하게 추천했기 때문이었다.

"포장마차는 겨울이 한철인데 그 겨울 일이란 오래할 짓이 아니다. 더욱이 네 삼촌은 동상도 심하다. 찬우도 통 거들어주지 않으니까 이참에 작파하도록 할 테니 창고 일이나 시켜라. 그런 정도는 삼촌도 얼마든지 할 수 있고 또 남 부리는 것보다는 낫다."

그 추천은 백 번 타당한 것이었고 남편 또한 흔쾌히 받아들였다.

그래서 삼촌은 당장 포장마차를 팔고 출판사에 출근하기 시작했다. 그 즈음은 출판사도 활발하게 돌아갈 때라 일거리도 많았고 삼촌도 곧 재미를 붙여갔다.

삼촌이 출판사 일을 시작한 한 달쯤 후였다. 대구의 큰삼촌이 전화를 걸어와 찬우 엄마가 위독하다는 것을 알려주었다.

"아니, 그 젊은 것이 어쩌다가……. 한데 니는 어찌 그 소식을 알았노?"

엄마가 전화를 받고 그렇게 물었다.

"전보가 왔습디더."

"니 주소는 또 우찌 알고?"

"본적지를 추적해서 주소를 안 모양이지요."

"그래 그쪽 연락처는 있고?"

전보에 찬우 이모네 전화번호가 적혀 있다면서 큰삼촌은 전화번호를 일러주었고 엄마는 그걸 받아 적었다.

엄마는 큰삼촌과 전화를 끊고도 한참이나 거실을 서성거리기만 했다. 찬우네에 먼저 알리는 게 도리냐, 아니면 자신이 먼저 전후 사정을 알아보는 게 옳으냐를 두고 저울질 해보는 모양이었다.

"뭘 그렇게 주저하고 있어?"

가끔 엄마의 판단은 아주 느리기도 해서 내가 환기도 시켜줄 겸 그렇게 물어보았다.

"얼른 가늠이 안 서네. 저 이모한테 먼저 전화를 걸어 전후 사정을 들어보는 것이 옳긴 하겠는데 그러면 또 엉뚱한 생각을 할지도 모르고……."

"지금 이 마당에 그런 게 무슨 상관이야. 어서 전화를 걸어 봐. 위독하다는 게 정말인지 아닌지도 모르고……."

나는 그때까지도 외숙모에 대한 경계심을 가지고 있었다. 아이의 보험금까지 가지고 달아난 사람이니 그 아이들이 출세를 하면 또다시 지다위를 걸어올 것이라는 생각이었다. 남편 친구 중에는 실제로 그렇게 당한 사람도 있었다. 비슷한 경우로 집을 나간 엄마가 아들이 장가를 들 때 찾아와서는 며느리에게 자신의 패물과 옷도 해내놓으라고 때를 썼던 것이었다. 그렇게 상식 이하의 경우가 세상에는 허다했던 터라 나는 찬우가 대학에 합격했을 때 먼저 경계의 대상으로 숙모를 떠올렸는지도 몰랐다.

엄마가 전화를 걸었다. 찬우 이모부라는 사람이 전화를 받아 숙모는 몇 시간 전에 운명했다고 알려주었다. 엄마가 물어보았다.

"그럼 지금 병원 영안실에 있습니까?"

"예, 그렇습니다만, 아니 오셔도 됩니다."

"그건 무슨 말씀이죠?"

"이미 운명도 하셨고······."

"그렇다면 아이들은 더욱더 제 에미의 마지막 얼굴은 봐야 하는 것 아닙니까?"

이모부란 사람은 잠시 우물쭈물하더니 '그럼 아이들이 영안실로 가더라도 절대로 엄마라는 말은 하지 말아 달라'고 부탁하는 것이었다.

"그러면서 왜 연락은 했지요?"

엄마가 화를 참아가면서 조용히 따져 물었다.

"돌아가시기 전에 아이들 얼굴이라고 보고 싶다고 해서······."

그리고 이모부는 그간 찬우 엄마가 재혼했다는 것, 재혼한 남자는 정부청사 어느 요직의 국장이라는 것, 그 남자가 찬우 엄마에게 전자식이 있다는 것을 모른다는 것 등을 알려주었다.

그 이야기들은 내 예상에서 완전히 빗나간 것들이었다. 숙모는 찬우에 대해 전혀 모르고 있었을 뿐더러 그 애가 설령 장가를 간다고 해도 찾아올 사람이 아니었다. 아예 그 자식이 없는 것으로 살아갈 작정이었다. 그런데 몹쓸 병이 찾아왔고 살날보다 죽을 날이 가까워지자 비로소 지나간 흔적처럼 그 자식들 생각이 났던 것이었다.

그래, 얼굴이라도 한번 보고 떠나자, 그런 심정이었을 것이다. 아니라면, 정말 그 자식들이 사무치도록 그립고 또 죄스러웠더라면 그 사이 단 한 번이라도 어떤 신호가 있었을 것이다. 자신의 형편이 좀 좋아졌을 때, 가욋돈이라도 생겼을 때 먼저 헐벗은 아이들이 생각났을 것이다. 한데 숙모는 그러지도 않았다.

"그래도 경우가 아니지요. 아이들이 제 엄마를 보러 간다면 당연히 엄마라고 부를 것이고……."

엄마가 상대를 타이르듯 나직나직 말하고 있었다. 그러자 그 이모부가 대답했다.

"그러면 차라리 아이들을 오지 않게 해주십시오. 그게 고인이나 고인의 남편에게도 예의입니다."

"예의라구요?"

엄마의 목소리가 불쑥 튀어올랐다. 그러나 곧 음정을 가다듬고 차분히 물었다.

"아무튼 병원이나 일러주세요. 가보건 아니 가보건 그건 아이들이 알아서 결정할 일이고……."

이모부가 '예의'라는 말을 했을 때 엄마는 소리치고 싶었을 것이다. 당신들은 천륜조차도 마음대로 가지고 노느냐, 어떻게 에미가 죽었는데 그걸 알리지 않을 수 있으며 어떻게 에미를 보고 에미라고 아니 부를 수 있느냐, 그것이 당신이 가지고 있는 예의의 잣대냐, 죽음 앞에는 모든 것이 용서될 수 있는 법, 마지막 가는 사람한테 자식들이 에미라고 불러주는 것도 예의가 아니냐…….

엄마가 나에게 찬우 전화번호를 물었다. 그 즈음 녀석은 학생회 일을 시작해서 그쪽으로 전화를 걸면 수업중이라도 곧 연락이 닿았다. 하지만 그것은 좋은 방법이 아닌 것 같았다.

"엄마, 먼저 삼촌한테 알리는 게 좋겠어. 삼촌이 알아서 하도록 말이야."

"그래, 그럼 니가 전화를 해라."

나는 삼촌한테 전화를 걸어 외숙모의 부고를 알렸다. 삼촌은 별안간 목이 메여 대답을 하지 못했다. 내가 얼른 물어보았다.

"아이들은 가봐야겠지?"

"그래, 그래야지……."

"삼촌은?"

"나도 가봐야지……."

"거기 사람들이 이상하게 생각하지 않을까?"

"문 앞까지만 가더라도……."

정말이지 삼촌은 알다가도 모를 사람이었다. 그렇게 나간 사람을, 자기가 싫다고 떠났고 또 다른 데 재가까지 한 사람한테 문 앞까지라도 가봐야 한다니……. 내가 말했다.

"그럼 은수아빠 차 타고 날 데리러 와. 나도 가보고 싶으니까."

정말 나도 갈 작정으로 그렇게 말한 것은 아니었다. 다만 아들이라고 밝히지 말라는 말을 차마 그 즉시 할 수가 없어서 집에 오면 알려주기 위해서였다. 나는 곧 다시 남편한테 전화를 걸어 삼촌에게 차를 내주라고 일렀고 뒤이어 동우한테도 전화를 걸어보았다. 녀석은 학교에서 돌아와 있었고 방금 전에 아빠한테서도 전화를 받았다. 형아네 학교 앞에서 기다리기로 아빠와 약속했다고 알려주었다.

"너도 영안실로 가볼 참이가?"

내가 전화를 끊고 나자 엄마가 물어왔다.

"아니, 삼촌한테 내막을 얘기해주지 못했어. 엄마라고 부르지 말라는 말……"

"니 삼촌 믿을 수 있는 사람이 못 된다. 아이들만 데려다 준다고 해놓고 불쑥 또 함께 들어갈지도 모르니 너도 따라 가는 게 좋겠다."

엄마 생각이 옳은 것 같아 아예 검은 투피스까지 찾아 입고 기다렸다. 혹시 삼촌이 영안실까지 들어간다면 동행자로 가장하기 위해서였다. 그것은 죽은 사람에게 내가 지켜줄 예의였다. 정말로 숙모가 숨기고 싶은 것은 자식들이 아닌 초라한 옛 남편일 테니까.

30분 후 운전사가 벨을 눌렀다. 나가보니 삼촌은 뒷자리에 고개를 떨군 채 앉아 있었다. 나는 삼촌 옆에 올라타면서 물었다.

"찬우 학교 앞으로 간다면서?"

삼촌은 대답하지 않았고 운전기사는 이미 그쪽 방향으로 길을 잡고 있었다.

"삼촌……. 그간 숙모는 모든 걸 비밀로 하고 살았나봐. 아이들이 있다는 것까지도. 그래서 빈소에는 가더라도 아이들이 숙모의 자식이라는 것을 밝히지 않아줬으면 하던데……"

"알았다."

삼촌은 나직이 대답한 뒤 긴 한숨을 내쉬었다.

두 녀석은 학교 앞에서 기다리고 있었다. 나는 앞자리로 옮겨 앉았고 두 녀석은 자기 아버지 옆으로 다가앉았다. 병원은 강남이라 2, 30분 내로 도착할 수 있을 것이었다. 학교 앞을 떠나 5분쯤 달리자 뒷자리에서 삼촌의 말소리가 조용조용 들려왔다.

"먼저 빈소에 들어가면 향을 피워 올리고 나서 절을 해라. 두 번씩이다."

"알고 있습니더."

큰 녀석이 대답했다.

"그리고…… 동우야, 니는…… 그러니까 이모를 보더라도…… 이모라고 부르지 말아라. 그리고 영정 앞에서는 엄마라고 부르지도 말고……."

"와요?"

녀석이 불쑥 물었다. 그 목소리엔 반감이 서려 있었다.

"와 그러노 카믄…… 니는 모르겠지만……. 그게 초상집에 가서 하는 예의다……. 니도 인자 고등학생이니 예의를 지킬 줄 알아야 한다……. 알겠나?"

"……예."

한참만에 녀석이 대답했다. 그 옆에 앉은 찬우는 그 말의 의미가 무엇인지 알고 있을 텐데도 시종 묵묵부답이었다.

병원 주차장에서 기사를 기다리게 하고 우리는 모두 영안실로 향했다. 영안실은 새로 지은 건물이라 안쪽으로 좀 떨어져 있었다. 영안실 앞에 이르자 삼촌이 걸음을 멈추었다.

"자, 이제 너희들끼리 가서 엄마 만나고 오너라."

"아부지는요?"

동우가 또 그렇게 물었다.

"응, 아부지는 여기 있을꾸마."

내가 동우의 팔을 끌었다. 녀석은 도무지 이해할 수 없는 일 투성이라는 듯 눈을 굴리며 나에게 이끌려왔다. 그런데 우리가 막 안으로 들어가려던 찰나였다. 저 뒤에서 삼촌이 큰목소리로 마치 울부짖듯이 소리쳤다.

"동우야, 엄마라 케라! 니 멋대로 엄마라고 불러라. 마지막 가는 사람 그 소리나 실컷 불러줘라!"

나는 얼른 아이들을 안으로 끌어들이며 고개를 저어 보였다. 아버지 말을 귀담아 듣지 말라는 뜻이었다. 그러자 찬우가 동우의 팔을 이끌고 뚜벅뚜벅 앞서갔다. 나도 급히 뒤를 따랐다. 아이들이 어떤 행동을 보일지 알 수 없고 그걸 지켜봐야 할 것 같았다.

영안실 안으로 들어섰다. 저만치 구석에서 음식접시를 들고 있던 이모가 먼저 아이들을 발견하고 굳은 얼굴로 재빨리 다가왔다. 그 순간 찬우도 동우도 이모를 보았다. 한데 놀랍게도 두 아이 모두 그 이모를 외면해버리는 것이었다. 아주 모르는 사람 대하듯 했다. 그리고 안으로 들어갔다.

나는 신발이 널려 있는 영안실 앞 구석으로 물러서서 그 아이들을 지켜보았다. 아이들의 이모도 자리를 뜰 수가 없었던지 접시를 든 채 내 맞은편에 서서 아이들을 주시했다.

숙모의 사진은 웃고 있었다. 그 주변으로 정부 부서에서 온 화환이 있어서인지 숙모의 웃는 얼굴은 행복해 보이기까지 했다. 어쩌면 마지막 남편과 사는 동안 숙모는 정말로 행복했을지도 몰랐다. 울컥 내 심장 저 밑바닥에서 어떤 감상이 요동치기 시작했다.

인생의 연분이 왜 그렇게 헝클어져 있는가, 자기가 행복할 수 있는 사람은 왜 처음부터 만나지 못하는가, 어찌하여 갖은 사연을 주렁주렁 엮은 뒤에야 비로소 만나는가, 그렇게 만나서는 또 어찌하여 영원토록 살지 못하고 일찍 떠나야 하는가…….

그때 숙모 나이 겨우 마흔셋이었던 때문이었다.

아이들이 향을 피우고 절을 했다. 절을 끝내고 두 손을 모으더니 한참이나 고개를 숙이고 서 있었다. 왠지 내 눈에는 그 어깨들이 흔들리는 것으로 보였고 그러자 그만 조마조마해지기 시작했다. 만약 아이들이 지금 울고 있다면 곧 그 입에서 '엄마!' 하는 외침이 터져 나올지도 몰랐다. 그러자 그 순간 나에게도 불쑥 오기가 생겼다.

그래, 까짓것 부르고 싶으면 마음껏 외쳐라. 마지막 가는 사람이 아니냐, 너희들 엄마가 아니냐, 너희들이 상주의 체면까지 챙겨줄 이유는 없다. 그래 울어라. 우는 것으로도 성이 차지 않는다면 엄마, 엄마, 하고 맘껏 소리쳐 불러라!

아이들이 고개를 들고 한참이나 제 엄마 사진을 바라보았다. 그러고는 똑같이 등을 돌렸다. 옆에 서 있던 상주들이 인사를 차리려는데 아이들은 얼른 일별하고 나와 재빨리 신발을 신었다.

아이들은 이미 상황파악을 다 하고 있었던 것이다. 우리 입으로 네 엄마가 재가를 했다는 이야기를 하지 않았음에도 빈소에 들어오자마자 알아차린 모양이었다.

나는 얼른 이모 쪽을 살펴보았다. 여태 노심초사하던 사람이 이제 좀 안심하는 표정이었다. 불쑥 그런 사람에겐 아이들의 신사적인 태도가 너무 아깝다는 생각이 치밀었다. 나는 아이들 옆으로 붙어서며 제법 큰소리로 말했다.

"그래, 너희들은 의무를 다했어!"

마음 같아서는 '어린 너희들도 사람도리를 다했구나!' 라고 말하고 싶었다. 그 이모가 들으라고, 똑똑히 들으라고 그렇게 말해주고 싶었다. 그러나 우리는 이모를 무시하는 것으로 그 조문행사를 끝냈다.

밖으로 나와 보니 삼촌이 보이지 않았다. 차에 가서 기다릴 것 같아 주차장으로 갔다. 그러나 차 안에는 기사 혼자뿐이었다.

"애네들 아버지 어디로 가셨지요?"

"매점에 담배 사러 가신다 했는데 여태 안 오시네요."

"너희들은 차안에서 기다리고 있어라. 누나 화장실에 갔다 오는 길에 네 아버지도 찾아서 올게."

매점은 병원 건물 뒤편에 있었다. 내가 매점 쪽의 문을 여는데 그 앞 잔디밭에 앉아 있는 삼촌의 등이 보였다. 가만히 살펴보니 소주를 마시고 있었다. 당연히 소주라도 마셔야 했을 테지. 자식들에게 엄마라고 부르지 못하게 했던 자신의 비루함이 괴로워서도 그런 절차도 필요하겠지.

나는 그런 생각을 곱씹으며 먼저 화장실을 다녀왔다. 그때까지도 삼촌은 그 자리에 웅크리고 앉아 있었다. 등만 보여 정확하게는 알 수 없었지만 혼자 중얼거리고 있는 것 같아 가만히 다가가 보았다.

역시 삼촌은 누군가와 이야기를 하고 있었고 그 상대는 숙모였다. 그러니까 영안실에 누워 있을 혼령을 자기 맘대로 불러다 놓고 두런두런 이야기를 나누고 있었던 것이다. 아니 그건 차라리 고백이었다.

"……나도 니를 그렇게 실망시켜주고 싶지 않았다. 잘해주려고 애를 썼는데 그게 잘 되지 않더라. 내 팔자가 더러워서 말이다. 하지만도 니 인제 알제? 혼령이 되었으니 내 마음 보이제? 내가 이 세상에 태어나서 여자라고 사랑해본 사람은 니밖에 없다. 사람들은 남대문시장 그 과부를 붙여주려고 애를 썼지만, 누님도 그걸 바래셨지만 우짠 일인지 내 마음이 움직이지 않더라. 쪼맨침도 내키지 않더라. 나도 처음엔 그게 이상했는데…… 생각해보이 이 세상에서 나한테 주어진 배필은 너뿐이었다 싶더라…….

그래서 말이다, 어떨 땐 조물주가 머리가 되게 나쁜 신이라는 생각도 들더라. 그 도사의 말처럼, 진작에 죽었어야 할 사람이라면, 그래서 내 인생살이를 그늘로 던져버렸다면 니는 또 와 만나게 해주셨노 말이다. 아예 배필도 만나지 않게 조치를 취해놓으셔야 하지 않았노 말이다…….

휴……. 그런데 니를 턱 하니 만나게 해놓으시고는 그저 지지

리도 못난 것만 보여주게 하셨으니…… 우짜겠노. 내 그래서 이렇게 생각하기로 했다. 이승에서는 내 배필을 맛보기로 보여주신 거라고. 그새 성질이 어떤지나 파악하라고…….

그래, 우리는 반드시 저 세상에서 다시 만날 끼다. 진짜 배필은 몇 생을 거듭해서 그 인연을 완성한다는 말도 있잖노. 저 세상에서 만나면 말이다, 내 인제 니가 바라는 그런 사람이 될꾸마. 꼭 그렇게 준비할꾸마. 이 업을 다 닦고 아들놈들 잘 키워두고 내세에는 벼슬도 하고 돈도 있는 그런 사람으로 태어날꾸마. 다음 생에는 반드시 그렇게 태어날꾸마. 그러니 그새 좀 적적하더라도 기둘리고 있거라. 보고 싶어도 참고 있거라. 알았제……."

나는 더 이상 듣고 있을 수가 없었다. 너무도 황당했고 어이가 없어 그저 조용히 발소리를 죽여 그 자리를 떠나오고 말았다.

삼촌은 그 뒤에도 한참 동안 돌아오지 않았다. 숙모에게 그렇게나 고백할 게 많았던 모양이었다.

찬우의 선언

그새 깡통이 세 개나 비어 있다. 찔끔찔끔 마신 술이 늦게 뒤꼭지를 튼다고 내 가슴 저 밑바닥에서 어떤 서러움이 울컥거린다.

왜 인생에는 정답이 없는가. 내가 정답이라고 믿고 추종했던 것은 어찌하여 물거품이더란 말인가. 그토록 내가 싫어하고 저주했던 불행들이, 그리고 잘 피해왔던 그것들이 왜 뒤늦게 날 찾아와 이렇게 황당하게 만드는가.

나는 얼른 삼촌을 내려다본다. 좁은 벤치에 모로 누워서도 잘 자고 있다. 흡사 순한 강아지 같다. 주인에게 차이고 차여도 돌아서면 잠을 자는 강아지 모습이다. 아, 그래. 당신은 마치 불행의 전문가 같았지. 어떤 일을 겪고도 결국은 견디어 냈지.

하지만 난 달라요. 다섯 살 그 피난길 이후 내가 가장 경계했던 것이 뭔지 알아요? 그건 불행이었어요. 나는 불행을 너무 잘 알아요. 앞에서 걸어오는 것도 뒤에서 튀어나오는 것도 재빨리 느낄 수 있었어요. 냄새도 알아요. 퀴퀴하고 음산한 그 냄새, 그건 무관심이나 무방비에서 곧잘 덮쳐오죠. 넋을 놓거나 한눈을 팔아도 습격을 해요. 그래서 나는 한 순간도 긴장을 늦추지 않았어요. 불행이 될 만한 씨앗은 아예 품지도 않았어요. 정상적인 것만 가지고 좋은 것만 쟁취해왔어요. 그래요, 잘 피해왔지요. 나는 어떤 허방도 짚지 않았어요. 그런데 별안간 그게 왜 나한테 찾아왔지요?

삼촌이 돌아눕는다. 자리가 불편한 모양이다. 곧 다리를 오므리고 꼼짝도 않는다. 당신은 평생 그런 자세로 자고도 불편하지 않는가요? 그렇게 살고도 인생이 허무해본 적이 없나요? 그러면 지금은 어떤가요. 반정신을 놓으니 불행도 행복도 의미가 없는 건가요?

나는 강으로 눈길을 돌린다. 어둠 속에서도 구불구불 흘러가는 그 흐름이 보인다. 내 입에서 한숨이 꼬리를 물고 새어나온다. 그 한숨이 내게 묻는다.

자, 네 모습을 찾아보거라. 너는 어디까지 흘러갔는가. 너의 강, 너의 지점은 지금 하구인가 중구인가. 아니면 어느 사구에 지치고 해진 신발짝처럼 그렇게 걸려 있는가. 어느 날 폭우가 와서 사구의 모든 것을 쓸어간다면, 그리하여 네가 다시 강으로 나갈 수 있다면 불빛 찬란한 그 포구에 한 번 더 닿을 수 있는가……. 문득 찬우 말이 귓가로 울려온다.

'당신들의 행복은 가짜야!'

가짜라도 좋단다. 찬우야. 난 다시 한 번 그것을 가지고 싶어…….

내 눈에서 눈물이 흘러내린다. 너희들은 몰라, 누려보지 않은 사람은 알지를 못해. 그것이 얼마나 근사한 마약인지를.

삼촌이 남편 회사로 입사한 서너 달 후였다. 별안간 삼촌이 결근을 하기 시작했다. 연락도 없었고 집으로 전화를 해도 받지 않았다. 창고 총책임자가 무단결근을 하자 책 출고며 입고의 일이 완전히 마비가 되고 말았다. 남편이 엄마를 내세웠다.

"장모님이 삼촌댁에 좀 다녀오세요. 월급이 적어서 그러신다면 더 올려드린다고 제발 출근부터 해달라고 하세요."

그때 삼촌은 40만 원씩을 가져갔다. 크게 적은 월급은 아니었다. 엄마는 월급의 고하를 떠나 자기가 추천한 사람이 태업을 벌인다는 것과 그것도 사위 앞에 그랬다는 것이 더욱 무안한 모양이었다.

"이것이 이럴 일이 없는데 그새 또 무슨 병이 도졌나……."

그 병이란 동회에서 엉뚱한 일을 저지르고 달아났듯이 사위의 회사에서도 그런 일을 만들어두고 지레 꽁무니를 빼버린 게 아닌가 하는 우려였다.

엄마는 선걸음에 삼촌 집으로 달려갔고 돌아온 것은 한밤중이었다.

"내일부터 출근한데?"

내가 문을 열어주며 물었다. 엄마는 설레설레 고개부터 저었다.

"그러면?"

"도저히 더 이상 못 다니겠단다."

"이유가 뭐래?"

"글쎄 그 이유라는 것이 또……."

삼촌은 그 동안 정말 열심히 일했다. 주문을 받으면 늦추는 법도 없었다. 그러다가 어느 날 한가해서 책을 들쳐보았다. 각하의 이야기라니 궁금하기도 했다. 한데 대부분의 이야기가 군 시절의 지도력과 청렴함이었다. 여기서 삼촌은 어떤 깨달음이 몽둥이처럼 뒤통수를 타악, 치더라고 했다. 그것은 바로 그 책의 주인공이 군인이었다는 것이다. 그러자 갑자기 등줄기에서 식은땀이 흐르며 설사가 시작되었고 하루 이틀이 지나도 결코 멈추지를 않았다는 것이었다.

"그럼 설사 때문에 출근하지 못한다는 거야?"

그때까지도 나는 눈치를 채지 못하고 그렇게 반문했다.

"그렇기는 하단다마는……."

엄마가 말꼬리를 흐렸다.

"병원에는 가봤대?"

"애, 그런 게 문제가 아니야. 그 설사의 성질이 회사에 나가면 절대 멈추지 않을 것이라나 어쨌다나. 그래서 결국 그만둘 수밖에 없다는 이야기더라."

나는 물론 군인에 대한 삼촌의 알레르기를 알고 있었다. 군인 가기가 싫어 1년이나 기피를 했고, 대구에서의 사건도 결국은 군인 때문에 일어났다는 것을. 하지만 출판사의 일은 그런 것과 다르지 않은가. 그 책이 삼촌과 무슨 관계며 무슨 해를 끼친단 말인가.

나는 화가 나서 속으로 악다구니를 퍼부어댔다. 그건 변명에 불과해! 배가 불러서 만든 꾀병이야. 그래, 다시 리어카나 끌면서 잘 살아라. 동상에 발가락이 짓무르면서도 그게 행복하다면 그렇게 살아라!

나는 남편한테 단호하게 말했다.

"삼촌은 이미 틀렸어. 다른 사람 구해."

그렇게 또 몇 달이 흘러갔다. 그새 출판사는 일이 더 많아져 편집이며 영업부 직원이 한없이 늘어났고 때문에 엄마와 나도 덩달아 바빠졌다. 직원이 많아지면서 단합회식도 자주 있었고 그 음식 준비는 물론 야외나들이 때의 수건이나 음료수 구입까지 엄마와 내가 맡아야 했다. 남편은 그런 작은 일에까지 식구들을 관여시켜 가외 지출을 줄였다. 아니 그건 내 생각이기도 했다. 한시라도 빨리 정상궤도에 진입하고 싶은 내 열망의 눈물겨운 헌신이었다.

그날도 봄나들이 물품을 구입하고 돌아온 직후였다. 핸드백을 막 소파 탁자에 내려놓을 때 전화벨이 울렸다. 받아보니 삼촌이었다.

"웬일이야? 전화를 다 하고?"

오래간만이라 내가 그렇게 물어보는데도 삼촌은 잔뜩 힘이 들어간 목소리로 먼저 엄마부터 바꾸라고 했다. 전화를 받아든 엄마는 대뜸 '지금 오라고? 우리 막 들어왔는데?' 라고 대답했다.

"어디로 오라는데?"

내가 슬쩍 물어보자 엄마는 수화기를 가리고 말했다.

"학교 앞으로 오란다."

"무슨 학교?"

"찬우 학교지 뭐."

"거긴 왜?"

"모르겠다. 그저 좋은 일이니 와 보란다."

"까짓것 한 시간이면 다녀올 텐데 우리 갔다오자, 뭐."

엄마는 곧 가겠다는 대답을 하고 전화를 끊었다. 그 즈음 나도 내 차를 가졌을 때라 은근히 자랑하고 싶던 참이었다.

나는 엄마를 태우고 곧 학교로 달려갔다. 학교 앞은 거의 비어 있었다. 삼촌도 보이지 않았다. 유니폼을 입은 한 수위만이 교문 앞에 턱 버티고 서 있을 뿐이었다.

"아니, 저게 누고? 저 수위가 니 삼촌 아이가?"

그새 삼촌은 찬우 학교에 수위로 취직을 했던 것이었다. 수위가 뭐가 그렇게 대단하다고 유니폼까지 빼입고 정문 앞에 버티고 있다니…… 나는 고소를 머금으며 한참 지나온 뒤에야 차를 세웠다. 그리고 엄마한테 말했다.

"엄마 혼자 갔다 와, 난 여기서 있을 테니."

엄마도 삼촌의 행위가 황당했던지 혼자서 내려 학교 앞으로 갔다. 20분은 족히 지나서야 엄마가 걸어오는 모습이 사이드 미러로 잡혀왔다. 엄마는 약간 고개를 숙이고 걸어왔는데 혼자 웃고 오는 게 분명했다. 엄마가 차안으로 들어앉았을 때 내가 나무랐다.

"왜 길에서 웃고 그래? 실없는 사람처럼."

"내 안 웃었다."

뜻밖에도 엄마가 얼른 부인을 했다. 그럴수록 더 궁금했으나 조급해할 필요도 없었다. 곧 엄마는 스스로 이야기를 하고 말 테니까. 나는 슬며시 질문의 순서부터 돌려보았다.

"그런데 삼촌은 정말 수위가 됐대?"

"그래, 한 달 전부터 근무하고 있단다."

"나 여기 있다고 말했어?"

"했지. 그런데 자기는 한 발짝도 교문 앞에서 움직일 수 없어 부득이 널 보러오지 못한단다. 그런데 그렇게 말하면서 자기는 그처럼 임무와 책임감에 철저한 사람이라고 강조해서 혼자 그렇게 웃고 오던 거였다."

"그러면서 우린 왜 오라고 했대?"

"직장 잘 다닌다고 자랑하고 싶었던 게지 뭐."

"거긴 설사병이 없대?"

내가 비아냥거리는데도 엄마는 삼촌의 마음을 어느 정도 인정하는 모양이었다.

"그래, 마음 편하단다. 날마다 학생들만 보는 것도 기분이 좋고 행복하다는구나. 그게 제 천직인 게지. 교수가 아니고 수위라도 학생들과 논다는 것이."

수위가 학생들과 논다구? 교수들에게 굽신거리고 오가는 차나 점검할 텐데 언제 학생들과 논대? 더욱이 찬우 체면에도 영 그게 아닐 텐데?

"그럼 찬우 보기도 괜찮대?"

"녀석도 지 애비가 거기 있는 것을 아주 자랑스레 여긴다는구

나. 나도 어떻게 이해해야 좋을지 모르겠다. 요즘 아이들은 다 그런지……"

우리는 그들 부자간의 가치전도가 왜 그렇게 되었는지 한참 후에야 알게 되었다. 찬우는 어느새 운동권 중심부에서 위험한 짓만 골라가면서 하고 있었던 것이다. 녀석은 교내 전투경찰 추방에 앞장을 섰고 광주에 대한 유인물을 대량으로 유포했는가 하면 부르짖는 소리마다 민주화더니 나중엔 민중, 민족이었고 또는 민중이 주인 되는 세상이었다.

그러니까 녀석에겐 제 아빠가 전형적인 민중의 주된 인물이었으니 수위가 자랑스러운 직업이라고 여긴 것이었고 삼촌은 거기에 붕 타서 덩달아 어깨에 힘을 주었던 것이다.

그래, 어쨌든 그것이 삼촌의 행복지수라고 하자. 그렇다면 그간 삼촌의 행복이 눈꼽만큼씩 자라고 있었다면 우리의 그것은 날마다 큰 산처럼 불어났다고 봐야 할 것이었다. 그 사이 남편은 빌딩을 샀고 나 역시 부유층으로의 진입을 착착 준비하고 있었던 것이다.

그때가 84년 가을이었다. 거리마다 낙엽이 곱게 쌓이던 무렵이었고 엄마와 나는 이촌동집 잔금을 치른 후 분위기 좋은 양식집에서 외식까지 하고 집으로 돌아왔다.

저녁 8시경이었다. 집 앞에 차를 세우는데 현관 앞에 삼촌이서 있는 것이 보였다. 양복을 입었는데도 왠지 그 어깨가 축 늘어져 보였다. 이번엔 또 무슨 일이야? 퍼뜩 그런 생각부터 스쳐갔다.

"와 여기 서 있었더노?"

엄마가 다가가며 물었다.

"전화를 해도 통 안 받길래 이렇게 와서 가다린다 아입니꺼."

"들어가자."

삼촌은 자기가 오래 살았던 집임에도 달라진 가구며 장식품들은 눈 한 번 주지 않고 곧장 식탁으로 가 앉았다. 그것이 배가 고프다는 신호라도 되는 듯 엄마 역시 냉장고에서 쇠고기부터 꺼내 굽기 시작했다.

고기 한 접시와 밥과 국을 차려주자 삼촌이 먹던 술이 있느냐고 물었다. 나는 꼬냑을 꺼내다 주었다. 그것은 거래처에서 선물받은 것으로 남편도 아끼던 것이었으나 나는 왠지 과시가 하고 싶어 선뜻 그렇게 내놓은 것이었다.

"소주는 없나?"

삼촌이 그 술병을 밀쳐놓으며 물었다. 엄마가 얼른 숄을 걸치고 가게로 나갔다. 그럴 때 엄마 모습은 즉시 분부를 떠받드는 하인 같았다. 내 속에서는 두드러기가 일어났다. 나라고 엄마를 잘 모시는 것도 아니면서 삼촌이 엄마를 부려먹을 땐 역정이 치밀기도 했다. 그들 남매의 사랑법이 그렇고 그것이 자연스러움에도 내 심리는 삼촌의 태도에 따라 곧잘 그런 식으로 굴절되었다.

엄마가 술을 사러 나간 사이 나는 이층으로 올라가 은수를 씻겼다. 왠지 삼촌과 단 둘이 앉아 있고 싶지 않았던 때문이었다. 수위 옷 입고 삐기던 사람이 뭐가 또 아쉬워서 찾아왔대? 아이를 씻기는데도 그런 생각이 머릿속으로 가로질러다녔다.

268

"엄마, 오늘 한문공부는 어떻게 해?"

타월로 몸을 닦아주자 은수가 물었다.

"오늘은 엄마랑 영어공부 하지 뭐."

은수는 지금 초등학교 1학년이고 한문학습은 엄마가 시켜왔다. 물론 처음부터 엄마가 원해서 아이를 가르친 것은 아니었다. 내 친구들마다 자기 아이에게 조기교육을 시켰고 특기교육은 물론 한문이나 영어를 가르쳐 세 살 때 이미 천자문을 땐 아이도 있었다. 여기에 열받은 나도 영어와 한문을 날짜별로 가르치기로 했고 영어는 내가 맡되 한문은 엄마한테 떠넘긴 것이었다.

엄마의 한문 실력은 확실히 대단했다. 한글세대인 나는 천자문도 다 읽지 못하는데 엄마는 못 읽어내는 게 없었다. 아이에게 가르치는 방법도 서당 훈장보다 나은 것 같았다. 엄마는 아이를 재촉하지도 않았고 본인이 서두르지도 않으면서 또박또박 이해하도록 만들었다.

'그래서 이젠 동몽선습을 다 배워 가는데…… 그러나 오늘은 별수없지 뭐.'

은수는 씻어서 더 맑아진 얼굴로 책상에 가 앉았다. 나는 책 선반에서 어제 읽어주었던 영문판 동화책을 꺼냈다. 그 제목은 〈샤드락〉이었고 은수만한 소년이 몹시 토끼를 가지고 싶어하는 이야기였다. 내가 그 책을 꺼내놓고 어제의 뒤를 이어 막 읽기 시작하는데 아래층에서 엄마가 부르는 소리가 들려왔다.

"은수엄마야, 너도 좀 내려온나."

나는 마치 그 부름을 기다린 사람처럼 아이한테 대뜸 책을 넘겨주며 말했다.

"혼자 읽다가 자거라, 알았지?"

"응."

아래층으로 내려가 보니 식사는 끝났고 소주병과 안주만 놓여 있었다. 술은 이제 시작인지 술병은 반쯤만 비어져 있었고 삼촌은 다시 빈 잔을 채우는 중이었다. 엄마가 날 쳐다보며 그간 삼촌한테서 들었던 이야기를 요약해서 말했다.

"찬우가 잡혀갔단다. 그리고 요즘 애들은 주사가 많단다."

"주사가 뭔데? 찬우가 술 먹고 주정부리다가 잡혀갔단 말이야?"

그때 삼촌이 한심하다는 듯 나를 쳐다보았다. 그리고 설명하듯 대답했다.

"요새 아이들이 주사라 카는 것은 술 먹고 하는 것이 아니고 사상의 이름이다. 그러니까 주체사상이라는 것이다."

"주체사상은 또 뭐야?"

"말 그대로 주체사상이지 뭐꼬."

"이상하네. 니체나 하이데거 같은 사상가는 알지만 그 사람들이 주체사상을 운운했다는 소린 못 들었는데?"

"니는 철학이라카믄 우찌 꼭 독일이나 서양에서만 온다고 생각하노? 동양에선 그보다 더 오래 전부터 심오한 사상이 있어왔다."

그런 말을 할 땐 삼촌의 표정이 꼭 고등학생 때로 돌아간 것 같았다. 소년 시절 한때 삼촌은 시집이나 사상계라는 이상한 책을 끼고 다닌 적도 있었다. 영어책만 죽자고 읽으며 공부하던 시기가 지나자 또 잠깐 그런 책을 탐독하기도 했는데 그때도 어린 나를 세워놓고 이상한 포즈로 시를 읽거나 철학이 어떻고 헛소리를 하기도 했다.

하지만 삼촌의 그 시절은 까마득한 저쪽이고 지금은 수위가 아닌가. 수위의 입에서 그런 말이 터져나와도 되는지 나는 잠깐 그것이 의아했다.

"하여간에 그래서?"

"니 안 되겠다. 우선 요즘 학생들이 무슨 일을 하는지, 어떤 사상으로 싸우고 있는지 그 상식부터 좀 알아야겠다. 와 그런고 하믄 바로 니 동생이 연루되어 있기 때문이다."

그리고는 민주화니, 민족이니 민중, 반미, 생전 들어보지도 못한 제헌의회가 어떠니 일장연설을 해댔다. 그 동안 찬우한테 주워들은 것들을 또 내 앞에서 그렇게 설을 풀었던 것이다. 그러나 나는 들어도 전혀 모를 소리에다 지루하기까지 해서 그만 하품을 하고 말았다. 보다 못한 엄마가 삼촌 말을 가로막았다.

"우린 백날 들어야 모를 소리니 그만하고 어서 찬우 이야기나 해라."

찬우 말이 나오자 삼촌의 표정은 또 단박에 투사처럼 굳어졌다.

"그러니까 찬우는 도서관에서 유인물을 뿌리다가 현장에서 잡혔습니더. 그때 여러 학생들이 잡혔는데 교문까지 그 먼길을 질질 끌려 내려와서 교문 밖에서, 내 보는 앞에서 전경차에 실려갔습니더."

"그래, 니한테 무슨 말은 하고?"

엄마가 물었다.

"예, 아부지 걱정말라 쿱디더. 그래 지도 소리쳐 주었습니더. 장하다 내 아들아!"

완전 신파극이군, 나는 속으로 혀를 차며 불쑥 끼어들었다.

"그러니까 이제 수위도 못하게 되었다 그 말이네?"

삼촌이 퍼뜩 그 말을 되받았다.

"아니다, 아무리 험한 세상이라 캐도 지 아들 장하다 캤다고 쫓겨나진 않는다. 그러면 학생회에서도 가만 안 있을 끼고……."

"그러면 삼촌이 우리한테 와서 하고 싶었던 이야기가 뭔데?"

나는 빨리 본론이나 말하라는 듯 그렇게 물었다. 한데 삼촌의 대답은 또 내가 예상하던 것이 아니었다.

"없다. 그저 녀석이 울매나 맞을꼬, 찬 데서 잠이나 자지 않을꼬 그 생각하니 마음이 애려서……. 내 그만 가볼란다."

그리고 삼촌은 벌떡 일어났다. 엄마도 뒤따라나갔고 나 혼자만 식탁에 우두커니 앉아 있었다. 기분이 영 묘했다. 불쾌한가 하면 짠하고 그런가 하면 또 두려운 생각들이 갈피도 없이 뒤섞여들었다.

"아, 벌써 밤 날씨가 굉장히 차다."

엄마가 들어와 숄을 벗으며 말했다.

"그래, 찬우는 어디로 갔대?"

틀림없이 엄마가 찬우 이야기를 할 것 같아 내가 먼저 물어보았다.

"학교 앞 파출소로 잡혀갔을 거란다. 그 학교 학생들은 그런 일이 많아서 관할 파출소도 보호실을 아예 대형으로 만들었다나 우짠다나."

"그렇게 잡혀가면 얼마나 산대?"

"그건 모르지. 그나저나 이번 한 번만 백서방 신세 좀 지면 어떻겠노?"

"백서방? 백서방이 무슨 빽이 있다고?"

"높은 사람 책을 만들었잖노. 그 책 들고 가서 그런 출판사 사장이라 카믄 한 번 봐주지 않을까?"

엄마가 그런 말을 할 때 가슴이 철렁했다. 그 책의 주인공은 빨갱이를 제일 싫어하는 사람이다. 그런데 빨갱이가 다 되어버린 찬우를 두둔한다면 출판사에 해가 돌아오지 않을까. 삼촌은 분명히 요즘 학생들이 주사가 많다고 했지 찬우도 그 파라고는 딱 지칭하지 않았음에도 나는 그때부터 찬우가 북한 쪽 빨갱이라고 단정해버렸다.

"너 곤란하다고 생각하는 모양인데, 아무튼 백서방한테 이야기나 해봐라."

엄마가 마뜩찮아하는 내 표정을 보고 막 그런 말을 할 때 남편이 돌아왔다. 엄마는 얼른 또 남편에게 찬우 이야기를 했다. 뜻밖에도 남편은 '내일 아침에 가보죠'라고 순순히 대답했다. 세상에는 그런 일이 별것이 아닐 때도 있는 모양이었고 또 사회에서는 엄마의 그런 방법이 먹혀들기도 했다.

이튿날 남편은 자신이 출판한 국가원수 책 한 권과 거기에 자기 명함을 넣어 파출소로 찾아갔다. 먼저 소장을 찾아 책을 내민 뒤 남편은 한찬우가 처남이다, 앞으로는 두 번 다시 이런 일이 없도록 할 테니 이번만 봐달라고 부탁을 했다.

의외로 소장은 순순히 남편의 말을 들어주었다. 단 자기 권한으로 빼내주는 것이니 두 번 다시 그런 일이 없어야 한다, 그것만 지켜달라고 오히려 당부를 하더라고 했다. 그리고 소장은 남편을 데리고 보호실 쪽으로 나왔다. 마침 학생들은 다른 장소로 옮겨 가는지 저마다 오랏줄에 두름으로 묶여 밖으로 끌려 나오고 있었다.

경관이 그 학생들 중에서 찬우를 찾아 오랏줄을 풀어주었다. 처음 녀석은 영문을 몰라 하다가 남편을 발견하고는 얼른 고개를 숙이며 말했다.

"모르는 사람입니다."

소장은 그런 일에도 이력이 났는지 남편을 안심시켰다.

"얼마 전엔 차관이 왔는데 그 아들도 저랬어요. 걱정말고 먼저 가십시오. 돌려보낼 테니. 여태 끝까지 도로 잡아가라고 뻣대는 학생은 못 봤거든요."

소장은 빙그레 웃기까지 하며 그렇게 말했고 남편은 안심하고 먼저 돌아왔다.

그날 점심시간쯤 삼촌한테 전화가 와 찬우가 집에 왔다는 것을 알려주었다. 그걸 보면 녀석 역시 뻗대진 않았던 모양이었다. 하긴 나와서 일을 하는 게 옳다고 생각했겠지.

어쨌든 나는 그때 이미 남편은 흔들리는 위치가 아니라는 것, 오히려 이제는 든든한 빽까지 가지고 있다는 것을 알아차렸다. 또 그런 빽이라는 게 얼마나 기분 좋고 짜릿한 것인지 처음으로 맛본 것이었다. 나는 새도 떨어뜨리는 게 권력이라면 떨어진 새도 도로 날릴 수 있는 게 백그라운드였다.

나는 맥주 하나를 새로 따서 벌컥벌컥 마신다. 갈증이 전신을 휩쓴다. 말라버린 저수지에서 올올이 피어내는 진액 같은 증기다. 비를 부르는 뜨거운 갈증이다. 오라, 비야, 폭우라면 더욱 좋겠다. 다시 한 번 날 채워 달라. 다시 한 번…….

강 건너 불빛이 요란하게 흔들려 보인다. 지브롤타의 그 바다, 점점이 요트가 떠다니던 바다가 그림처럼 펼쳐졌다가 사라진다. 그리고 또 나타난다. 친구의 바닷가 별장, 그 별장 옆의 골프장, 카터를 타거나 골프를 치다가 고개를 들면 파란 코발트 색으로 펼쳐지던 바다, 별장 안락의자에 앉아 바다를 감상하면 초록색, 잿색으로 시간따라 변하던 물색. 바다 그 너머엔 모로코가 있었지…….

"내일 우리 모로코로 쇼핑갈까? 보석도 거기선 싸게 살 수 있어."

보석이 취미이던 친구는 목걸이조차도 다이아로 엮은 걸 갖고 싶어했지. 그러나 난 그 정도는 아니었어. 멋진 레스토랑에서 플라밍고만 봐도 내 행복은 꽉 찰 수 있었어. 무어 족을 피해 산 속에 세웠다는 스페인의 그 환상적인 도시 카사데스, 거기에서 감상했던 안달루시아 플라밍고, 300년 전에 시작되었다는 그 오리지널 플라밍고만이라도 다시 볼 수 있다면……. 그래, 내 취향은 딱 그 정도인걸. 그런데 어찌하여 나는 이렇듯 무너지고 나보다 훨씬 상류인 그 친구들은 여태도 짱짱한가. 찬우 말처럼 그것조차 내 것이 아니어서 그랬단 말인가.

삼촌이 움직인다. 그 바람에 오징어 봉지가 떨어져 내린다. 그걸 집어 제자리에 놓고 삼촌을 내려다본다. 삼촌은 다시 잠잠하다.

삼촌, 난 그때가 그리워요. 미치도록 그때가……. 친구와 함께 골프를 치러 다닐 때, 스페인과 영국으로 휴가를 다닐 때, 영국의 그 골프장에서 만난 배우, 한국에서 촬영왔다는 그 배우가 내게 인사를 하러 왔을 때 주위 사람들로부터 받은 부러운 시선……. 삼촌, 난 그런 일들이 못 견디게 그리워요. 너무 그리워서 거의 미칠 지경이에요. 불과 3년 전까지만 해도 내가 그렇게 살았다면 누가 믿겠어요? 부흥아파트의 그 구질구질한 이웃들이 알기나 하겠어요? 반상회나 나오라고 그렇게 닦달질할 수 있겠어요? 삼촌 자지 말고 말 좀 해봐요.

86년도였다. 내가 차를 바꾸려고 외제차 카탈로그를 보고 있을 때 찬우가 찾아왔다. 학교는 재적을 당하고 숨어 다닌다던 녀석이라 나는 먼저 놀라기부터 했다.

"너 웬일이니? 이렇게 다녀도 괜찮으니?"

녀석은 대답도 하지 않고 소파로 가 앉았다. 그리고 실내를 휘

휘 돌아보며 물었다.

"집에서 축구를 해도 되겠네. 몇 평이야?"

"응, 55평. 크게 넓은 건 아니야. 적당한 거지."

"적당하다구?"

녀석은 그렇게 반문해놓고 다탁 위에 펼쳐진 카탈로그를 슬쩍 넘겨다보았다.

"또 차를 바꿀 모양이지?"

"왜, 나는 외제차 좀 가지면 안 되니?"

녀석의 표정이 사뭇 심각해서 그렇게 물었던 것인데 녀석은 당연한 게 아니냐는 식으로 대답했다.

"물론 안 되지."

"왜 안 된다는 거지?"

"살인마를 옹호해서 돈을 벌었고 그 돈으로 사치를 누린다는 건 큰 죄악 아니겠어?"

녀석은 표정 하나 흩트리지 않고 그런 말을 주절거렸다. 그건 내가 아는 찬우의 모습이 아니었다. 녀석은 책을 많이 읽어 논리적이었고 또 말투도 선비 같았지 저렇도록 무시무시한 말을 대놓고 지껄인 적이 없었다.

"뭐, 뭐라구? 누, 누가 살인마라는 거니?"

나는 너무 놀라 더듬거리며 되물었다.

"광주에서 2천 명이나 죽여놓고 정권을 잡은 사람, 그럼 살인마가 아니고 뭐지?"

비로소 나는 정신을 가다듬었다. 녀석도 유언비어를 믿고 있는 것이다.

"유언비어가 판을 친다더니 너마저도……."

"뭐가 유언비어야?"

"너 좀 똑바로 알아라. 광주에서 죽은 사람은 백팔십 몇 명이래. 그런데 광주 사람들은 2천 명이라고 떠든다더니 너도……."

"그걸 떠든다고 표현해? 어떻게 그런 식으로 말할 수 있지? 누나 말처럼 설령 신문에 발표된 딱 그만큼의 시민이 죽었다 치자. 그럼 그 자는 살인마 아냐? 그 시민들이 이웃 마을을 쳤어? 살인 강도질을 했어? 어떻게 군인들에게 시민들을 그렇게 무자비하게 짓밟으라고 명령할 수 있지? 닥치는 대로 죽여서 이 산 저 산에 묻어버리고 또는 저수지로 갖다 버릴 수 있냐구? 그것이 헌법을 가진 나라에서 자행될 수 있는 일이야?"

"나라를 바로잡자면 다 그런 불상사도 있기 마련이지."

"누가 나라를 바로잡는다는 건데? 그 사람에게 그럴 자격이나 있어? 그는 나라를 탈취한 거야. 강도질만 한 것이 아니라 살인강도질을 한 거야."

녀석은 끝까지 정도를 지켜가며 차근차근 이야기를 했다. 아니 그렇게 하려고 노력하는 것 같았다. 언성을 먼저 높인 사람은 나였다.

"얘, 그건 전쟁과 같은 것이었어!"

"전쟁? 그러면 자기 나라 시민을 상대로 한 것도 전쟁이야?"

그때 문득 녀석이 주체사상에 병들었던 생각이 났다.

"흠, 그래서 넌 6·25 전쟁을 일으킨 그 괴수 김일성이나 떠받

들었구나, 응? 나에게 진짜 원수는 그 사람이야. 내 아버지를 잃은 것도 다 그 자가 만든 전쟁 때문이었단 말이야. 그런데 넌 본질은 보지 않고 엉뚱한 길로 빠져서……."

"내가 엉뚱한 길로 빠졌다구?"

"아니면, 만약 지금 대통령이 군인이고, 그게 너희들 부자에겐 아주 싫은 일이라면, 그렇다면 왜 이 땅엔 군인들이 계속해서 대통령이 되어야 하는지 한 번쯤이라도 그 원인은 생각해봤어? 살펴보기라도 했어?"

"이 땅에 군인들이 계속 대통령이 되는 원인이 6·25에 있단 말이지? 그건 제법 그럴 듯한 말인데? 그러니까 군인들이 계속 그걸 빙자로 정권을 강도질할 수 있고, 또 그렇게 조장해가고……. 그러면 누나는 그 6·25는 왜 일어났는지 그 원인에 대해 살펴본 적이 있어?"

"거기에 무슨 원인이 있니? 왕창 밀고 내려와서 몇백만의 사람들을 죽이고, 그리고 실패하니까 도로 물러간 것이지."

"그렇게 말하니까 누나가 나에게 극찬하면서 보내준 책이 생각나는 군. 그건 〈영광의 탈출〉이었어. 내 말은 누나의 역사의식은 항상 한 쪽으로 기울어져 있다는 거야. 기울어졌을 뿐만 아니라 신봉자이기도 하지. 하지만 역사란 항상 양면에서 서술되는 것이고 따라서 그 양면의 그늘을 다 살폈을 때에만 객관의 눈이 생기는 거야."

"너 누구한테 훈계하니?"

"내가 훈계 좀 하면 안 돼?"

비로소 나는 떠돌아다니던 말을 하나하나 떠올려보았다. 운동권에 미친 애들, 그 애들에겐 부모도 형제도 없다, 거기에 한 번 물들면 다들 눈이 뒤집힌다, 저 아버지보고도 매국노라고 삿대질한다…….

'찬우도 이미 그 지경에 이르러 있다. 지금은 그 누구도 이 앨 빼낼 수 없다. 어느 고위 공무원도 결국 자기 외아들을 포기하고 말았다지 않던가.'

나는 목소리를 가다듬었다.

"쓸데없는 사설 그만두고 너 우리 집에 온 용건이 뭐야? 그거나 말해."

도망다니는 애들은 돈이 필요할 것이고 녀석도 결국은 손을 벌리려고 왔으리라고 생각했다. 그러면 돈은 넉넉히 줄 생각이었다. 그렇게 마지막 선심으로 녀석과 의절하고 싶었다. 한데 녀석의 방문 목적은 그것도 아니었다.

"내가 오늘 왜 여기에 왔느냐구? 솔직하게 말해줄까? 누나의 죗값이 얼마나 되는지 그걸 측정하러 온 거야."

"뭐, 뭐라구?"

"아, 물론 대충의 무게는 나도 알고 있지. 살인마의 책을 내서 돈을 벌었다는 것, 그리고 계속 그 우산 아래서 승승장구하고 있다는 것. 하지만 내가 진정으로 알고 싶은 것은 누나의 감춰진 의식이었어. 그렇게 사는 것에 대해 조금이라도 죄의식을 가지고 있느냐……. 그런데 전혀 아니군."

녀석은 내가 자기에게 실망을 안겨준 것이 아주 슬프다는 듯 고개까지 저으며 말했다. 내가 되물어보았다.

"헌데, 내가 왜 죄의식을 가져야 하지?"

"그렇겠지. 지금도 절대빈곤자가 80만이나 되고, 좁은 단칸방에서 키 잠을 자고 라면도 제대로 먹지 못하는 민중이 수없이 많은데도 누나는 호화 아파트에 살면서 죄의식은커녕 이것도 적당한 것이라고……."

"사람은 다 각자가 사는 방법이 다른 거야. 이게 내 인생이라면 가난한 사람들은 또 그들의 인생인 거야."

"가난은 팔자가 아니야. 부자들이 그들의 몫을 갈취해가기 때문이지."

"너랑 더 이상 이야기하기 싫으니 이제 그만 가봐."

내가 물러서는데도 녀석은 계속 딴죽을 걸었다.

"누나는 누나의 부를 각자의 인생이 다른 것으로 표현하고 싶겠지만 누나는 누나 자신을 다르게 보이려고 포장을 한 거야. 악마의 책을 미화해주고 얻은 고물로 말이야. 문제는 그것이 누나의 것이 아니었을 뿐더러 영원히 아니라는 거야. 그런데도 자기 것이라고 믿고 있다니. 누나는 지금 아주 깊은 착각에 빠진 거야."

"이만 가보라잖니!"

"한 가지 충고해주겠는데, 누난 반드시 알아야 해. 이 모든 것이 가짜임을, 가짜에 단단히 씌어 있다는 것을."

"헛소리 그만해! 넌 그 괴뢰 악당에게 충성을 바쳐 계속 그렇게 살고 난 또 이렇게 살 테니까 어서 가!"

"나는 그 어떤 괴뢰에게도 충성을 바치지 않아. 내 신념에 복종할 뿐이지."

"어서 못 가?"

"가라고 재촉이니 오늘은 이만 물러가지. 하지만 경고하는데 누나는 반드시 그 대가를 치르게 될 거야. 어쩌면 그것이 구제받는 길인지도 모르지만……."

"뭐라구? 이 자식이 이제 악담까지 해? 당장 나가! 나가라니까! 앞으로 두 번 다시는 내 집에 발도 들여놓지 마!"

그렇게 몰아내는데도 녀석은 끝까지 나를 응징하는 것이었다.

"그 누군가가 아니면 나라도 누나를 심판할 거야."

"이 악당 같은 자식, 니가 감히 날 어떻게 심판한다는 거야? 그게 부모 같은 누나한테 할 소리야, 응? 나가, 썩 나가!"

내가 악을 쓰는데도 녀석은 아주 천천히 집을 나갔다. 녀석이 사라졌는데도 분노는 내 목에서 더 크게 꽈리를 불어댔다. 나는 식식거리며 거실을 서성이다가 부흥아파트 엄마한테로 전화를 걸었다.

"엄마, 찬우 그 자식, 그 나쁜 자식이 찾아와서 날 협박을 하고 갔어. 그 자식이 날 심판한대 글쎄, 그 미친놈이……."

"애, 차근차근 말해봐, 무슨 말을 하고 갔는데?"

내가 생각나는 대로 늘어놓자 엄마는 길게 한숨을 쉬며 말했다.

"사상인가 뭔가에 빠지면 그런 짓거리도 한단다. 그러나 정신이 돌아오면 사과를 하러 올 테니 잊어버려라. 또 그게 윗사람의 도리다."

"그 녀석이 사과를 하러와? 절 키워준 누나한테 내 죗값을 달아보려고 왔다는 녀석이? 그런 자식은 오는 것도 싫어! 용서하기도 싫어!"

이때 엄마가 얼른 내 말을 자르고 냉정하게 물었다.

"넌 걸핏하면 그 애들 키워줬다고 공치사를 하던데 얼마나 키워줬다고 그러니?"

"죽도록 번역해가며 키워줬잖아?"

"그럼 물어보자. 넌 또 누가 키워줬냐? 그 애 애비들이 아니냐? 외갓집 식구들이 아니냐? 네가 그 애들을 키워준 것보다 그들이 몇 갑절이나 더 너를 거두어주었다."

여기에 이르자 나의 화는 엉뚱한 방향으로 폭발하기 시작했다.

"그럼 엄마는 왜 날 버리고 가랬어? 그때 날 버리고 갔으니까 내 인생이 이렇게 엉뚱한 가닥으로 꼬인 거잖아? 필요 없는 식구들이랑 이날 이때까지 질질 엮여오고 있잖아?"

난 화가 나서 별별 이야기를 다 끌어대며 악을 썼다. 엄마도 더는 못 참겠던지 버럭 소리를 질렀다.

"시끄럽다. 넌 그래도 살아났잖아. 그건 누구 덕이냐, 응?"

나는 그만 말문이 턱 막혀버렸다. 할말도 없을 뿐더러 엄마가 소리친다는 것에 지레 놀라버린 것이었다. 엄마가 진정을 하고 다시 말했다.

"우리 옆집 아이도 보안사인가 어딘가에 잡혀갔다 왔는데 얼마나 맞았는지 지금 집에서 똥오줌을 받아내고 있다. 그런 걸 보면 학생들에겐 이 시기가 전쟁과 마찬가진 거야. 그렇게 당하는 학생들이 많으니 찬우 같은 애들도 미쳐가는 거겠지. 그러니까 니가 참아. 시절이 잠잠해지면 찬우 마음도 돌아올 거다."

"돌아오는 것도 싫어. 다시 보는 것도 싫어."

"그런 말 하는 것 아니다. 너희들이 어떤 사이냐. 촌수야 외사촌이지만 친형제, 부모 같은 사이들이 아니냐. 니가 외삼촌이 아무리 미운 짓을 해도 속속들이 미워할 수 없듯이 그 애들도 마찬가지야. 그것이 그냥 촌수와 서로가 키워준 촌수의 다른 점이다."

엄마 말이 옳은 것 같았다. 외삼촌이 아무리 미워도 정말로 속속들이, 그러니까 증오할 만큼 미워본 적이 없었다는 것도 사실이었다. 그렇다면 엄마의 지적처럼 그 바탕에 서로 키워준 내연들이 깔려 있기 때문일 것이었다. 또한 찬우도 지금 어디엔가 경도되어 미친 소리를 하고 갔지만 시간이 지나면 정신을 차릴 것이었다.

나는 그렇게 마음을 정리했다. 정말 정신을 차려준다면 용서해줄 생각도 있었다. 한데 그 한 달쯤 후 녀석이 정말로 날 응징하러 온 것이었다. 그것도 제가 직접 오지 않고 똘마니들을 보내왔던 것이다.

밤 열시 경이었다. 은수가 잠이 들자 난 거실로 나왔고 그때 베란다 창문이 열려 있는 게 보였다. 분명히 닫은 것 같은데 잊은 모양이었다.

내가 다가가 창을 닫으려는데 뒤에서 복면한 남자가 다가들어 내 팔을 비틀고 입에 재갈을 물렸다. 그새 베란다로 침투해 숨어 있다가 날 덮친 것이었다. 두 명이었다. 순식간에 일어난 일이라 난 소리 한 번 질러보지도 못한 채 몸과 팔까지 오랏줄에 묶이고 말았다.

그들이 날 거실로 끌어들일 때 나는 비로소 그들의 얼굴을 볼 수 있었다. 코 아래로는 검은 복면이 가려져 있고 눈들이 번쩍였다. 한 남자는 눈썹도 짙었다. 내가 덜덜 떨면서 그 눈매라도 단단히 봐두려고 눈길을 모으는데 키가 큰 곱슬머리의 남자가 말했다.

"이 집에도 물방울 다이아가 있지요? 물론 천만 원 호가하는 모피 코트도 있을 것이고……."

나는 그런 것은 없다는 것을 알리기 위해 재빨리 고개를 저었다. 다시 남자가 말했다.

"우리도 그런 것은 필요치 않습니다. 가져가야 현금으로 바꿀 데도 없구요. 우리가 필요한 것은 현금입니다. 자, 이제 가지고 있는 현금 전부를 내놓으시죠."

강도치고는 말이 꽤 정중하다고 생각하는데 다음 말은 매우 살벌했다.

"우린 베란다에 휘발유도 가져다 두었습니다. 만약 속이거나 허튼 짓을 하면 우린 이 집에 불을 지를 것입니다."

나는 고개를 활활 저었다. 그런 일만은 제발 하지 말아달라는 뜻이었다. 곱슬머리의 남자가 다시 말했다.

"아, 물론 순순히만 응해주신다면 그런 불상사는 일어나지 않을 것입니다. 자, 우리 말을 따르겠습니까?"

바보같이 잔뜩 겁을 먹어버린 나는 얼른 고개를 끄덕였다.

"자, 그럼 현금이 있는 데로 앞장서시죠."

그날 나는 현금이 별로 없었다. 내 책상 서랍에 약 80만 원 정도가 있었지만 그것만 있다고 하면 꽤씸하다고 불을 질러버릴지도 몰랐다. 물방울 다이아와 모피 코트 운운하던 깐을 보아 큰 것만 노리고 다니는 강도들 같았다.

나는 내 서재로 들어가 두툼한 원서 케이스를 가리켰다. 그 책 케이스 속엔 50불짜리 달러 2만 불이 들어 있었다. 그 달러는 차기 노벨문학상 작가와 계약을 하기 위해 준비해둔 것이었다.

"현금을 책 케이스 속에 숨겨둔다? 지능이 대단하시군요."

강도가 그렇게 시월거리며 책 케이스를 빼냈다. 그리고 봉해둔 테이프를 북 뜯어냈다. 달러 일부가 쏟아져 나왔다.

"이건 딸라잖아?"

곱슬머리가 상대에게 말했다. 서로가 몹시 놀라는 눈치였다. 그러나 곧 비닐봉지를 꺼내 그 돈을 쏟아 부은 뒤 속셔츠 속 깊이 넣었다.

"자, 이제 우리 돈 현금은 어디 있지요?"

내가 책상서랍을 가리켰고 강도가 그쪽으로 다가갈 때 곱슬머리 남자의 뒷주머니에서 이상한 신호가 울려왔다. 그것은 워키토키였고 그 신호가 도망가라는 지시였던지 강도들이 부리나케 튀어나갔다. 나는 잠깐 어리둥절했으나 곧 그들을 뒤따라 나가보았다. 다리까지 묶여 있지 않다는 것이 그땐 큰 다행으로 여겨지기도 했다.

그들은 벌써 베란다로 달아나고 있었다. 그때 강도야, 라고 소리칠 수만 있다면 잡을 수도 있을 것이었다. 그러나 나에게 자유롭게 움직일 수 있는 것은 두 다리뿐이었다.

나는 아이 방으로 갔다. 아이는 세상모르게 자고 있었다. 차라리 다행이다 싶었다. 나는 어깨를 기울여 은수를 깨웠다. 은수는 내 모습에 놀랐던지 그 눈에 잠이 싹 달아났다.

"엄마 왜 이래?"

나는 어서 입에 재갈을 풀어달라고 눈짓을 했고 아이는 재갈부터 풀어주었다. 재갈이 풀렸을 때 나는 먼저 아이를 안심시켰다.

"엄마가 심심해서 혼자 장난을 해보았는데 너무 심하게 했던 모양이야."

"그럼 나 깨우지."

아이는 아무 의심도 없이 노끈까지 풀어주었다. 나는 은수를 꼭 껴안고 침대로 들어갔다. 아이가 말했다.

"엄마, 이담부터 그런 장난 혼자서 하지 말고 나랑 하자, 응?"

"그래, 그러면 더 재미있겠구나."

아이에게 이불을 여며준 후 침대에서 나왔다.

"엄마 샤워하고 올게."

"응⋯⋯."

아이는 그대로 두어도 잠들 것 같았다. 나는 안심하고 거실로 나와 먼저 경찰에 신고부터 했다. 그리고 베란다로 나가보았다. 구석구석 살펴보아도 휘발유 통은 발견되지 않았다. 그 말은 협박용인가 보았다.

베란다 밖을 살펴보았다. 우리 집 위성 안테나에 밧줄이 걸려 있었다. 그들은 그것을 타고 침입했던 것이고 또 그렇게 달아난 것이었다.

'아, 그래, 우리 집이 이층이라서 침입하기 쉬웠던 거야. 내일 당장 위성 안테나부터 옮기리라.'

나는 창을 걸어 닫고 소파에 와 앉았다. 그제야 스쳐가는 바람처럼 찬우가 하던 말이 떠올랐다.

'경고하는데 누나는 반드시 그 대가를 치르게 될 거야.'

그 복면 강도들이 청년들인 건 확실했다. 그러나 눈매나 곱슬머리로 보아 학생들 같지는 않았다. 강도 주제에 말투가 정중했던 것도 신분 위장을 위해 일부러 그랬을 것이었다. 절대 찬우와 연관된 일은 아니다, 그저 까마귀 날자 배 떨어진 식이라고 우연히 일이 이렇게 되었을 뿐이다……. 나는 애써 그런 결론까지 내렸다.

벨이 울렸다. 구원병이 왔다 싶자 별안간 다리에 힘이 쭉 빠졌다. 나는 문을 열어주고 얼른 소파로 돌아와 앉았다. 경관 한 사람이 따라 들어오며 말했다.

"범인을 잡았습니다."

"정, 정말이에요? 그럼 어딨어요, 그 범인들?"

"그 자식 끌고 들어와!"

경관이 밖을 향해 소리쳤다. 나는 크게 안도의 숨을 쉬었다. 이제 잃어버린 2만 불을 되찾게 되는 것이다. 내가 막 그런 생각을 챙기고 있을 때 경관이 수갑 찬 청년을 안으로 떠밀며 들어왔다.

아니, 이건 또 무슨 조화인가? 그 청년은 강도가 아닌 찬우였다. 고개를 빳빳이 쳐들고 들어오면서도 애써 시선을 외면하려는 녀석을 보자 그만 머리가 돌아버릴 것 같았다. 그러나 나는 곧 진정을 하고 물었다.

　"그 사람은 어디서 잡았죠?"

　"아파트 정문 뒤에 서 있었습니다. 이 자식은 지능적인 수배자라 우리가 간신히 검거했어요. 한데 이 집에서 강도질까지 했다죠? 그래서 얼굴이나 확인하라고 데리고 왔습니다."

　퍼뜩 강도의 뒷주머니에서 울려오던 워키토키 소리가 생각났다. 그러니까 그 소리는 빨리 달아나라는 신호였고 그것을 지시한 것은 찬우 저 녀석이었다. 나는 심한 배신감에도 불구하고 천천히 고개를 저었다.

　"우리 집에 온 강도는 그 자가 아니에요."

　"아니라니요, 이 자가 자백을 했는데."

　"아니에요. 내가 그 얼굴을 똑똑히 봤어요. 한 사람은 곱슬머리고 또 한 사람은……."

　그러자 경관이 당장에 찬우 머리를 후려갈기며 말했다.

　"이 자식 이거 공범이 있었구나. 말해봐, 공범은 어디로 빼돌렸어?"

　나는 녀석이 그렇게 얻어맞는 것은 하나도 마음이 쓰이지 않았다. 그저 다만 경관들 앞에 내 동생임이 밝혀질 일이 두려워 버럭 언성을 높였다.

　"지금 불난 집에 부채질하나요? 그 사람 여기서 데리고 나가요. 그리고 어서 진범이나 찾아다 주세요!"

대동 경관이 찬우를 데리고 나갔다. 남은 경관이 내게 막 어떤 질문을 하려는데 복도에서 찬우가 대항하는 소리가 들려왔다.

"나 혼자 들어왔다니까요! 공범 없어요. 저 여자 겁을 먹어 얼굴을 못 알아본 거예요!"

다행이다. 녀석은 나를 저 여자라고 말했다. 그러면 나와의 인척관계는 밝히지 않을 것이다. 그들의 기척이 사라지자 남은 경관이 내게 물었다.

"그러니까 어디로 들어왔지요?"

"저기 베란다로요. 밧줄이 아직 그대로 있어요."

경관이 밧줄을 확인하고 와서 다시 물었다.

"그럼 잃은 물품은 뭐죠?"

"없어요."

이때 나는 녀석의 죄를 줄여주기 위해 그렇게 진술한 것은 아이었다. 또 공범인지 똘만이들인지 그 강도들의 추적을 중단시키게 하기 위해서도 아니었다. 그저 다만 묻어버리고 싶었다. 그래야만 녀석과의 관계도 덮어질 것이었다.

"없다뇨?"

경관이 이해할 수 없다는 듯 반문했다.

"마침 아이가 깨어나 밖으로 나오자 어른인 줄 알고 얼른 다시 달아났어요."

"정말입니까?"

"그렇다니까요."

"천만다행입니다. 요즘 저런 애들한테 걸리면 귀중품은 싹 훑어간답니다. 거 있잖습니까? 무슨 건설회사 사장님요, 그 집도 당했어요. 훑어가면서 뭐래는 줄 압니까? 당신은 의적 일지매한테 회사한 거다, 그런데요."

"의적 일지매?"

"미친 자식들이죠. 빨갱이들이 무슨 의적이라고. 아무튼 앞으로는 문단속 잘하셔야 할 겁니다."

그때 은수가 눈을 비비며 거실로 나왔다. 바깥에서 사람 소리가 나서 다시 잠이 깬 모양이었다. 나는 아이가 입을 열기 전에 재빨리 다가가 와락 껴안으며 경관에게 말했다.

"간신히 재웠는데 또 깬 모양이에요. 오늘 고마웠습니다. 안녕히 가세요."

"그럼 문단속 잘하십시오."

경관이 나가자 나는 문을 걸어 잠그고 아이 방으로 갔다. 아이가 물었다.

"엄마 또 경찰 아저씨와 체포놀이를 한 거야?"

"체포놀이?"

"아까 나랑 하자구 그랬잖아. 근데 경찰 아저씨를 불렀어?"

"아, 그거? 그래, 그랬어."

그리고 나는 아, 피곤하다, 라고 말하며 아이 옆에 누웠다. 아이의 숨결이 잔잔해지는데도 나는 영 잠이 오지 않았다. 찬우와 강도들, 그리고 경관이 남긴 말들만 천장으로 회오리치더니 잠결에도 그 악몽만 반복되었다.

정말이지 나는 궁금했다. 보통 질긴 인연을 거론할 땐 남녀간의 관계를 일컫는다. 한데 녀석과 나에겐 남녀도, 친형제도 아니면서 어떻게 그런 끈질긴 연줄이 걸려버렸단 말인가. 하지만 이제는 그 관계를 정리해야 한다. 또 그때가 왔다. 그건 녀석이 먼저 시도한 일이다. 친척이란 그 연줄을 가위로 잘라버린 것도 그녀석이다. 경관한테 나를 일러 '저 여자……' 로 지칭한 것도 다 그런 뜻이다. 그러면 이대로 다 묻혀질 수 있다. 관계로부터도 홀가분하게 떠날 수 있다.

녀석이 인연의 줄을 잘라주었다고 생각한 것은 나의 착각이었다. 그것은 그저 나의 바람이었을 뿐이었다. 내가 그토록 간절히 녀석과의 관계가 묻혀지길 바랐고 또 그렇게 될 줄 알았음에도 녀석이 그걸 원하지 않았다. 원하지 않을 뿐더러 걸핏하면 그 인연을 설렁줄처럼 흔들어댔다.

녀석이 잡혀간 보름쯤 후였다. 한찬우와 대질할 용건이 있으니 누님께서는 오후 두 시까지 검사실로 와야 한다는 내용이었다. 녀석이 아니면 평생 모르고 지나갔을 공안검사란 사람한테까지 내가 그런 출두서를 받게 된 것이었다.

나는 달아나고 싶었다. 하지만 거기에는 분명히 '누님' 이라고 명기되어 있었고 도저히 빠져나갈 길이 없었다. 누님이란 그 촌수나 출두명령, 두 쪽이 다 그랬다.

나는 지정해준 시간에 검사실에 갔고 그 얼마 후 녀석이 오랏줄에 묶인 채 끌려들어왔다. 얼굴은 초췌했고 모습도 좋아 보이지는 않았다. 나는 싸늘한 얼굴로 녀석을 일별하며 속으로 '다 그

렁게 벌받아야 하는 거야' 라고 생각했다. 그런데 전혀 기운도 없어 보이는 녀석이 자리에 앉자마자 바쁘게 지껄여대기 시작했다.

"누나야, 내 엄청 맞았어. 나쁜 짓은 내가 했는데 니가 자꾸 다른 사람이라카니……."

그때 검사보가 탁자를 꽝 내려쳤다.

"닥치고 있지 못해?"

"니가 날 봐줄라꼬 자꾸 거짓말 하지만 그게 날 죽이는 거다."

그러니까 우리 집에 강도로 침입한 작자들에 대해 끝내 불지 않았다는 암시였고 그 모든 소행은 자기 짓으로 돌려야 한다는 주장인 셈이었다. 그것이 자기에게 유리해서가 아니라 네가 아무리 다른 소리를 해봐야 자기는 그들을 끝까지 지킬 것이며 설령 죽는 한이 있어도 실토하지 않겠다는 각오였다.

나는 그만 기가 탁 막혔다. 이 악마 같은 자식이 이제 나와 진술 게임까지 하자는 것이 아닌가. 나까지 거짓 진술에 공범으로 끌어들이겠다는 수작이 아닌가.

"누나야, 내가 잘못 했다, 그러니 진실을 말해줘. 날 살려줘."

녀석이 애원조로 말했다. 그때 불현듯 삼촌의 편지가 떠올랐다. 녀석이 '날 살려줘' 라는 말에서 그 상황이 연상되었는지도 몰랐다. 카투사 부대에 가서 엄마에게 자기를 구해 달라고 애원하던 삼촌……. 그런데 이제 세대가 바뀌어 내가 녀석한테 비슷한 애원을 받고 있었다. 하지만 난 엄마와 다르다. 들어줘봐야 더 나을 게 하나도 없다는 걸 뻔히 알면서도 그런 응석이나 받아줄 만큼 여린 사람도 아니다.

나는 재차 마음을 다잡았다. 한데 그때 녀석이 다시 절규하듯 외치는 것이었다.

"누나 제발!"

그때 검사보가 더 참지 못하고 아이의 머리를 후려쳤고 그 바람에 포승에 묶인 그 녀석이 바닥으로 나동그라지고 말았다. 그러자 수의 윗단추가 벗겨지면서 어깨 뒤쪽이 드러났다. 한데 그 살갗의 색이 이상했다. 피멍이었다. 그것은 자주 빛깔로 문신을 한 것보다 더 짙은 색이었다. 녀석이 지독하게 맞았다는 증거였다. 눈에 띄는 얼굴만 빼고 전신을 그렇게 맞은 것이었다.

사람 마음이란 참으로 이상했다. 그 녀석이 설령 죽었다 해도 눈 하나 깜짝하지 않을 것 같았는데 구타의 흔적을 보자 그만 마음이 흔들렸다. 게다가 불쑥 또 어릴 때의 일까지 떠올랐다. 동우 대신 맞겠다고 방으로 뛰어들던 녀석의 모습이었다. 그래, 저 녀석은 정말 죽인다 해도 죄를 스스로 뒤집어쓸 녀석이다!

"저 녀석 말 다 사실이에요, 감옥에 처넣고 많이 살리세요, 나쁜 자식!"

나는 악에 받친 듯 그렇게 말했다. 그러자 검사의 질문이 시작되었다.

"복면을 했다는데 어떻게 이 녀석인 줄 알았지요?"

나는 힘주어 대답했다.

"저 건방진 녀석이 스스로 복면을 벗었어요."

"머리가 곱슬머리라고 한 것은?"

"내 동생이라고 밝히는 게 수치스러워서 경관에게 거짓말을 했어요."

"그러면 왜 신고를 했죠?"

"그때 생각은 저 녀석 버릇을 고쳐주려고……."

얼마나 아귀에 맞는 진술을 했는지는 알 수 없으나 나는 곧 풀려났고 녀석은 더 남아 있었다. 나는 일부러 뒤도 돌아보지 않고 검사실을 나왔다.

녀석은 그 사건 외에도 수배건수가 있어 엄청나게 맞고 고문까지 당했다는 것은 면회를 갔다 온 엄마로부터 들었다.

"그래도 너거 집에 강도짓 하다가 검거된 것이 덕을 봤다더라. 만약 아무도 모르게 검거되었다면 고문당하다가 죽었을지도 모른다더라. 그렇게 죽는 학생들이 한 둘이 아니라니, 니가 찬우를 활인해준 거나 마찬가지다. 찬우도 그걸 알고 있으니 니도 이제 앙금을 털어버려라."

그 뒤부터 엄마는 거의 매일 면회를 다녔다. 녀석은 결심에서 3년 선고를 받았고 그날 법정에서 돌아온 엄마가 또 이렇게 보고했다. 내가 듣고 싶어하지 않아도 엄마는 늘 그렇게 얘길 해줘야만 직성이 풀리는 사람이었다.

"야야, 전 같으면 5년 이상은 받았을 거라더라. 다행히 요즘은 유화국면이라 3년을 받은 거지. 더욱이 또 3년으로 덕을 보는 건 말이다, 군복무가 면제된단다. 녀석은 여러 모로 운이 좋았던 거야. 강제징집으로 끌려가는 것보다 교도소에 있는 것이 안전하다고도 하고."

"엄마는 어떻게 그렇게 줄줄이 잘도 알아?"

"면회 다녀보면 학생 엄마들 많이 만난다. 그 엄마들 얘길 들어보니 강집으로 끌려가서 의문사 당하는 아이들도 많다더라."

이상했다. 엄마가 그런 얘길 전할 때면 대통령에 대해서 한 번쯤 돌이켜볼 만했음에도 나는 전혀 그런 생각을 하지 못했다. 의심하는 것조차 불손했던 때문이 아니었다. 우리가 만들어준 책은 그저 돈이었다는 생각, 찬우 말처럼 물신 숭배자였던 나에겐 그저 그것만 지켜지면 되었던 것이다.

찬우가 기결수로 넘어가기 며칠 전에 엄마가 전해주었다.

"녀석이 꼭 한 번만 면회를 와달라더라. 너한테 긴히 할 얘기가 있다고."

나는 대답조차 하지 않았다.

"편지로라도 쓸려고 했는데 검열이 워낙 심해 그럴 수도 없다는구나. 웬만하면 한번 가보지 그러냐?"

그렇게 엄마까지 부추겨도 나는 그 말을 듣지 않았다. 결국 녀석은 대구교도소로 넘어갔고 마지막 면회를 하고 돌아온 엄마가 나에게 전해주었다.

"너한테 꼭 전하라더라. 첫째는 죄송하고 둘째는 그때 고마웠다고. 덕분에 후배들은 다 안전하다고."

"그래, 가져간 돈은 엇다 썼대?"

"그런 말은 안 하더라. 그저 고맙다고."

"이제 엄마는 대구까지 면회를 가겠네?"

"한 달에 한 번이라더라. 가봐야지. 지 애비가 근무중이니 나라도 가야지."

"그럼 꼭 전해줘. 난 동생 인연 끊었다고."

엄마는 그런 내 말엔 아무 대꾸도 하지 않았다. 쓰다 달다는 내 색도 없었다.

나 역시 녀석이 석방되어 나올 때까지 단 한 번도 면회를 가지 않았다. 그럴 시간이 없었던 때문이기도 했다.

몰락의 절차

우리가 몰락한 것은 찬우의 진단처럼 민주화가 왔기 때문이 아니었다. 사람들이 일컫듯 문민정부가 곧 민주화를 표상하는 거라면 그 문민정부 초기에도 우리는 잘 나가기만 했다. 거래처 사람이나 행정, 그 어느 부서도 바뀐 것이 없었다.

처음 남편에게 기회를 준 그 남자는 요직을 두루 거쳐 나중에는 국회로 진출했고 여태 단 한 번도 낙선한 일조차 없다. 만약 우리가 군부 덕에 성장했고 또 함께 몰락한 거라면 어째서 그 사람들은 조금도 힘을 잃지 않고 모두 그 자리에 우뚝 서 있을 수 있는가. 찬우의 말처럼 IMF란 것도 따지고 보면 그들이 챙겨간 것에 대한 빚잔치라면, 그 빚잔치에 휘둘린 것도 중산층 이하의 사람들이 아닌가. 중산층까지 흔들리고 무너졌지만 부유층은 더 단단해지지 않았던가. 그런데 왜 우리가, 이미 부유층으로 진입했던 우리까지…….

그래, 이제 인정해야 한다. 남편과 나의 계산 착오, 그리고 시기가 딱 그렇게 맞아떨어졌던 거라고.

94년 말부터 남편은 슬슬 위성방송 쪽으로 눈을 돌리기 시작했다. 그는 방송계에 대해 전혀 모르던 사람이었다. 우연히 정치인의 파티에 참석했다가 왕년의 톱스타를 알게 되었고 그의 사업계획안에 마음이 동하면서 동업자로 나선 것이었다. 그 톱스타는 이미 프로덕션을 가지고 단편 영화, 다큐멘터리 등을 제작해 공영방송에 납품하고 있던 중이었다.

이날 남편은 집으로 돌아와서 흥분한 목소리로 말했다.

"당신이 좋았다고 말한 그 프로 말이야, '자연의 소리' 인가 하는 것, 그것도 그 사람 프로덕션에서 만들어 납품한 거래. 프로그램에 한해서만은 그 사람 귀재라더라. 내가 자금을 대고 그가 프로그램을 만든다면 그 위성방송은 틀림없이 성공할 것 같은데."

그때 나는 벌써 알아차렸다. 그의 마음이 90프로 이상은 기울어져 있다는 것을. 처음 책을 낼 때도 그는 완전히 흥분해 있었다. 그의 사업 승부는 바로 그런 열정이었고 나는 그걸 인정하는 편이었다.

그 뒤부터 남편은 프로덕션 실무진과도 자주 만났다. 그들은 행사나 파티가 많았고 왕년의 스타라는 그 사람은 한창 잘 나가고 있는 젊은 배우들에게까지 남편을 일일이 소개시키며 곧 위성방송 사장이 될 사람이라고 선전했다. 남편은 방송국을 설립하기도 전에 미리 그렇게 사장이 되어버린 것이었다.

남자들이 영상사업에 얼마나 깊은 열망을 가지고 있는지는 남편을 통해서야 비로소 알게 되었다. 스타들과 어울려 일한다는 것이 인간의 허욕을 채워주는 것도 사실이며 또 인정해야 할 일이었다. 또 그들과 일해서 사업까지 성공시킬 수 있다면 그야말로 세상에서 그보다 더 멋들어진 성과도 없을 터였다. 할리우드를 유지시키는 이야기들도 바로 그런 것들이 아니던가.

남편은 점점 그 일에 빠져들었다. 정부 로비는 물론 설립 절차에 대해 혼신을 다해 뛰어다녔다. 그런가 하면 프로덕션의 이벤트에도 빠짐없이 참석했다. 하루빨리 그쪽 사람들과 친밀해지기 위해서였다. 혹시 거래처나 사람 만나는 일로 본인이 도저히 빠져나올 수 없을 땐 나에게 전화를 걸어 대신이라도 참석하게 했다. 내가 유명인을 만난 것도 다 그때의 일이었고 그건 나에게도 새로운 즐거움이었다.

주주에 뜻이 있다는 돈 많은 탤런트 일행과 라스베이거스에 놀러간 것도 그때의 일이며 친구와 함께 영국에서 골프를 칠 때 만난 배우도 그 즈음 인사를 한 사람들이었다. 그러니까 나는 그들에게 틀림없이 위성방송사 사장이 될 사람의 부인이었던 셈이었다.

그러나 방송 사업이란 하루아침에 성사되는 일이 아니었다. 밟아야 할 절차도 산더미였고 자금 또한 만만치 않았다. 10억, 20억은 그야말로 게눈 감추듯 사라졌다. 서서히 현금 유통에 압박을 받기 시작했고 그때 남편은 출판사 건물을 저당잡혀 자금을 돌렸다. 그러나 아파트까지 그렇게 되었다는 건 알지 못했고 설령 알았다고 한들 방송국만 오픈하면 주주나 광고주로부터 자금이 회수될 것으로 믿었을 것이었다.

95년도 봄이었다. 남편이 제안했다.

"나 말이야, 더 이상 출판사 일에 신경을 쓸 수가 없겠는데 이 참에 당신이 운영을 맡아보면 어떨까?"

그 역시 바람직한 역할 분담이었다. 그렇게 되면 남편은 방송 일에만 전력투구할 수 있고 출판사에도 운영진이 바뀌면서 새바 람을 불러올 수 있을 것이었다.

"그래, 그러면 정당한 수순을 밟아줘. 직원회의를 열어 먼저 의 사를 타진해본다든가, 그런 절차를 거친 연후에 사장이 바뀌는 것으로 말이야. 난 뭐든 확실한 게 좋으니까."

내가 정말 확실한 게 좋아서 그런 제안을 했던가? 아니다. 사 장이 된다는 확실한 절차를 갖고 싶어서 그랬을 것이다.

아무튼 직원회의를 열어 타진해본 결과 별 반대의사가 없었고 그래서 곧 사장으로 취임한 후 출근하기 시작했다. 단단한 각오 도 생겼다. 새바람을 일으키겠다는 것, 교과서나 학습지가 주종 이라는 그런 이미지를 벗고 산뜻한 출판사로 거듭나겠다는 생각 도 했다.

나는 먼저 그간의 실적을 살펴보았다. 예측대로 교과서와 학습 지에만 의존했을 뿐 2, 3년 사이 문예물은 하나도 없었다. 게다가 교과서 판권마저 그해는 다른 출판사로 넘어갔고 그것이 돌아오 자면 2, 3년은 더 기다려야 했다.

'이참에 문예물로 돌려야 한다. 장내 굴지의 출판사들도 다 때 맞추어 문예물로 돌렸고 그 결과 그처럼 성공할 수 있었던 것이 다.'

내 머릿속에 이런 생각도 스쳐갔다. 문예물로 성공할 수 있으면 해마다 교과서 출판권을 따내려고 머리를 싸매가면서 로비를 하지 않아도 되고 무엇보다도 군인의 책을 내서 돈을 벌었다는 그 오명도 지울 수 있다. 그래, 그 웬수 같은 찬우에게도 당당하게 말할 수 있다. 봐라, 우리 출판사가 어떤 식으로 성장하는지.

자신도 있었다. 남편이 방송국을 열면 책 선전을 대대적으로 할 수 있고 그러면 출판사는 다시 급성장할 수가 있을 것이었다.

그러나 우선적인 것은 출판물이었고 책을 찍어낼 원고가 있어야 했다. 나는 먼저 출판 동향을 살피기 시작했다. 지난 몇 해 동안의 출판연감과 문화면 신문 스크랩을 찬찬히 검토해보았다. 번역 작품으로 우세한 경향은 분단에 대한 이슈였고 그것도 동독이 무너진 이후 새로운 경향인 것처럼 보였다.

'그래, 독일 작가다.'

그렇게 간단히 기획안을 결정한 것은 내가 국내 작가에 대해 무지한 데다 편집부에서도 뾰족한 대안을 내놓지 못한 탓도 있었다. 하지만 독일이라면 번역해본 경력으로 봐도 좀 쉽게 접근할 수 있을 것이었다. 게다가 앞으로 몇 년 사이에 노벨문학상 작가는 그쪽에서 나올 확률이 크다는 정보도 있었다.

나는 먼저 노벨상에 가장 가능성 있는 작가를 선택해 편지를 보내보았다. 하지만 그쪽에서는 거절의사를 팩스로 보내왔다. 이유는 이미 한국의 어느 큰 출판사와 계약을 했다는 것이었다. 굴지의 출판사들은 벌써 그만큼 다 앞서가고 있었다.

다시 다른 사람을 살펴보았다. 또 한 사람이 있었다. 우리나라에 막 소개되기 시작한 동독 작가였다. 동독 작가라는 것이 크게 내키지는 않았지만 신문에서는 그 사람에 대한 기사가 노벨문학상을 받을 만한 가치가 있는, 혹은 그럴 가능성이 있는 사람으로 서술되어 있었다.

그래, 미래의 일을 누가 알겠는가. 한림원 멤버들의 마음이 바뀌면 동독인에게도 노벨상을 주게 될지. 그렇게만 된다면 먼저 신간을 내서 좋고 또 나중에 상을 받게 될 때면 우선권까지 돌아온다. 그러면 꿩 먹고 알 먹는 일이 아닌가.

나는 당장 동독 작가에게 편지를 보냈고 그쪽에서는 흔쾌히 수락한다는 답장이 왔다. 이제 독일로 가서 계약서만 작성하면 되었다. 나는 급히 친구의 주소를 수소문해보았다. 독일에 유학을 가서 주저앉은 동창이었다. 나는 내 회화 실력을 믿을 수 없었고 또 확실한 성사를 위해선 그런 친구가 필요했다.

그렇게 모든 준비를 끝내고 나자 그만 불쑥 엄마한테 전화를 걸고 싶어졌다.

'엄마, 나 독일 가게 되었다. 작가가 허락했어. 엄마도 함께 가자. 우리 계약 얼른 끝내고 라인 강의 유람선도 타보고 재미있게 놀다 오자, 응?'

하지만 그건 가능한 일이 아니었다. 엄마는 작년부터 우리 집에서 살다시피 하고 있었다. 은수가 고 1이 되면서부터 음식관리는 자신이 해야 한다고 본인이 자청한 일이었다. 도시락도 점심시간에 스스로 가져다주었다. 아침에 아이가 가져가게 하지 그러느냐고 하면 엄마는 '그것도 내 낙이란다' 라고 대답했다. 하루라도 남을 돌보거나 보살피지 않으면 사는 것 같지 않다던 엄마는 찬우, 동우도 다 성장해 제 길로 찾아가자 이제 은수에게서 마지막 정성을 퍼내는 중이었다.

내가 그때 엄마한테 전화를 걸어 함께 여행을 가자고 말하고 싶었던 것은 어떤 보상심리가 아니었다. 내가 해외에 나갈 때마다 엄마는 은수를 맡아왔고 그것은 내게 일면 당연한 일이기도 했다. 한데 비행기표를 예약하려고 수회기를 든 순간 '엄마와 여행을 하고 싶다'는 어떤 염원이 가슴속으로 지잉, 하고 울려온 것이었다. 어쩌면 내 첫 사업 출장은 엄마와 가고 싶었던 때문인지도 몰랐다.

아무튼 나는 혼자 비행기표를 샀고 그 며칠 후 독일로 떠났다.

동창이 공항으로 나와 주었고 그 다음 날 작가와 만나 계약도 끝냈다. 예술원 근처에 있는 베를린 어느 식당에서였다. 식사를 끝낸 후 동창은 저녁에 다시 합류하자는 약속을 남기고 먼저 자리를 떴다. 이제 저녁시간까지 나와 함께 있어야 할 사람은 작가뿐이었다. 그 작가가 먼저 물었다.

"자, 이제 말해보십시오. 가장 가고 싶은 곳이 어디지요?"

"글쎄요."

나의 계획은 작가를 만난 다음 날 곧 돌아간다는 것뿐이었다. 혼자서 라인 강을 가거나 유람선을 타볼 생각도 없었던 것이다. 작가가 다시 물었다.

"물론 당신도 베를린 장벽에 먼저 가보고 싶겠지요?"

나는 대답을 망설였다. 그 장벽에 대해 아무 호기심도 없었던 때문이었다. 내 나라에 건재하고 있는 장벽조차도 그대로 지켜지기를 바라는 터수에 남의 나라, 그것도 이미 무너진 장벽 따위를 봐야 할 이유도 없었다. 그럼에도 내가 얼른 대답하지 못한 것은 세상 많은 사람들이 그 장벽에 의미를 두고 있는데 나만 아니라고 말한다면 상대가 이상하게 생각할지도 몰랐던 때문이었다.

"그럼 시골길 드라이브나 합시다."

그 작가가 그렇게 결정을 내려준 것은 나의 속내를 이해했다기보다 그 자신도 별로 그 장벽을 좋아하지 않았던 것 같았다.

그가 차를 몰고 간 곳은 동독의 어느 시골길이었다. 몇 개의 구릉을 지나자 곧 넓은 호밀밭이 펼쳐졌다. 아름다웠다. 누렇게 익어 가는 호밀이 바람에 일렁이는 것이 마치 세상 모든 풍요를 그렇게 자아내는 것 같았다.

차는 들녘을 지나 촌락으로 들어섰다. 작은 가게와 농가가 보였고 저만치 쌓여 있는 건초 둥치도 보였다. 젊은 시절 내가 번역을 할 때 자주 만나는 문장이 건초 더미에 대한 서술이었다. 그때 그것이 어떻게 생긴 것인지 참 궁금했는데 지금 보니 밀대 같은 것을 적당한 크기로 썰어 큰 뭉치로 둘둘 말아둔 것 같다.

내가 건초에 대한 회상을 끝내기도 전에 차는 이미 농가를 지나 다시 들녘으로 나가고 있었다. 곧 구릉길이 시작되었다. 차가 구릉의 정상으로 올라선다 싶을 때 작가가 차를 세우고 잠깐 내리자고 했다.

"저기가 내가 유년시절을 보낸 곳이오."

그는 우리가 막 지나온 농가를 가리키며 말했다. 그러면 왜 들리지 않았어요, 라고 말하려는데 그는 다시 또 등을 돌려 반대편

능선 아래에 있는 폐가 한 채를 가리켰다.

"저 집이 바로 코레아 별장이오."

코레아라면 코리아……, 코리아인의 별장? 작가가 그 집 쪽을 향해 빠르게 내려갔고 나도 그 뒤를 따랐다. 역시 집의 출입문들은 모두 나무로 못질이 되어 있었다. 작가가 넓은 뜰 앞에 멈춰서서 말했다.

"내가 유년시절 이 별장은 비어 있었소. 폭격에 반쯤은 허물어진 때문이었소. 그런데 언제부턴가 북한인 부부가 와서 살기 시작했지요. 부인이 화가였고 남편은 선생이었는데……. 하지만 그들도 장벽 붕괴 후 돌아가야만 했어요."

그랬겠지. 여긴 동독이었으니 북한인이 있었겠지. 그리고 장벽이 무너졌으니 더 이상 머물 수가 없어 돌아갔겠지. 나는 건성으로 그런 생각을 하며 커다란 너도밤나무를 올려다보았다. 독일의 책에는 너도밤나무에 대한 묘사도 많았다.

나는 나무 아래로 다가가 떨어진 밤알을 주워 들었다. 윤기가 반지르르한 것이 너무도 탐스러워 보여 먼저 입으로 깨물어보았다. 쓴맛이 혀끝을 쏘았다. 내가 얼굴을 찡그리자 작가가 조용히 웃으며 말했다.

"이건 쓰다고 동물들도 잘 먹지 않아요. 하지만 우리가 어렸을 땐 이걸 삶아서 먹기도 했다오. 감자도 부족해 먹을 게 없을 때……."

나는 밤알을 던져버렸고 그와 함께 집 뒤뜰까지 한 바퀴 돈 뒤 차로 돌아갔다.

차는 오던 길로 되돌아왔고 다시 호밀밭이 펼쳐졌다. 그 아득한 호밀밭에는 이제 풍요의 이미지가 없었다. 햇살 때문인지 그저 모든 것이 밀 색으로 가라앉아 있을 뿐이었다. 그런데 별안간 그 밀밭에서 희미한 기억이 아른아른 다가왔다. 그것은 엄마의 모습이었다. 피난 때 밀밭에 들어가 그 밀들을 손바닥으로 비벼주던 엄마의 얼굴이었다.

내가 그때 옛날 일을 떠올린 것은 밀밭 때문이 아니었을 것이다. 이상하게 작가가 코레아 별장으로 나를 데리고 갔고 또 전쟁 이야기를 한 탓이었을 것이다.

작가는 곧 속력을 올리면서 이제 빨리 달려야 약속시간에 도착할 것이라고 말했다. 친구와 약속한 곳은 정통 독일식 술집이었다.

우리는 저녁 무렵에야 도착했고 그곳은 술집지대였던지 영국식 팝에서 프랑스식 술집, 이태리식, 각 국의 술집이 번화하게 줄지어 있었다.

약속장소로 들어서니 친구는 먼저 와서 기다리고 있었다. 우리는 맥주를 시켰고 작가는 창 밖을 내다보며 다시 전쟁 때 이야기를 끌어왔다.

"이 지대, 장벽이 걷힌 이후 이렇게 변하고 있답니다. 하지만 전후엔 여긴 폐허였어요. 그 폐허에 임시 막사를 짓고 북한의 고아들을 수용했지요."

다시 또 북한에 대한 이야기였다. 그때 나는 좀 짜증이 났고 그래서 이렇게 묻고 싶었다. '당신의 소설에는 전쟁이나 공산권에

대한 이야기가 별로 없는데 웬일이냐 고. 그러나 다음 이야기가
내 질문을 가로막았다.

"그땐 우리도 아주 가난했어요. 아까도 말했듯이 먹을 게 없어
서 그때까지도 너도밤나무 열매를 먹는 사람들이 많았는데…….
그러나 북한의 고아를 돕자는 캠페인이 있으면 우린 아껴둔 감자
나 밀, 채소를 가져다 주곤 했어요."

내가 의례적으로 물어보았다.

"북한에서 데려온 고아가 몇 명이나 되었어요?"

"내가 알기로는 2천여 명……."

"어떻게 그 먼 곳에서 여기까지…… 아무리 우방국이라 해
도……."

"김일성 주석이 부탁을 했지요. 당분간만 돌봐달라……. 나라
사정이 좋아지면 곧 데려가겠다……."

작년에 이미 죽어버린 사람, 한때 찬우가 섬겼다는 그 사람의
이름이 독일인의 입을 통해 다시 살아나고 있었다. 참 끈질긴 유
령이다 싶기도 해서 내가 다시 물어보았다.

"그래서 데려갔나요?"

"물론이오. 몇 년이 걸리긴 했지만 그들은 약속을 지켰고 모두
데려갔지요. 물론 기술이나 공부가 필요한 사람들은 다수 남았지
만."

그때 나는 북한에도 전쟁고아들이 살아남았구나, 그렇게 생각
해볼 수도 있었다. 또 북한에서는 그런 식으로 고아들이 돌봐졌
다면 남한에서는 고아원에서 돌보아 주었다는 것, 또 더 비약해

서 남한의 어린이들을 살려낸 것은 혈육들의 깊은 사랑이었다고, 내 경우를 들어 생각해볼 수 있었음에도 나는 그저 그 작가의 이야기들에 짜증만 일어났다.

나는 내 짜증을 가리기 위해 묵묵히 술잔을 비웠다. 그래, 참아야 한다. 그는 내가 낼 책의 저자가 아니냐. 하지만 그런 사람이 이런 정통 맥주집에서 이국 정서에 젖을 그런 이야기를 한다면 더 좋았을 텐데⋯⋯. 그때 친구가 내게 물어왔다.

"너 오늘 코레아 별장에 갔다왔지?"

"그랬지."

"그럼 그 건너 마을에도 가봤니?"

"아니, 거기서 되돌아왔는데⋯⋯."

나는 또 거기에 북한인들 이야기가 끼어들 것 같아 말꼬리를 흐렸다. 친구가 술잔을 꼭 움켜잡으며 말했다.

"그 너머 마을에선 소련군에게 강간을 당한 여성이 여럿이었단다. 그들이 동독을 점령했을 때."

다시 퍼뜩 엄마의 일이 떠올랐다. 전쟁 때는 어디에서나 희생을 당하는 게 여성이었고 따라서 어디에서나 안전했던 곳은 없었던 모양이었다.

"그래서?"

"여성들이 고발을 해서 강간한 소련군들은 총살을 당했단다."

"몇 명이나?"

"다섯이라던가⋯⋯."

"고발하면 총살도 시켰단 말이지⋯⋯."

"서독이라고 그런 일이 없었는 줄 아니? 미군 주둔군이 밀려들 때…… 차이가 있다면 서독에선 고발한 여성이 없었다는 거야. 이상한 것은 말이야, 고발을 했던 그 용기 있는 여성들은 오래도록 정신병에 시달렸는데, 그냥 덮어버린 여성은 그럭저럭 살아갔다는 거야. 물론 미군은 당시 물자를 사용했을 수 있고 그래서 주린 희생자가 그냥 덮어버릴 수 있었다고 가정해볼 수는 있었어. 하지만 그것만이 근본 차이는 아닌 것 같았어."

"그럼 그 차이는 뭔데?"

"여성의 심리작용이 아닐까? 삶의 모든 부분에 천착하는 복잡미묘한 여성심리……."

"여성심리?"

"내가 그에 대한 연구를 포기한 것은 그 심리의 갈래를 규명해낼 수 없었던 때문이야."

그 다음 날 나는 한국행 비행기를 탔다. 기내에서도 나는 내내 창 밖만 내다보면서 친구 이야기와 엄마만을 생각했다. 독일과 한국 여성……. 사건은 비슷한지 몰라도 독일 여성들과 엄마의 경우는 달랐다. 엄마는 고발을 했던 여성도, 그 희생의 대가를 받은 것도 아니었다. 그럼에도 단단하게 살아왔다면 그 힘은 어디서 생긴 것일까.

자식을 위한 희생? 그것도 아니었다. 인간에 대한 사랑? 그것은 너무 광범위하다. 그러면 구체적으로 무엇? 챙기고 갈무리해온 것? 누구를?

내가 스페인으로 영국으로 놀러 다닐 때도 엄마는 은수를 챙겨야 했다. 부흥아파트로 따로 살림을 나갔어도 은수를 챙기는 사람은 엄마였다. 아, 엄마는 그랬다. 누구든 챙기기만 했다. 외삼촌이 그랬고 찬우가 그랬고 은수까지도. 엄마는 늘 누군가의 행복을 위해 대리근무를 하는 것으로 자신의 삶을 지불했다.

왜 꼭 그래야만 했을까? 어쩌면 그 내인에는 내 아버지의 만류에도 피난길을 선택했다는 죄의식, 그로 인해 남편을 죽음의 구덩이로 보냈다는 자책감, 그 자책감이 깊어 군인들과의 일은 죗값으로 상쇄해버릴 수 있었다?

그러나 그럼에도 죄의식이 남았던 것은 하나 떨구어진 자식조차 가장 귀중한 시간인 유년기를 보살피지 못했다는 것, 그래서 그로 인해 설키고 얼킨 인연들을 거두고 수확하는 것이 당신의 남은 생애를 통해 닦고 닦아야 할 업이라고 생각했던 것일까. 그것이 한국 여자와 서구 여자의 다른 점인 것일까. 자기 내부에 깊은 응어리가 있는 한 절대로 적당히 살아갈 수 없는 조선여자, 그 응어리를 다른 무엇으로든 반드시 풀어내야 하는 정서작용, 그것이 곧 엄마에게는 자기희생이었던가?

내가 엄마에 대해 그렇게 깊숙이 생각해본 것은 그때가 처음이었다. 그러자 통한도 사무쳐왔다. 단 한 번도 엄마를 즐겁게 해준 일이 없다는 것, 자기 행복이야 애초 포기한 엄마라지만 그걸 당연시했던 내 몰염치도 반성이 되었다.

'그래, 은수가 대학만 들어가면 엄마랑 여행을 다니자. 그리고 구석구석 숨어 있는 모든 이야기를 들추고 털어내게 하자. 내가 엄마한테 해줄 수 있는 일은 그것뿐이다. 남은 인생을 가볍게 해

주는 것……'

그래, 그래, 그간 내가 먼저 할 일은 내 사업을 잘 해내는 것이다. 내 손으로 돈을 벌어서 엄마, 인도에 갈래? 거긴 천지신명은 아니 계시지만 부처님은 계신대, 라고 한다면 엄마도 웃으며 따라나설 것이다.

그러나 내가 낸 그 책은 5천 권도 나가지 않았다. 창고에 쌓인 책을 바라보면서 그가 노벨문학상을 타주기만을 간절히 기원했지만 그것도 다른 사람에게 돌아가고 말았다. 그래도 나는 계속해서 신간을 내보았으나 어느 것 하나 성공한 것이 없었다.

남편의 사업도 마찬가지였다. 자금을 댈 수 있는 한 모두 끌어댔지만 쉽게 오픈할 수가 없었다. 그러니까 그 몇 년간의 시간은 그저 돌아가기만 하는 행운의 바퀴 같았다. 남편이 그 바퀴살을 잡으려고 애를 썼지만 그것은 자기 앞에 멈춰주지 않았다. 어쩌면 다른 데 멈출 곳이 정해져 있는지도 몰랐다. 좀더 힘이 세고 든든한 사람……. 그랬다. 그 사업엔 신청자가 많았고 그것은 곧 또다른 힘의 싸움이었는지도 몰랐다.

결국 우리는 두 손을 들고 말았다. 사업 잘해서 엄마와 여행 다니겠다는 내 염원은 오히려 엄마를 괴롭히는 것으로 갚아졌다. 나는 다시 짐덩이로 추락했고 엄마는 그때도 거미처럼 자기 속살까지 내놓았다.

"그래, 이게 니 집이다, 에미 집이 아니다, 다 가져라, 너희들이 가져라……."

그렇게 몰락한 것은 3년 전, 98년 시월이었다. 지독한 악운의 한 해였다. 아이도 대학을 가지 못해 재수를 하는데 사옥과 집이 동시에 넘어갔다. 그 비싼 차도 헐값에 팔아 치웠고 집안엔 냉장고에까지 붉은 딱지가 붙었다. 물건 하나 우리 것으로 남은 게 없었다. 그것으로도 남편이 갚아야 할 돈은 부족했고 결국 5억의 미결재액으로 남편은 도망다니는 처지가 되었으며 마침내 스스로 교도소행을 택해야만 했다.

그때 엄마는 말했다.

"세상이 함께 겪는 전쟁이다. 굶어죽는 사람도 많단다. 졸지에 집을 잃고 지하도에서 자는 사람도 많단다. 이건 환란인 거다. 세상이 뒤집어질 땐 신도 손을 쓸 수가 없다지 않니. 그래도 잘만 견디면 살아진다. 아이를 생각해서도 너 정신 놓으면 안 돼."

나는 정신없이 걸어다녔다. 다리가 아프면 강가에 나가 앉아 있었다. 아이 생각도 없었다. 나중엔 이러다가 미칠 것이란 생각이 들었고 나는 사실 미치고 싶었다. 한순간에 운명을 바꾸어놓은 그 운명을 조롱하기 위해서도 미치는 게 옳았다. 하지만 그렇게 완전히 미쳐지지도 않았다.

집 경매가 끝난 날이었다. 그날도 밤이 이슥하도록 강변을 헤매다가 집으로 돌아갔다. 막 계단으로 올라서는데 등 뒤에서 은수가 나를 불렀다.

"엄마, 집엔 이제 못 들어가. 은행 직원 지키고 있어."

"그럼 이제 우린 어디로 가야 하니?"

내가 힘없이 물었다. 은수가 내 등을 감싸 안으며 말했다.

"할머니가 기다리고 계셔."

아이와 함께 부흥아파트로 갔다. 거기에는 삼촌도 와 있었다. 삼촌이 우리를 맞아들이며 말했다.

"은수방도 니 방도 있다. 들어가 봐라."

아, 어쩐 일인가. 아이 방엔 아이 짐이 그대로 옮겨져 와 있었고 내 방이라는 데는 또 내 책들이 그대로 쌓여 있었다.

"니 삼촌과 내가 조금씩 옮겨둔 거다."

"그래, 니는 다시 번역하라고 책 짐을 다 옮겨두었다. 그건 두어도 가져갈 사람이 없을 것 같아서……. 또 이런 것들은 빼돌렸다고 불법으로 걸리지는 않는다더라."

삼촌 뒤를 이어 엄마가 말했다.

"쌀도 넉넉히 팔아다 놨다. 당분간 살아갈 돈도 있다. 그러니 걱정말고 어서 니 정신이나 차리거라."

그렇게 엄마는 나에게 그 모든 걸 내놓았다. 그것은 당신의 속살이었고 생명이었다. 하나 있는 자식에게 그 모든 걸 파먹힌 후 엄마는 다음 해 봄 당신의 빈껍질만 남겨두고 떠났다. 마치 그 집을 우리에게 비워주듯이 그렇게 훌쩍 떠나갔다.

내가 장례식 절차마저 아득해서 넋을 놓고 있을 때 삼촌들과 찬우, 지방에서 근무하는 동우까지 달려와 모든 일을 처리해주었다. 엄마는 삼촌이 마련해온 모시 수의를 입고 마석, 새아버지 곁에 묻혔다. 그 묘역도 당신이 미리 준비해둔 터였다.

장례식이 끝나고 대구 식구도 내려간 뒤 삼촌이 나를 엄마 방으로 불러들여 통장 하나를 건네주었다.

"이건 오래 전에 누님이 찬우 몫으로 넣어둔 교육보험금이다.

동우 등록금 때 세 번 헐어서 쓰고 그대로 남아 있다. 기간도 꽤 흘렀으니 이자도 좀 붙었을 거다. 찬우, 동우도 이젠 다 직장 잡고 잘 살아가고 있으니 이 돈은 은수를 위해 써라."

그리고 그 며칠 뒤 찬우가 와서 또 돈을 내놓았다. 천만 원이었다. 녀석은 그 돈을 내놓으면서 헤헤 웃었다.

"이거는 마, 딸라 만 불이라고 생각해라. 그러니까 내 말은 아직도 내가 니한테 만 불 더 갚을 게 있다는 뜻이다."

그때 녀석은 학원 영어강사로 자리를 잡은 후였다. 운동권으로 떠돌며 평생 그렇게 살 줄 알았는데 어느새 정신을 차리고 생활인으로 돌아와 있었던 것이었다. 그러니까 모두가 제자리로 돌아와 있는데 나만 그 자리에서 쫓겨난 신세였다.

내가 소리내어 울었던가. 별안간 삼촌이 벌떡 일어나며 말한다.

"야가, 와 이라노. 와 이리 울고 야단이고. 술 고마 마시고 가자구마."

삼촌이 툭툭 털고 일어나며 날 끌어올린다. 나는 놀라 내 손바닥을 내려다본다. 거기엔 마지막 캔 맥주가 빈 채 들려 있었다. 술이 다 어디에 갔나? 입안에 가득 고여 있는 것이 느껴진다. 그러나 그건 술이 아닌 울음이다. 나는 다시 그 울음을 터뜨린다.

"삼촌 니는 좋겠다. 공부 잘하는 아들도 두고……. 나는 이게 뭐야, 4년째 재수하는 놈한테나 잡혀 있고, 엉엉……."

"야가 참말로 와 이라노, 어서 집에 가자."

머리가 빙글빙글 돈다. 저쯤에서 지하도가 보인다. 나는 히죽거리며 묻는다.

"삼촌, 부엉이는 정말 아이들 눈을 빼먹어?"

"그런 부엉이는 없다."

"피난 갔다가 집에 돌아가니 토끼가 없더라. 그건 삼촌이 잡아먹었나?"

"그래, 내가 묵었다, 다 묵었다. 얼른 집에 가자."

저만치 부흥아파트가 보인다. 왠지 다시 눈물이 쏟아진다. 걷잡을 수 없이 쏟아진다. 아, 아, 내 몸이 눈물이면 좋겠다. 다 비워내고 빈껍질로 남았으면 좋겠다. 매미처럼 바람에 후루룩 날아가버렸으면 좋겠다.

은행나무 아래서 구토를 한다. 삼촌이 등을 두들겨준다.

"삼촌 니는 죽지 마라. 내가 죽을 때까지 죽지 마라. 이제야 난 나를 알았어. 난 보호자가 없으면 살아낼 자신이 없어. 난 누군가를 잡아야만 일어날 수 있어. 그게 내 천성이야. 그러니 삼촌아, 내가 다시 일어날 때까지, 제발 삼촌은 죽지 마라."

나는 그렇게 중얼거리며 계속해서 토해낸다. 내 속의 모든 오물이 다 빠져나가면 새로운 생각이 고일까, 다시 살아낼 힘이 고일까. 그 방법이 찾아들어 날 일으켜줄까? 아, 그래. 이제는 금도끼가 아니어도 좋다. 은도끼가 아니어도 좋다. 튼튼한 쇠도끼 하나만, 그런 것 하나만……

사랑 찾아가시나요

지난 3월 그 삼촌도 돌아가셨다.

기척이 없어 문을 열어보니 삼촌은 이미 혼수상태였고 그래서 급히 병원으로 모셔갔으나 복수가 차서 손을 쓸 수도 없었다고 했다. 삼촌은 위암이었고 그것이 급히 간으로 번지면서 혼수를 불러온 것이라 했다.

병원으로 옮긴 지 사흘만에 삼촌은 영면했다. 찬우가 말했다.

"아버진 화장을 해달라고 하셨는데……."

큰 삼촌과 동우는 그렇게 간단히 화장해 버리면 너무 애석하지 않냐고 못마땅해 했지만 결국 유언을 따르기로 했다.

우리는 그 시신을 화장터로 옮겨갔고 화구에 들어간 뒤 마지막 움직임으로 벌떡 일어나는 삼촌을 보면서 나는 깨달았다. 숙모도 화장을 했다는 것을. 그랬다. 숙모도 위암이었다. 그들은 환부도 같았던 것이다.

나는 사그라드는 삼촌의 육신을 보면서 속으로 물었다.

'삼촌, 지금 숙모 만나러 가는 거지?'

그래, 이 땅에서 살아오면서 당신이 한 일은 그늘을 지우고 또 닦는 것이었지. 닦아낸 자리마다 웃음을 심었지. 아니, 아니야, 사랑을 심었어. 당신의 허리에서 불거져나온 아이들도 다 사랑으로 자랐지. 그 아이들도 또 그렇게 새끼들을 엮어냈고 모두가 튼튼한 자리에 앉았지. 그러자 당신은 서둘러 떠나고 싶었던 거야. 이제 당신이 할 일은 숙모를 만나는 것, 그렇죠? 그래요, 당신은 당신이 말한 그 업을 모두 닦았어. 제대로 다 닦아낸 거지. 그러니 이제 갈 수 있어. 훨훨 떠날 수 있어.

나는 다시 속삭여주었다.

'어서 가세요, 숙모도 기다리고 있을 거예요.'

어디선가 삼촌의 말소리가 들려오는 것 같았다.

"이번엔 조물주께서 정신 차리고 계실 끼다. 그래서 제대로 만나게 해주실 끼다."

나는 그 말을 삼촌의 유언으로 간직했다.

작가의 말

　전쟁위기설이 나돌 때마다 나는 악몽을 꾼다. 엄마의 손을 놓치거나 한없이 넓고 긴 도로 위에 나 혼자 버려지는 꿈이다. 그것은 바로 50여 년 전에 내가 겪었던 일들이다.

　그 무렵 우리는 청량리에서 살았고 갈탄가루로 밥을 지어먹었으며 그것으로 감자를 삶다가 불현듯 피난길로 나섰다. 우리는 영등포에서 남향 행 기차를 얻어 탈 수 있었으나 그 기차는 오산에서 정지했고 우리가 잠깐 내린 사이 호주폭격기의 오폭으로 기차가 폭파되고 말았다. 이때부터 우리는 경주 외가까지 그 멀고 먼 길을 걸어서 피난을 갔다.

　햇살이 쏟아지는 도로, 더위와 피로와 허기에 지친 어린 육신, 그 길 위에 비가 내릴 때면 손이 미끈거려 자주 엄마의 손을 놓치곤 하던 일, 그렇게 걸으면서도 조느라 연신 머리를 늘어뜨렸고 그러면 엄마가 졸지 말라고 나무라던 일, 그 수마와 허기와 피로는 정말이지 두 번 다시 겪고 싶지 않을 만큼 지독한 고통이었다.

　하지만 외가에 도착했어도 그 달포쯤 후 다시 피난길로 나서야 했고 이때 나는 중간외삼촌의 지게에 태워졌으나 스무 날이 넘는 피난살이 동안 하루도 편할 날이 없었다. 비가 지겹게도 내렸고 어린 몸은 감기와 몸살로 늘 불덩이처럼 뜨거웠다. 그러다가 불국사 아래

319

입실까지 내려갔을 때에야 전세가 바뀌었고 그제야 우리는 집으로 발길을 되돌릴 수 있었다. 그러니까 나는 전쟁 초기와 말기의 피난 생활을 온몸으로 겪어낸 셈이다. 이 모든 기억들은 만 네 살도 되기 전의 일들이다. 그런데 어찌하여 이토록 생생한 기억으로 남아 지금 껏 악몽으로 되살아나는 것일까. 그 원인은 아마도 해마다 반복되는 전쟁위기설과 그 분위기 때문일 것이다.

다시 이 땅에 전운이 감돌고 있다. 아니 세계 곳곳에서 이미 전쟁 중이기도 하다. 팔레스타인에 간 유럽인 전쟁감시 지원자들은 세계 곳곳에 이메일을 띄워 그 참상을 전한다. 부디 와서 이 가공할 만한 폭격을 보라고 호소한다. 소년이 죽어 암매장당하거나 그런 사실을 세상에 알리기만 해도 추적당한다, 우리는 지금 쫓기고 있다, 언제 죽을지도 모르겠다고 하소연하는 사람도 있었다. 다음은 또 이라크 가 전쟁에 휩싸일 참이고 그 다음 차례는 한반도라고 이미 지목이 되었다.

나는 이 소설에서 전쟁으로 인해 비틀어진 한 남자의 생애를 그리 고 싶었다. 그럼에도 그가 평생 놓지 않은 단 하나의 품성, 그 고귀한 사랑법을 부각시키고 싶었다. 하지만 얼마나 제대로 풀었는지는 자 신이 없다. 독자 여러분들의 양해를 바란다.

끝으로 이 소설의 주인공, 꾸야 삼촌의 모델이 되어주기도 한 내 막내 외삼촌의 영전에 삼가 이 책을 바친다.

2002년 여름
윤 정 모